普天之下・盡是好書

普天出版家族
Popular Press Family

凌雲文創
A-Plus Creative Company

後宮真的超八卦

後宮那些
羞人答答的艷事
全記錄

自古以來，皇帝一直都是權力的中心，一個掌握權力的男人，身邊自然不乏各式鶯鶯燕燕。
但，帝王家的女人，非得獨守空閨、對一個男人從一而終嗎？
男人可以擁有三妻四妾，女人又何嘗不能追尋情慾？

本書用最八卦的觀點、最詼諧的筆調，
揭開36個歷史名女人的紅杏出牆事件！
她們幾乎都是絕世美女，而且有兩個共同點：

她們都跟皇帝上過床，但也讓他們綠雲罩頂！
在森嚴的皇室高塔之內，紅杏出牆無疑是禁忌中的禁忌！

是什麼樣的原因，讓她們甘願輕解羅裙，踏上放縱一途？
又是什麼樣的機運，使她們願意放下尊嚴，輾轉於男人之間……

王清華

出版序

三十六個歷史名女人的出軌八卦史

本書榮獲「空中網」手機文學原創大賽小說類黃金大獎，出軌的后妃，放蕩的公主，迷亂的皇帝，聯合上演一幕幕出軌戲碼，堪稱史上最八卦的後宮艷史。

女人出軌，眞的是那麼罪大惡極的事情嗎？

對於現今一夫一妻制、戀愛結婚的社會來說，的確可以稱得上罪大惡極。但在那個媒妁之言盛行、由父母包山包海、由皇帝管事的舊中國呢？

我們都知道，在古代中國，皇帝一直是權力核心的代表人物，這樣一個位高權重的大人物（大多是男人），身邊自然不乏鶯鶯燕燕，他想娶誰就是誰，任何人都不敢有意見。

而他那些後宮佳麗們，不管是搶來的、拐來的、政治聯姻娶來的，統統都得效忠於他，內心不能想著其他男人。

但是，後宮佳麗三千，皇帝只有一個呀！

姑且不論多少佳麗爲了爭寵，機關算盡、大打出手，光是手持號碼牌，乖乖等待寵幸，就已經夠折磨人了，萬一這時候出現其他給予關懷的男人，這可怎麼辦呢？

當原本的穩定婚姻關係無法維持，當皇帝喜新厭舊、投入其他妃子的懷抱，當丈夫無法保護自己，當遇到了相見恨晚的眞愛之時……出軌，這項極爲禁忌的事情就發生了。

但是，這些出軌的後宮女人們，眞的有這麼十惡不赦嗎？

我們都說，男人是用下半身思考的動物，其實面對情慾，女人又何嘗不是如此？男人可以追尋情慾，女人又何嘗不能滿足自己的需求？男人可以三妻四妾、左擁右抱，女人爲何不能流連於群雄之間？當男人無法給予自己關愛的時候，女人爲何不能去追尋那個深愛自己的人呢？

這其中到底是根深柢固的父權主義影響，還是男人內心懼怕的，其實是女人對自己能力的否定？

本書正是一部探討古代女人出軌秘辛的讀物，描寫了三十六位中國歷史上出軌的名女人，她們皆是當代最獨一無二的代表，都曾擄獲君王的芳心，但是，她們也同樣讓手持最高權力的男人戴綠帽，無一例外。

這三十六個名女人，相信你一定聽過她們的名字，如窈窕動人的趙飛燕、權傾一時的武則天、傾國傾城的楊貴妃、命運多舛的小周后、天怒人怨的慈禧太后，以及生不逢時的婉容皇后……等。

她們當中有人爲了父親的事業，被迫輾轉於各男人之間；有的人長期受到丈夫冷落，繼而向他人尋求慰藉；有的權傾一時，蓄養男寵只是不想讓男人專美於前；更有的奉旨行事，連正牌老公也搖頭嘆息。

這種禁忌中的禁忌，相信她們肯定是知道後果的，但，到底是什麼樣的原因，讓她們可以突破禮教的約束，踏上放縱一途？

不論這些名女人出軌的動機是什麼，她們的背後都有一段故事。

而面對這些皇室名女人的出軌事件，我們該用哪一種眼光來看待呢？鄙視？同情？還是崇拜？

都不用！我們只要跟隨作者，用觀看桃色新聞的心態，淡然地觀看她們的故事，就已足夠。

本書榮獲「空中網」手機文學原創大賽小說類黃金大獎，單一網站點閱率直逼千萬，引發讀者熱烈迴響！出軌的后妃，放蕩的公主，迷亂的皇帝，在書中聯合上演一幕幕鮮爲人知的後宮出軌戲碼，堪稱史上最八卦的後宮豔史。

作者用輕鬆詼諧的筆調，幽默卻不媚俗的方式，闡述三十六個你所不知道的中國皇室婚外情秘史。

在他筆下，這些後宮女人活靈活現，不論她們的遭遇是悲悽的、不得已的、自願的或只是想嚐鮮的，關於她們的奇聞軼事，你都可以在這本書中找到。

翻閱完本書以後，你會赫然發現，原來古代後宮居然也這麼八卦，原來歷史可以這麼有趣，原來皇帝也沒有什麼大不了的，原來出軌……也不一定都是那麼罪大惡極的事。

•本書是《後宮那些羞人答答的豔事》的全新修訂版，謹此說明

第1章 夏姬——不要迷戀姐，姐讓你吐血……015

過沒多久，聰明的孔寧率先發現夏姬的最想與最急，並且勇敢地付諸行動。於是，他成了夏姬的床上嘉賓，兩人琴瑟和鳴、渾身舒泰，自此形成長久的合作關係。

第2章 翟叔隗——皇兄、皇嫂與小叔……033

按照正常的劇情發展，翟叔隗紅杏出牆必定是早晚的事。果然，婚後的第二年，她和丈夫的弟弟姬帶搞上了。有趣的是，促成此事的正是她的老公。

第3章 齊文姜——當兄妹變成情人……047

儘管春秋是個混亂的時代，但亂倫擱在任何時代，都是違背普世價值觀的。文姜與儲兒深知這一點，但是，他們拉不住內心的韁繩，只好淪落紅塵了。

第4章 宣姜——上對花轎嫁錯郎……061

殺父之仇、奪妻之恨，是男人心中永遠無法消除的仇恨。但是，如果奪妻的人是自己的親爹呢？換了誰都經受不住這樣戲謔的打擊。

第5章 哀姜——慶父！慶父！……071

慶父出逃後不久，心驚膽戰的哀姜也偷偷跑回娘家齊國。遺憾的是，坐在王位上的是他的大伯齊桓公。為了討好魯國人，齊桓公派人用一杯毒酒把自己的侄女送往極樂世界。

第6章 息媯——一次非禮引發的蝴蝶效應……077

改嫁後，息媯始終悶悶不樂，最後，她清清楚楚地告訴楚王：「這一切的罪魁禍首，是蔡哀侯，只要他還活著，我就不知道快樂為何物？」這意思相當明白。

第7章 懷嬴——一枚瘋狂旋轉的棋子……089

有一次，懷嬴端了一盆水給重耳洗手，重耳洗完後不小心把水珠揮到她的臉上。她馬上把盆子往地下一摔，破口大罵：「你牛B什麼？你不過是個臭要飯的，欺負誰呢你？」

第8章 趙姬——你的江山，我的男人……099

異人一死，趙姬和呂不韋更加有恃無恐，過起一般夫妻的生活。但是，趙姬正值虎狼之年，呂不韋年紀漸長，又有國事纏身，加上害怕被嬴政發現，頗有抽身之意。

第9章 呂后——你可以，我當然也可以……111
一直待在沛縣的審食其來說，既無戰功，也無旁功，唯一的功勞，就是幫呂后解決生理需要。但呂后靠著一副肥膽兒，硬是替他要了個大獎，審食其被封為辟陽侯。

第10章 館陶公主——我牛，故我在……123
當天，漢武帝一進門就對館陶公主說：「怎麼只有妳一個人呢？我還想看看那個英俊的『主人翁』呢！」這裡的「主人翁」指的當然是董偃。

第11章 趙飛燕姐妹——快樂至死……135
劉驁一見趙合德，頓時大喜，發現她並不輸飛燕，而且，姐妹倆的風格不同，正好形成互補。此後，他把後宮三千佳麗視為糞土，專心寵幸趙氏姐妹。

第12章 賈南風——我很醜，可是我很剽悍……147
當時，經常有帥哥突然失蹤的事情發生，他們都是被賈南風弄到宮中，淫樂後被秘密殺掉。只有這個小吏命好，不但長帥，而且生性乖巧、能言善道，很得賈皇后憐愛。

第13章　馮太后——命運，你好……157
王睿這小子功夫一流，把馮太后伺候得欲仙欲死，官階也跟著一路狂飆。我們以前只知道屁股決定腦袋，不知道什麼決定屁股。現在明白，原來是老二決定屁股！

第14章　馮潤——與夫鬥，其樂無窮……175
終於，缺乏男人滋潤的馮潤出軌了，江湖傳聞，她和一個叫高菩薩的太監搞上了。太監還有那功能嗎？當然沒有，可如果是個假太監呢？

第15章　胡太后——不愛宮苑愛妓院……189
一聽說前朝的皇太后和皇后出來賣，長安城騷動了，所有的男人都削尖腦袋，想鑽進胡太后的妓院，一親前朝國母的芳澤。

第16章　馮小憐——昨天跑龍套，今天女一號……199
據史書記載，當時盛況空前，上到八十歲，下到八歲，只要是帶把的，基本上都來了。據後來北齊後宮打掃衛生的大媽回憶，她們在現場撿了一萬多隻鞋，快累死了。

第17章 徐昭佩——皇帝也奈何不了我……209

徐昭佩和暨季江的事鬧得滿城風雨，幾乎人人皆知，那身為丈夫的蕭繹知不知道呢？我想他肯定會有耳聞的，但他根本不在乎。

第18章 永興公主——對怪叔叔情有獨鍾的問題少女……217

蕭宏施展了美男計，打算讓永興公主愛上自己。對一個深諳情場技巧的老帥哥來說，真是一點難度都沒有，果然，他只輕輕揮了一下剛勁有力的大手，對方就送上門來了。

第19章 山陰公主——奉旨出軌……225

山陰公主顯然不是個容易滿足的女人，沒過幾個月，她就對這三十頭千篇一律的種豬感到厭煩了。她有了更高的追求，把目光投向大臣褚淵。

第20章 郁林王何妃——紅旗不倒，彩旗飄飄……233

楊桀之沒啥本事，只有一樣：長得賊帥！這正中何婧英的下懷，沒幾天，她成功地把對方弄到自己的床上，跟夫妻沒什麼兩樣，可蕭昭業一點也不生氣。

第21章　魏靈太后——相思只為楊白花……239
靈太后完全把楊白花當做心中的白馬王子，可對方辜負了她，一個月黑風高的夜晚，這小子投靠南朝梁國——叛逃了。

第22章　宣華、容華二夫人——父子兩代的戰利品……249
宣華夫人嚇呆了，等她反應過來時，衣服已被褪去大半。她羞恨交加，捂著胸部直奔進楊堅的病榻旁，留下楊廣癡癡地在原地發呆，彷彿剛才的一切都不是他做的。

第23章　蕭皇后——一生桃花伴君王……257
太宗皇帝本來是對蕭皇后有想法的，可此時的她已經太老了，於是他發出了一聲「恨不相逢未嫁時」，然後像對待自己並未得手的初戀情人一樣，把她養在唐宮之中。

第24章　高陽公主——我被愛情撞了一下腰……265
一個忘記自己是高貴的公主，一個忘記冰冷的清規戒律，兩顆孤獨的心以光速融合在一起。這個時候房遺愛在幹什麼呢？據說他在給屋裡的兩人站崗放哨。

第25章 武則天——我的溫柔你們永遠不懂……275

二張入侍後，武則天已年滿七十三歲。她這麼做，應該是在向眾人炫耀：「既然男子為帝可以有成群的嬪妃，女人登基也應該有侍奉的男寵。」

第26章 太平公主——巾幗不讓鬚眉的「花花公主」……285

太平公主對此顯然並不滿足，把魔爪悄悄伸向那些才色兼備的大臣們。據史書記載，與她有苟且關係的大臣起碼有三個。

第27章 韋皇后——一次失敗的模仿秀……293

如果僅有武三思一人也就罷了，好歹也算是門望族。據書記載，韋后淫蕩成性，除武三思外，宮中還養了三個美男子。

第28章 安樂公主——命運的寵兒，野心的葬品……299

突然間，她聽到府內一陣騷動，正想問個究竟，冰涼的刀刃已經架在脖子上。一轉眼工夫，利刃揮動，一顆美麗的頭顱脫離軀體，劃出一道簡潔的弧線，飛落在地上。

第29章 楊貴妃——我生命中的三個男人……307

話說，一次雲雨之後，安祿山居然把乾媽的乳房給抓傷了，這可如何是好？於是楊貴妃急中生智，設計了一款內衣，正好遮住雙乳，據說這就是現代胸罩的原型。

第30章 小周后——人生長恨水長東……317

話說趙光義早就知道小周后的美名，當上皇帝後，每當命婦入宮參拜皇后的時候，就要把她強行留在宮中好幾天，逼著她先是陪宴侍酒，後又強擁她入帳侍寢。

第31章 李師師——史上最牛的妓女……329

當夜，李師師使出渾身解數，把宋徽宗伺候得骨肉皆酥。待到天色微明，宋徽宗辭離去，離別時，他解下自己的龍鳳鮫綃絲帶，送給對方，並約定：「後會有期。」

第32章 蕭燕燕——左手江山，右手情人……343

戰正酣時，突然，一個不長眼叫胡裡室的傢伙用力過猛，把韓哥給撞落馬下。讓眾人意想不到的是，蕭太后居然因此勃然大怒，硬是給胡裡室判了死刑——斬首。

第33章 蕭觀音——一首艷詞引發的血案……359
擔當音樂陪練的趙惟一，最後就陪練到蕭觀音的床上去了。曾經鬱悶的蕭觀音，瞬間找到了生命的第二春，為了描述自己的情緒，她做了一首香艷的《十香詞》。

第34章 孝莊太后——愛情乎？政治乎？……371
順治元年十月，多爾袞被加封為叔父攝政王，並建碑記功；又過七個月，他晉升為皇叔父攝政王；再過三年半，竟晉為皇父攝政王，這在歷史上僅此一家，別無分店。

第35章 慈禧——一代妖后的花花世界……381
她決定把孩子生下來，並送到她的妹夫醇王府中，做為醇親王的兒子養育，這位沒有親爹的兒子，也就是後來的光緒帝。

第36章 婉容——人生若只如初見……389
她與溥儀的隨侍祁繼忠和李體育先後發生曖昧關係，並且在一九三五年生下了一名女嬰，不幸的是，女嬰出生不久就夭折了。

第 1 章

夏姬——
不要迷戀姐，姐讓你吐血

過沒多久，聰明的孔寧率先發現夏姬的最想與最急，並且勇敢地付諸行動。於是，他成了夏姬的床上嘉賓，兩人琴瑟和鳴、渾身舒泰，自此形成長久的合作關係。

西元前六二〇年左右，正是群雄並起的春秋時代。

當時周襄王姬鄭在位，東周王室的勢力漸衰，稍有實力的諸侯國趁機擴張地盤，於是小國林立、大國爭霸，許多諸侯國勢力凌駕周王之上。放眼望去，一片弱肉強食、你爭我奪的熱鬧景象。

就在這精采紛呈的亂世中，鄭國後宮誕生了一名女嬰，後人稱她為夏姬。

鄭國在春秋初期十分活躍，甚至連強大的齊國，也對其俯首稱臣。

鄭莊公時代，接連滅了許小國，還射中周天子桓王的肩膀，是當時最強盛的諸侯國，史稱「鄭莊公小霸」。

莊公去世後，他的兒子厲公驅逐太子，自立為王。厲公在位二十八年間，國內大亂，自此鄭國日益衰落。傳到夏姬的老爸鄭穆公時，已經是個半大不小的國家，比上不足，比下有餘。

鄭穆公是個不喜歡折騰的老實人，所以與周圍諸國相比，當時的鄭國是個相對和平的地方。

夏姬就在這樣安靜祥和的氛圍裡長大，待到少女時，已出落成一個標緻的美人——杏眼桃腮、柳腰雪肌、顧盼生輝、搖曳多姿。

更撩人的是，這女孩生來就有一種浸在骨髓裡的狐媚，屬於那種「看一眼就讓你渾身發麻」的類型。

一般來說，美女都有自己獨特的癖好，夏姬的癖好是沒事老愛發呆。在醫學上，發呆又叫做白日夢，白日夢做多了，會有點恍惚，這種恍惚持續到夜裡就變成真正的夢。

某天晚上，夏姬做了一個奇怪的夢：她夢見一個帥氣偉岸的男子，頭戴星冠、身著羽服，自稱天上的神仙，強行與她交合，還一邊教她吸精導氣之術，同時聲稱此法叫做「素女採戰術」，能使女人永保青春。

夢醒之後，夏姬有些羞澀，又有些驚喜，她把這個奇怪的夢告訴她媽媽，她媽媽不理解，又告訴了她爸爸鄭穆公。

鄭穆公皺眉沉思片刻，然後十分不屑地對孩兒她媽說道：「妳這笨蛋！這不就是春夢嗎？」

這事非同小可！一個美少女開始做春夢，是一個相當危險的信號——她開始渴求男人了！

於是，鄭穆公決定趕緊給夏姬找個婆家。要不夜長夢多，說不定會鬧出什麼亂子。

當時，聽到夏姬要出嫁，各國王公貴族傾巢而出，一個個瞇著色瞇瞇的雙眼，削尖腦袋想做鄭穆公的女婿。

最後，經過五十選十、十選三、三選一的層層篩選，來自陳國的王孫夏御叔拔得頭籌，在眾追求者血紅的目光中，雙手接過鄭穆公頒發的「超級女婿」獎杯。

夏御叔是陳定公的孫子，官拜司馬，相當於該國的兵馬總指揮，可謂出身尊貴、年輕有爲。

可就在這關鍵時刻，意外發生了！夏姬的媽媽——少妃姚子，眼看閨女就要離她而去、遠嫁他鄉，忍不住悲從中來。於是，她極不理智地向夏御叔提出一個要求：媳婦是你的，但你三年後才能來迎娶。

鄭穆公在一旁氣得牙癢癢，但在這莊重的場合也不好發飆，只得隱忍這個愚蠢的舉動。對夏御叔而言，丈母娘說話，誰敢說不啊？於是，婚事推遲到三年之後。

這一推遲不得了，出事了！

前面我們說過，夏姬開始做春夢了。這說明她的內心已經到達開始涉足男女之事的領域了。加上後來的招親事件，更激起了她的春心。偏偏要緩解這蕩漾的春心，還需要再等待三年。

靠！她可沒有定力再等那麼久啊！

於是，本著就近原則，饑不擇食的夏姬與自己同父異母的哥哥——公子蠻搞上了。

這段亂倫具體細節我們不得而知，但我們知道的是，公子蠻最後英年早逝，前後時間差不多三年。

據說，他死於夏姬的採陽補陰術。

老情人公子蠻死了，新丈夫夏御叔的花轎還沒來。中間空出的一小段時間，夏姬就把它給了鄭國某些嗷嗷待哺的帥哥大臣。

總而言之，她這三年一刻也沒浪費。

這充實的三年，也爲夏姬日後捭闔縱橫的霹靂嬌娃生涯打下堅固的基礎。帶著這份充實，夏姬被夏御叔的花轎抬到陳國。

釣到這麼一個金龜婿，夏姬自然心滿意足。而夏御叔呢？打敗衆多競爭者，終於把中外馳名的尤物娶回家，自然也是心曠神怡。

兩人都這麼滿意，日子焉有不快活之理？

當時，夏御叔有一塊封地，叫做株林。那裡是個好地方，地處繁華都市的邊緣，青山綠水、鳥語花香，空氣清新、風景秀麗，雖然沒有「面朝大海，春暖花開」，至少也別有洞天，是一塊風水寶地。

夏御叔在那裡蓋了一幢別墅，內部裝潢豪華，各室館功能齊備，吃喝玩樂一條龍，休閒健身一體化，可謂房地產之奇葩，人間居住之天堂。

夏御叔和夏姬成親後，新婚燕爾、濃情蜜意，甜蜜得不得了。但不久之後，一件事情破壞了夏御叔的好心情：夏姬生了個兒子——在嫁給他的第九個月時。

只要腦袋沒進水的人都知道，懷胎十月，才能一朝分娩。那這九個月是怎麼一回事呢？夏御叔迷糊了，繼而慍怒了，他質問妻子：「娘子，妳能否就此事解釋一下？」

沒想到夏姬淡然地回答：「彪悍的人生不需要解釋！」

夏御叔接著問：「可是，妳才嫁給我九個月，怎麼可能就生了呢？」

只見夏姬依舊淡淡地答道：「凡事皆有可能。」

夏御叔不甘心，激動了起來：「這不符合人類的一般規律吧？」

夏姬則堅定地說：「我的肚子我做主。」

夏御叔頓時萎靡了，但仍然一臉憤慨地說：「我對此事表示極度抗議，並不承諾放棄使用暴力解決此事的權利。」

夏姬笑了：「你這大老爺在那糾結啥呢？不就是早產唄！」

聽到這句話，夏御叔才如釋重負，一臉輕鬆地說：「哦！原來如此。」並連夜苦思，給孩子起了一個平庸的名字：夏南。

就這樣，一場家庭風暴在談笑間輕鬆化解了。

古時候不流行驗ＤＮＡ，根本沒人知道那孩子的爹是誰。

時光荏苒、歲月如梭，轉眼間，夏南十二歲了。

就在這一年，一直沒弄明白孩兒他爹是誰的夏御叔，突然重病死了，傳言，他是被妻子的採陽補陰之術給害死的。

臨走之前，他把這雙孤兒寡母託付給自己的好友——官居大夫孔寧和儀行父。並竭力囑託：「你們倆一定要照顧好他們母子，切記！切記！」

這兩位好朋友異口同聲地回道：「老夏，你就放心去吧！我們保證會完成任務的。」

事實證明，這二人確實是誠信之人，並沒有食言。

夏御叔死後，三十多歲的夏姬恢復了自由之身。而身負重託的孔寧與儀行父二人，則成了她府上的常客。他們噓寒問暖、鞠躬盡瘁，想夏姬之所想、急夏姬之所急，全心全意地實踐自己與好友的諾言。

過沒多久，聰明的孔寧率先發現夏姬的最想與最急，並且勇敢地付諸行動。於是，他成了對方的床上嘉賓。

兩人琴瑟和鳴，一曲歌畢，夏姬渾身舒泰，孔寧甘之如飴，如此雙贏的局面，造就二人長久的合作關係。

但是，孔寧的性格比較孩子氣。有一回，兩人合奏以後，他淘氣地偷了夏姬的一件錦襠。

什麼是錦襠呢？

就是內褲。

他偷人家的內褲幹嘛呢？

爲了炫耀。

向誰炫耀？

儀行父！

爲什麼要向儀行父炫耀呢？

根據我的猜測，他大概是想告訴對方：「你看！我把夏姬都照顧到這個份上了，比你更加夠朋友吧？」

但儀行父也是個性情中人，發現自己不如孔寧，心中十分慚愧。當他檢討完自己的疏忽後，馬上跑去向夏姬表白：「我也想像孔寧那樣夠朋友，希望妳能給我機會。」

於是，與人爲善的夏姬當天便給了儀行父機會。

合奏結束後，儀行父看著夏姬心滿意足的臉，趁機提出要求：「妳送一件內褲給孔寧，也應該送我點什麼吧？」

聰明的夏姬一眼便看出儀行父的比較心態，於是撒嬌道：「那不是我送給他的，是那不要臉的自己偷走的。」

接著，她話鋒一轉：「但是，我要送你件東西，因爲……雖然同床共枕，卻有厚薄之分哪！」說完，她解下自己的碧羅襦（綠色的胸衣），遞到對方的手上。

得此物件，儀行父欣喜若狂，當即辭別夏姬，跑去找孔寧，然後出示碧羅襦，以勝利者的姿態嬉笑道：「兄弟，你瞧！我也和你一樣夠朋友了吧？」

孔寧嘴巴上打著哈哈，心裡卻極度不平衡：「好你個夏姬，我只是偷了妳一件內褲，妳居然主動送儀行父一件胸衣，我嫉妒！」

接下來，孔寧的嫉妒更是如野草般瘋狂長起來。

因爲儀行父不僅身材高大，長得也比較帥，更重要的是，他善於使用春藥，總是能讓夏姬欲仙欲死——總之，他比孔寧更能滿足夏姬的市場要求。

於是，孔寧就被冷落了。

嫉妒如一頭瘋狂的野獸，把孔寧的內心咬得生疼。他快忍受不了了，怎麼辦呢？經過一番思索，他計上心頭。

這天，孔寧藉彙報工作之機，向國君陳靈公細述夏姬之美、之妖嬈、之床笫神功。他認爲，以陳靈公的好色之心，肯定會迫不及待，一探黃龍——這就是他的計策。他打算引進更有實力的競爭者，藉此打擊儀行父，以解自己的嫉妒之苦。

爲了打鬼，借助鍾馗，這是中國人常用的陰招。但這其中有一個很重要的問題：打完鬼以後，怎麼送鍾馗回去呢？所謂請神容易送神難啊！

不過，這顯然不必多慮，一是船到橋頭自然直，解決燃眉之急最要緊。二是鬼與鬼之間只有利害關係，和鍾馗則處在不同的運行軌道。就像孔寧會嫉妒儀行父，不會嫉妒陳靈公一樣，因爲前兩者是鬼，而後者是鍾馗，階級不同。

打個比方，人們只會嫉妒同事的薪水漲了一千塊，卻不會在乎老總的座駕從寶馬換成賓利。

陳靈公是陳國的第十九任國君，別無長處，唯好色之心聲名遠播。但是，久經風月的他對此並不是很熱心，而有自己的顧慮：夏姬雖美、雖冶艷，但已經快四十歲了，花容焉能長在？

知道國君的顧慮，孔寧笑著解釋：「夏姬雖已年近四十，但她通曉房中之術，如今看起來依然似十七、八歲的模樣，絕對不是明日黃花。」

這下陳靈公就放心了，他立刻決定，要到那個叫株林的地方微服出巡。於是，孔寧徑直地把國君引進夏姬的別墅。

夏姬一看國君駕到，自然不敢怠慢，趕緊吩咐下人準備酒筵。同時，她看到孔寧擠眉弄眼的模樣，心中立刻明白國君此行的目的。

酒筵之上，夏姬秋波流盼，陳靈公心領神會、通體燥熱。當天晚上，靈公便留宿在夏府。總之，夏姬使出平生技藝，把已日薄西山的陳靈公伺候到天亮。

完事後，陳靈公用一句話做總結：「寡人就算是跟天上的仙女纏綿，感覺也不過如此吧？」

然後，他堅持要把夏姬納入後宮，當個妃子啥的，以便長久來往，圖個方便。但夏姬自由慣了，對體制並無嚮往之心，所以回絕了。

陳靈公納悶，便問：「妳是不是心中有其他人啊？」

夏姬比較坦率，便把與孔寧、儀行父的事如實相告，並發誓說：「那已經是過去的事了，往事如煙，就讓它隨風飄去吧！今後一定專心侍奉君王。」並脫下一件汗衫贈給靈公。

可陳靈公比較大度，答道：「不必，不必，獨樂樂不如眾樂樂，繼續，繼續。」

夏姬嫣然一笑，心想：「求之不得啊！」

陳靈公回宮後，立即召見孔寧與儀行父，嬉笑著問：「你倆好大膽，有如此美味竟敢獨自品嘗，直到今天才告知寡人。」

孔寧腦子轉得很快，同樣嬉笑地答道：「這好比君有食物，臣先嘗之，父有食物，子先嘗之。倘若嘗後覺得不美味，不敢進君。」

這話實在聽著漂亮，其實完全是外交辭令，但陳靈公並不在意，撫掌大笑，無恥地說：「錢吾錢以及人之錢，妻吾妻以及人之妻。妙哉！今後咱君臣同去，同去！」

於是，自此之後，夏姬的大床上經常上演四P大戰的盛大場面，四人皆樂此不疲。

如此數年，待到夏南長到十八歲時，為了取悅夏姬，陳靈公讓他世襲其父的司馬一職，總領陳國兵權，沒想到，這個決定卻讓他斷送性命。

這得從一場宴會說起。

話說夏南接任世襲司馬一職後，心中十分歡喜，為了答謝君恩，便舉行一場晚宴，宴請陳靈公，並邀請父親的生前好友孔寧、儀行父作陪。

一開始，賓主之間相當友好，和樂融融。一會兒工夫，大夥就喝得酒酣腦熱，正好在這個當下，夏南起身去小便，回來時，卻在門外聽到這麼一席話——

陳靈公說：「夏南這麼魁梧，有些像你，是不是你的兒子啊？」

儀行父大笑：「夏南兩目炯炯，極像主公，應該是主公所生。」

孔寧插嘴：「我猜他的爹爹極多，是個雜種，大概連夏夫人自己也記不起來吧！」

然後，三人拍掌大笑。

這是一種侵入骨髓的侮辱！在此之前，夏南一直在鄭國「留學」，對陳靈公、孔寧、儀行父三人與自己母親的醜事所知甚少。

直到不久前學成歸國，他聽到陳國流傳的一首歌謠：「胡爲乎株林？從夏南；治酒歡會兮！從夏南！」

意思是說陳靈公的車駕經常來往於株林道上，都是要去會見夏南；而株林別墅中的笙歌美酒，也是他們通宵達旦的歡會所致！

一開始，他還納悶：「我一直在鄭國『留學』，回國才沒多久，哪裡有時間與陳靈公私下在株林見面與歡會呢？」

如今，他終於知道了答案——原來是老百姓在諷刺陳靈公與母親的醜聞啊！

年輕氣盛的夏南頓覺熱血直沖頭頂，拔出佩劍，進入廳堂，一劍了結陳靈公的老命。孔寧與儀行父一看情況不妙，拔腿就跑，總算撿回小命。逃出株林後，他倆合計了一下，夏南如今掌有兵權，肯定不會饒過他們，看來在這裡是混不下去了！經過權衡，兩人逃往好管閒事的楚國，並申請到政治庇護。

夏南一劍雪恥之後，心情平靜了許多，腦袋也清醒了。但是，把國君殺掉，這可不是小事啊！善後事宜要怎麼安排？

好在夏南很聰明，幾天後，陳國發布告示：「陳靈公因酗酒過度，腦溢血突發，崩了。國不可一日無君，經過衆臣一致討論後決定，立世子嬀午爲君。」

告示一發布，幾個比較正直的大臣紛紛表示異議，無奈夏南執掌兵權，他們手無縛雞之力，權衡一番之後，也就識時務者爲俊傑了。

哦！親愛的讀者，看到這裡，你們應該也明白了——這算是一場成功的宮廷政變。但夏南犯了一個致命的錯誤，他忽視了逃跑的孔寧與儀行父！

話說孔寧與儀行父逃亡楚國後，整天琢磨著如何滅掉夏南。兩人利用一切機會，向楚莊王吹風，大肆渲染夏南弒君的罪行，卻絕口不提陳靈公與夏姬的醜聞。並以陳靈公遺臣的身份，大力慫恿楚國出兵，誅殺夏南，否則便是置陳國人民於水深火熱之中。

當時楚國十分強大，楚莊王也以世界領袖自居，自我感覺十分良好，遇上這麼一個可以耀武揚威的機會，當然不會錯過。於是，他派大夫轅頗率軍前往陳國緝拿夏南。陳國人雖然心知內政被干涉，但楚國的實力太大，他們也沒有說不的勇氣。

大臣們商量之後，爲了讓陳國苟延殘喘，只好委屈夏將軍了。面對這個結局，夏南也無話可說。於是，陳國人城門大開，迎接楚軍進城，夏南在株林的家中被捕。然後，連國際軍事法庭的過場都沒走，就被處以車裂之刑。

夏姬也成了楚軍的戰利品，被大夫轅頗帶回楚國，送到楚莊王的面前。楚莊王早已聽聞夏姬芳名，此時親眼目睹，更覺百聞不如一見。看著風姿綽約的美人，他心動了，當即決定納她爲妃。

但莊王身邊有一個大臣叫做屈巫，對夏姬一見傾心，眼看自己喜愛的女人將要成爲王的女人，日後再也沒有機會一親芳澤，心中頓時醋海翻動。於是，他靈機一動，偷偷進諫楚莊王：「這夏姬放蕩成性，是個不祥之物，之前跟她混過的男人非死即傷，沒有一個有好下場，希望君王三思而後行。」

楚莊王是個有稱霸雄心的大人物，自然不會爲了滿足一時貪念而誤了大事。於是，他打消了這個念頭，並把夏姬賞賜給自己討厭的武將連尹襄。

事實證明屈巫的諫言果然不假，不到一年，可憐的連尹襄戰死在沙場之上。夏姬又自由了，惦記她的人自然多了起來，但她向來喜歡就近原則，跟連尹襄的兒子搞在一塊。

很快的，人們都知道了這件事，頓時群情激奮了起來——倒不僅是因爲對他倆亂倫的痛恨，我猜，更大的原因應該是不便言說的嫉妒吧！

楚莊王接到一封又一封的舉報信，全是對夏姬的痛斥。他本想殺了這個女人，以平衆怒，但骨子裡的憐香惜玉阻止他這麼做，最後，他選擇把她驅逐出境，派人送她回娘家——鄭國。

鄭國的大臣們聽到這個消息後，個個興奮得摩拳擦掌。可是，不好意思，這回沒輪著他們。

就在夏姬進入鄭國境內時，那個渴慕她的楚國大夫屈巫出現了。

當時，屈巫正身懷楚莊王的派遣，要去齊國商談一件大事。半路上突然得知夏姬被遣送回鄭國的消息，他興奮得不得了，心想：「他奶奶的，老子的機會終於來了！」

於是他立即快馬加鞭，繞道來到鄭國，在一個驛館中找到夏姬，並直截了當地對她告白：「嫁給我吧！」

歷盡波折的夏姬心有顧慮，問道：「這事有稟告楚王嗎？」

沒想到，屈巫非常堅決：「今日得以魚水之歡，大遂平生之願。其他在所不惜！」

這句話讓夏姬感到很欣慰。

第二天，屈巫派人送了一封辭職信給楚莊王，上面寫道：「蒙鄭君以夏姬為妻室，臣不肖，遂不能推辭。恐君王見罪，暫時去了晉國，出使齊國之事，望君王另遣良臣，死罪！死罪！」

為了防止給鄭國惹來禍端，信發出後，他就帶著心愛的夏姬投奔強大的晉國。

等楚莊王看到屈巫的辭職信後，相當震怒。這怒中有兩層意思：一是身為國家公務員，卻半路叛逃敵國，是謂叛國！二是，當初他一本正經地勸進不要納夏姬為妃，說對方是紅顏禍水，如今卻……是謂欺君。

君王一發怒，後果當然很嚴重。但理智告訴他，不能像欺負陳國那樣對付晉國。所以，他把怒火發洩到屈巫的家人身上，可憐的屈巫親族，全成了他的刀下之魂。

「從此，屈巫和夏姬過上了幸福的生活。」呵呵，這只是我的臆測，但史書上確實沒有屈巫死於非命的記載。也許，對於千古尤物夏姬來說，之前的那些男人都是命中的過客，只有不顧一切的屈巫才是她的真命天子。

那麼，就請允許我猜測——

從此，屈巫和夏姬過著幸福快樂的生活，直到老死。

第 2 章

翟叔隗——皇兄、皇嫂與小叔

按照正常的劇情發展，翟叔隗紅杏出牆必定是早晚的事。果然，婚後的第二年，她和丈夫的弟弟姬帶搞上了。有趣的是，促成此事的正是她的老公。

周朝是個專出美女的朝代，但這些美女往往都是「破壞型」的。她們或輕施顰笑，或突然發飆，彈指間就能把強大的國君搞得灰飛煙滅。其中最典型的代表，就是那個喜歡耍酷的冰山美人——褒姒。

褒姒原本是一名棄嬰，被一對做小買賣的夫妻收養，在褒國（今陝西省漢中西北）長大。

西元前七七九年，周幽王征伐褒國，褒國兵少將寡，跟周朝的軍力根本不在一個檔次上。打個比方，如果把周國比做當今的美國，那褒國只能算是尼泊爾，實力如此懸殊，褒國人一點辦法也沒有，只好獻出美女褒姒乞降。

周幽王得到褒姒後，愛之如掌上明珠，但褒姒有個特點：平時很少露出笑容。周幽王為了博美人一笑，勇敢地上演前無古人，後無來者的「烽火戲諸侯」一劇，至於結局，我想大家都知道了。

所以，基本上可以這麼說，這個疑似笑神經萎縮的美女，只用一個半生不熟的微笑，便把倒楣的周幽王送進閻王殿，順便把周朝弄得元氣大傷。

江山代有人才出，褒姒死後僅過一百多年，周朝又出了一個著名的破壞型美女，她叫翟叔隗。

這次倒楣的是周襄王姬鄭。

襄王時期，諸侯爭霸日益激烈，諸侯爲奪霸各顯其能，抓住一切可以擴張實力的機會。被後人稱爲春秋五霸的齊桓公、晉文公，此時地位已凌駕於其之上。與前輩周幽王相比，周襄王是個時運更加不濟的衰人。當時，周朝早已淪落成一個貌似「聯合國」的組織了——名義上誰都管，其實誰都管不了。

爲什麼這麼說呢？

大家都知道，周朝的體制是諸侯負責制。打個比方，如果說諸侯是各大武林門派掌門的話，那周天子就相當於武林盟主。當盟主強大的時候，各掌門人自然會好好侍奉，不敢怠慢，一旦盟主變得脆弱，那人家就不會乖乖地聽話了，甚至還會趁機教訓你一頓。

不幸的是，周襄王恰巧就是這麼一個羸弱的盟主。

就這樣，在這種國際氣候下，原本蝸居於翟國的翟叔隗，在一個偶然的事件中獲得了出場機會。這一切，得從一場戰爭說起。

話說西元前六三七年，暴發戶鄭國爲了擴充地盤，突然攻打自己的弱鄰滑國，想兼而併之。

滑國本來是個微不足道的小國，定都於今河南睢縣西北，後來遷到今河南省偃師市緱氏鎮西南。它緊鄰著兩個大國——鄭國和衛國。爲了自保，它在外交上一向採用「一邊倒」的策略——遠離鄭國，認衛國爲老大，這讓鄭國十分不爽。

剛開始，鄭國忌憚衛國，處處隱忍。但後來，鄭國越來越強大，衛國卻一年不如一年。偏偏滑國的國君少一根筋，仍抱著衛國的大腿不放，於是，鄭國決定給他點顏色瞧瞧。鄭國大軍一到，滑國一看打不過人家，趕緊向老大衛國求救（注意，滑國首先求救的對象是衛國，而不是周天子）。

但鄭國背後有個更強大的楚國充腰，所以衛國沒敢發兵支援，只向滑國發了一封文情並茂的信函，表示：「衛國全體人民在精神上支持你們！」

收到信後，滑國國君面色慘白，一根煙的工夫後，他幽幽地吐出了一句話：「關鍵時刻，老大也靠不住啊！」

就在這個時候，忽有謀士向他耳語三個字：周天子。

滑國國王楞了一下，繼而一陣琢磨，唉！反正沒辦法了，有棗沒棗都打一竿子吧！於是，抱著死馬當活馬醫的心態，向名義上的盟主周襄王發出求救信。

周襄王好久沒有嘗到被求救的滋味了，心裡頓時熱血沸騰，激動不已，自己的形象彷彿突然間高大了好幾倍。當他的心緒略微恢復正常後，還是給了滑國一個理智的答覆：「我非常想主持公道，但你看我這模樣，誰會聽我的啊？」

可滑國不高興了，他們回信之時使用了激將法：「你是國王啊！鄭國不是你的屬國嗎？」

周襄王顯然沒被激起什麼豪情壯志，甚至有點自憐地想：「你們也就在這時候才記起我，平日裡你們給那些大諸侯國送禮的時候，也沒見有我的份兒啊！」

但他畢竟是名義上的君主，爲了給滑國一個表面上的交代，打腫臉充胖子，派了一個使臣前往鄭國，進行說服教育。這其實也只是個形式，連他自己也不相信會奏效，按照正常的邏輯，這個使臣應該會在三天內灰溜溜地跑回來。

但結果出乎周襄王的意料！

當然，不是鄭國答應退兵，而是他們把使臣關進大牢！自古兩軍交戰，皆不爲難來使，何況這使者還只是第三方的斡旋者，更何況，還是周天子派來的。

這也未免太欺負人了！這可是赤裸裸的挑釁，讓周襄王出奇憤怒。於是，他苦思對策——沒招！再苦思——還是沒招！繼續苦思——終於，蒼天不負苦思人，他腦中靈光一閃，出現了兩個大字：翟國！

翟國是一個已經漢化的夷狄部落，國內尚武成風、兵強馬壯，軍事實力雄厚。但地處偏遠，又是少數民族，一直受到中原諸國的排擠。在一次次排座位、分果子的好事當中，總沒有它的身影。但是，它一直在等待機會，想要逐鹿中原。

周襄王很清楚這一點，於是，他向翟國國王發出邀請函，請他幫忙教訓一下囂張的鄭國。

得此機會，翟國國王當然是求之不得！終於逮到名正言順的藉口進軍中原了，於是，他立即發兵，沒多久，就南渡黃河，深入鄭國國境，把鄭國的陪都櫟城（今河南省禹州市）占領了。

鄭國國君姬捷一看這情況，原本囂張的氣勢頓時萎靡。趕緊腆著臉向周襄王發了一封服軟的檢討書：「滑國我不打了，使臣也馬上釋放，而且以後會老老實實地做您的屬國，不敢再違逆，請您命令翟國退兵吧！」

周襄王收到書信後，感到神清氣爽。他立即命人影印了幾萬份，然後在各國街頭散發，以揚君威。最後，氣也出了，威風也耍了，他就借坡下驢，答應鄭國的請求，請翟國退兵。

至於翟國人，看到所謂的中原不過如此——不但人口密集、房價老高，空氣污染也很嚴重，沒有他們當地草肥水美，於是在搶了該搶的、拿了該拿的之後，滿足地班師回國去了。

在這次危機處理中，周襄王幹得實在漂亮，爲此，他飄飄然了許久。但他深知，這一切全仰賴翟國的幫忙。周襄王是個懂得感恩的人，爲了報恩，他做出了一個決定：娶翟國國君的女兒當王后。

這對夷狄出身的翟國來說，可說是天大的榮耀。翟國國君得到消息後，興奮得不得了，心花怒放之餘，迫不及待把女兒送進王宮。當然，這個女兒就是翟叔隗。叔隗長得如何？天姿國色也！這可用翟國的一首歌謠來證明：「前叔隗，後叔隗，如珠如玉生光輝。」

了卻自己「報恩」的情結，又娶了這麼一個美人，周襄王自然是心中歡喜。但翟叔隗對丈夫並不滿意，原因是兩人的年齡相差太多。

當時，翟叔隗還不到二十歲，周襄王已年近五十，老夫少妻，夜晚相處的時候自然不太和諧。

翟叔隗正處盛年，而且是彪悍的少數民族，需求量較大，而周襄王年老體衰，心有餘而力不足，就這樣，供需之間出現了矛盾。

有幾次，被翟叔隗逼迫急了，窩囊的周襄王不敢回宮，只得隨便找個地方住下，以躲避床上勞役。如此以來，矛盾就更大了——周襄王怨少妻的生理需求太旺盛，而翟叔隗則笑話老夫占著茅坑不拉屎。

更要命的是，兩人在性格、情趣上也有代溝。

這麼說吧！如果翟叔隗說話的方式是：「姐姐當年出來混的時候，你丫還在娘肚子裡混沌著呢！牛什麼啊？」那麼周襄王常用的句式就是：「小人這廂有禮了，禮數不周之處，還請姑娘原諒則個。」

總之，兩人完全是兩條軌道上的列車。按照正常的劇情發展，長久下來，翟叔隗紅杏出牆是早晚的事。果然，小翟也沒有讓我們失望。

西元前六三六年，也就是婚後的第二年，她和襄王的弟弟姬帶搞上了。更有趣的是，從客觀上說，促成此事的正是那可憐的糟老頭周襄王。

前面我們說過，翟叔隗出身夷狄部落，夷狄是北方的游牧民族，翟叔隗自小喜騎射、嗜田獵，當了王后之後，這個愛好有增無減。

但襄王年事已高，加上不善此道，只能陪著在屁股後邊看，卻不能陪她馳馬縱橫，但他又不想因此惹得嬌妻不高興，便令同父異母的弟弟姬代替他去陪獵。

當年輕英俊的王子遭遇滿懷幽怨的王后，故事便理所當然地發生了。

關於此事，《東周列國志》裡有詳細的記述。

翟叔隗解下繡袍，袍內預穿著窄袖短衫，罩上黃金鎖子，輕細軟甲，腰繫玉綠純絲束帶，用玄色輕綃，周圍抹額，籠蔽鳳簪，以防塵土。腰懸箭袋，手執朱弓，妝束得好不整齊，別是一番丰采，喜得姬鄭微微含笑，左右駕戎車以待。

翟叔隗曰：「行車不如騎馬，我陪嫁的婢女，都習慣騎馬。」

正欲縱身跨馬，姬鄭曰：「且慢。」遂問同姓諸卿中：「誰人善騎，保護王后下場？」

姬帶曰：「我當效勞。」

這一請求，正暗合翟叔隗心意，侍婢簇擁翟叔隗，做一隊騎馬先行，姬帶隨後跨名駒趕上，不離左右。

翟叔隗要在姬帶面前，施逞精神。姬帶也要在翟叔隗面前，誇張手段。未試弓箭，先試跑馬。

翟叔隗將馬連鞭數下，那馬騰空般的飛馳而去，姬帶緊接著躍馬而前，轉過山腰，剛剛兩騎馳個並頭。

翟叔隗將絡韁勒住，誇獎曰：「久慕王子大才，今始見之。」

姬帶欠身曰：「我只是學騎耳，不及王后萬分之一。」

翟叔隗芳心搖晃，曰：「明早你可進宮向太后請安，我有話講。」言猶未畢，侍女數騎趕到，翟叔隗以目送情，姬帶會意，輕輕點頭，各勒馬而回。

次日，姬帶入朝謝賜，遂到生母太后宮中。翟叔隗早已先至，預將賄賂，買通隨行宮人，遂與姬帶眉來眼去，兩下意會，托言起身，私會於側室之中，男貪女愛，極其眷戀之情，依依不捨。

從此，翟叔隗便與姬帶建立穩定的情人關係，二人經常打著拜見太后的名義，在太后宮內的側室裡大行苟且之事。當然，爲了保證事不外洩，他們早就買通了太后的侍女，而太后向來喜愛姬帶遠勝過襄王，對此事也就睜一隻眼閉一隻眼。

剛開始，二人還比較謹慎，保密工作做得比較徹底，一直平安無事。但到了後來，他們輕視周襄王腦鈍眼花，越來越放肆，幾乎到了明目張膽的地步。結果，事情就敗露了。

事情的敗露，起源於一場酒宴。

這一天，姬帶和翟叔隗又在太后的行宮裡酒宴行歡。酒至酣時，姬帶歌興大發，就命太后的侍女小芳吹簫助興，而他則擊節而歌。

歌到一半，他的下半身忽有異動，而此時翟叔隗正好去洗手間，姬帶環顧四周，最後將視線落在頗有姿色的小芳身上，只見此時正在撫弄玉簫的小芳，更是優雅迷人，恍若仙子。

姬帶腦中一亂，就朝小芳撲了過去，扒掉對方的衣服，想要霸王硬上弓。

小芳本來對英俊瀟灑的姬帶並不反感，可做人不能這麼不講究啊！好歹也得花前月下在先，赤膊相對在後吧？更何況還是酒後性亂之時。

於是，她堅決地反抗了姬帶的羞辱，衣衫不整地跑到周襄王面前，將剛才發生的一切說了出來。同時，為了防止日後遭到姬帶報復，還把他和翟叔隗的醜事全盤托出，希望周襄王可以將他們一網打盡。

可想而知，周襄王大怒，立即將翟叔隗囚入冷宮，並派人緝拿姬帶。

好在姬帶耳目衆多，一聽到消息，就趕緊跑路了。他一路向西，跑到翟國。然後鼓動自己的三寸不爛之舌，將周襄王刻劃成一個患有疑心病的精神病，並把自己和翟叔隗形容成純潔無瑕的被冤屈者。

他說，自己只是在拜見太后時，與恰好同去拜見的翟叔隗巧遇，周襄王卻不念夫妻之情，也不念翟國幫他修理鄭國之恩，竟然將王后囚入冷宮，還將自己的皇弟驅逐出境，簡直是喪心病狂。

翟國國君救女心切，再加上姬帶的表演功夫到位，立刻聽信他的控訴，再次發兵中原，討伐周襄王。

這次，諸侯皆置之不理，沒過多久，翟國的騎兵就打到周朝的首都洛陽。這次，輪到周襄王跑路了。

但是，往哪裡跑呢？誰會收留他這個定時炸彈，引火焚身呢？想來想去，他最後選擇了鄭國。為什麼偏偏選這個曾與他有衝突的國家呢？很簡單，它是唯一一個對翟國懷有仇恨的國家。

也許你會說：「要說仇恨，鄭國應該更仇恨周襄王吧？因爲翟國軍隊就是他派去的啊！」

但你也許忘了，鄭國戰敗後曾經立誓效忠周襄王，當時的人們是非常講究誠信的。

反正，周襄王也沒有別的更好的去處，鄭國的國君姬捷也隆重地接待他。兩個曾經是敵人的人，彼此執手相看兩淚眼，無語凝噎。同時忍不住感慨，眞是三十年河東，三十年河西啊！

更讓人感動的是，姬捷還幫忙周襄王聯絡，發布詔書，請求各諸侯國派軍勤王救駕。

這邊廂忙著反攻，那邊廂也沒閒著。姬帶跟翟國軍隊打回洛陽後，第一件事就是把翟叔隗從大牢裡撈出來。二人重逢，自然是淚濕衣襟，破涕爲笑。

然後，姬帶來到太后行宮，想探望一下自己的親媽。

沒想到之前老太后因爲驚嚇過度，重病在床，此時突然見到兒子，心中一激動，腦血管承受不住壓力，竟腦溢血過世了。

老太后死後，姬帶沒有忙著發喪，而是打著遵太后詔令的旗號，鳩占鵲巢，取代兄長成爲周朝天子，剛從冷宮中放出來的翟叔隗自然是金槍不倒，繼續擔任王后一職——只是「王」換了而已。

接著，他倆想起了一個人：告密的侍女小芳！可惜，小芳早在聽到姬帶回宮時，就跳井自殺了。

上述的事宜搞定以後，意氣風發的姬帶便和翟叔隗專心渡蜜月。可就在這時，他做了一個錯誤的決定：他把翟國的軍隊遣送回去了！

他以爲周襄王不可能東山再起，但他顯然小看了自己的老哥，各國的勤王部隊正悄悄集結。

也許你看到這又要問了：「短短的時間內，諸侯的態度爲什麼突然變了呢？」

因爲有個人打算藉這個千載難逢的機會實現自己的霸業。他叫重耳，晉國的國君。

重耳是晉獻公之子，是當時著名的政治家。當年，因其父立幼子爲嗣，曾流亡國外十九年，後在秦國援助之下，於六十二歲時回國繼位。

繼位後的重耳，深知王位得來之不易，也感慨時光流逝、青春不再，便發憤圖強，後來成爲春秋五霸之一。

重耳一向善於發現機會、抓住機會、利用機會。於是，他提出了一個口號：「尊王攘夷。」一時間從者如雲。其實，什麼「尊王攘夷」的，無非是想「挾天子以令諸侯」罷了。

制定這個戰略之後，重耳兵分兩路：一路前往鄭國迎接周襄王，一路前去國都洛陽攻打姬帶。事情進展得異常順利，重耳的部隊剛到首都，城內的部隊就起義了——他們打開城門，將晉軍迎進城裡。

怎麼突然出現如此戲劇的場面呢？我猜，大概是因爲那時候的人比較注重倫理道德，姬帶搶了哥哥的媳婦，自然是不得人心的。

城門不攻自破，姬帶大吃一驚，他趕緊帶上翟叔隗，打算第二次跑路。但剛剛跑到城門口，就被晉軍大將魏犨逮了個正著。

姬帶原本想發揮自己的口才，逃過一死。但不巧的是，魏犨將軍向來口拙，生平最恨口才好的人，二話不說，大刀一揮，姬帶人頭落地。

至於翟叔隗，則被綁在石柱上，被亂箭穿心而死，眞是可惜了這麼一個大美女，其實她又何過之有呢？

周襄王呢？解決完姬帶、翟叔隗後，很受傷的他故作雄赳赳、氣昂昂地還朝，繼續當他那可憐兮兮的天子，直到西元前六一九年去世，是善終。

第3章

齊文姜——當兄妹變成情人

儘管春秋是個混亂的時代，但亂倫擱在任何時代，都是違背普世價值觀的。文姜與儲兒深知這一點，但是，他們拉不住內心的韁繩，只好淪落紅塵了。

春秋是個神奇的時代。它兵荒馬亂，但人性張揚，激盪中流露一股懾人魂魄的迷人氣息。許多年之後，當時空穿梭機發明之後，旅行社經常使用的一句廣告詞應該會是：如果你愛一個人，那麼帶她回春秋，因爲這裡是天堂；如果你恨一個人，那麼帶他回春秋，因爲這裡是地獄。

春秋盛產美女。文姜就是其中最出類拔萃的一個！她出身顯貴，老爸是齊國國君齊僖公。

齊國是春秋時期一個比較大的諸侯國，西周時期，周武王封姜太公呂尙於齊，故又稱呂齊。但西元前三九一年，大臣田和廢掉齊康公，並於五年後自立爲國君，同年被周安王冊封爲齊侯，這個時期的齊國史稱田齊。

齊僖公原名呂祿甫，是齊莊公的兒子，在位時，沒有什麼太値得稱道的政績。但他生了兩個傾國傾城的寶貝女兒——文姜和宣姜。

尤其是文姜，齊僖公一直視她爲掌上明珠。美艷的她在當時就已迷倒衆生，數千年過去了，她的熱度依然不減。當然，這熱度的維持並不僅僅來自於她的美，還由於她與親哥哥的那段不倫之戀。

世上沒有無緣無故的愛與恨，同理，也沒有無緣無故的亂倫。要弄清文姜是如何走上亂倫之路的，就得先從她的一次婚約說起。

話說，文姜打小就是個活潑可愛的美人胚子，生得傾國傾城、秀色可餐，身上既有大家閨秀的高貴，又不乏小家碧玉的柔媚，簡直是天衣無縫、完美無瑕。

齊僖公對這個出衆的女兒寵愛有加，但女大不中留，眼看著文姜長到當嫁之年，他就開始給她物色合適的夫婿。

文姜人美，齊國勢大，希望締結良緣的公子哥兒自然是車載斗量，這讓齊僖公比較頭疼：選誰好呢？

對於一般的女人來說，嫁人的標準很簡單：取其幾點而不計全部——因爲她們知道自己並不是完美無缺的，所以也沒有資格要求自己的男人無懈可擊。於是，她們當中的大多數總能在適當的時候把自己嫁出去。

然而對於不平凡的女人來說，嫁人的標準就苛刻多了，因爲她們向來追求完美。可是常識告訴我們，生活中哪有那麼多完美？甚至「完美」本身就是個虛僞的假詞。於是，她們中的大多數成了高貴的「剩女」。

文姜就是個不平凡的女人。所以，她推掉了許多父親建議的婚事，天眞又自信心十足地等待自己心中的白馬王子。

齊僖公相當無奈，但當時還不興父母包辦這一套。再說，他向來對文姜比較驕縱，養成她極其任性的性格。因此，寶貝女兒沒有同意，他也只好乾著急。

如此過了數年，白馬王子的消息依然虛無縹緲。眼看著文姜就要步入「剩女」的殿堂，成為對鏡自憐的怨婦時，上天垂憐了她——鄭國王子姬忽閃亮登場，前來齊國求親。

在當時，鄭國也算是個大國，而且王子姬忽生得一表人才，兩人可謂門當戶對。姬忽的出現，讓挑剔的文姜眼睛一亮，幾年來的悵然一刻一掃而空，她甚至佩服起自己寧缺毋濫的審美觀，並對「堅持到底就是勝利」這句名言有刻骨的感受。當然，這種執著的精神也在她的人生觀中根深柢固。

姬忽走後，文姜既羞澀又興奮地告訴她的老爸：「就是他了！」

齊僖公大喜，父女倆終於英雄所見略同了一回。

接下來便是婚前的一系列繁瑣儀式。當禮儀完畢，兩人就定了親，接著就是等待婚期了。可就在這萬事俱備，只欠東風的節骨眼上，不知哪根筋出了毛病的姬忽，突然單方面解除婚約，要求「退貨」。

理由很無厘頭：「人各有耦，齊大，非吾耦也。」概括起來就是那個成語：齊大非偶。意思是說，齊國太強大了，所以它的公主文姜不適合做我的老婆。

這算哪門子理由啊？再說，齊國強大也不是一天兩天的事情，你既然沒這份自信，一開始就別來招惹人家嘛！

這個事件對文姜的打擊是相當巨大的。試想，一個原本集萬千寵愛於一身，那麼驕傲、自信的公主，突然被人以莫須有的理由「退貨」，而且還是自己等待已久的心儀之人，這之間的心理落差，都可以趕上三峽水庫蓄水、放水時的高度差了。

從此，文姜從一個活潑可愛的小美女，一夜之間變成一個自暴自棄的小怨婦。

繼而，她叛逆了！並把感情傾注在自己的好哥哥姜儲兒身上，順手把兄妹情深升華成戀戀風塵——這是個化學反應，變化的是質，而不是量。

這怎麼得了？儘管春秋是個混亂的時代，但亂倫擱在任何時代，都是違背普世價值觀的。文姜與儲兒深知這一點，但是，他們拉不住內心的韁繩，只好淪落紅塵了。

他們在叛逆中秘密地呵護著自己的不倫之戀，可紙是包不住火的，事情最終還是露餡了。齊僖公獲知此事後，驚得目瞪口呆，接著勃然大怒。然後，像所有政治家一樣，冷靜下來苦思如何解決這個棘手的問題。

生米已煮成熟飯，這是不可逆的過程，想要完璧歸趙也不可能了，能做的只有亡羊補牢。此時，齊僖公想到的最佳對策，就是趕緊把文姜嫁出去，並且永遠不再讓她踏上齊國的土地。看來，他對女兒的愛還是大不過他自己的面子。

恰好在這個時候，倒楣的魯桓公派人前來求親。

魯國緊臨齊國，是個說大不大，說小不小的二線國家。

魯桓公名為姬允，是魯國第十五代國君魯惠公之子。他是惠公正室夫人仲子所生，被立爲太子。但惠公去世時他尙且年幼，於是由公子息（魯隱公）即位攝政，魯隱公被殺後，他才於西元前七一一年即位。

魯桓公早就聽聞文姜的美名，聽到她被「退貨」後，不顧外界盛傳的亂倫醜聞，立即前來候補。魯桓公的提親，好比雪中送炭，令齊僖公內心萬分感激。他當即答應了婚事，並要求魯國儘快把文姜弄過去——那迫切的心情，就像股民在股票崩盤前夕，急拋燙手的垃圾股一樣。

姜儲兒的心情與父親完全相反，眼看著情妹妹就要遠嫁異鄉，心如刀割，卻無計可施，文姜的感受也與他相同。

在齊僖公嚴密防守下，兩人想見面看來是不大可能了。

但辦法是人想出來的，有什麼能阻擋住熾烈的人心呢？

就在文姜將要離去的前一天晚上，姜儲兒派心腹侍從給妹妹送了一把紙扇。上面題有一首詩：「桃樹有華，燦燦其霞，當戶不折，飄而爲直，吁嗟復吁嗟！」

文姜當然明白他的意思，立即回詩：「桃樹有英，燁燁其靈，今茲不折，證無來者？叮嚀兮復叮嚀！」

吁嗟也好，叮嚀也罷，都擋不住載著文姜的花轎，顫顫悠悠地朝魯國前進。從此，文姜就是魯桓公的女人了。

一切看似都結束了，但之前那段情意綿綿的對答，卻爲日後的故事埋下了伏筆：情意既然未絕，自然會擇機再續。還是那句話，有什麼能阻擋住熾烈的人心呢？

嫁到魯國以後，文姜既不能回國省親，又不能把思念當飯吃，只好收起曾經的叛逆，把那顆激烈的亂倫之心暫時隱藏，連同心愛的姜儲兒埋在心底，安心做她的國君夫人。

事實證明，她做得不錯，不僅沒再傳出什麼叛逆之舉，還爲魯桓公生了兩個胖小子。魯桓公很滿意。文姜也過得很平靜。但平靜只是表象，她那顆春心仍然在爲姜儲兒跳動著。她仍在尋覓靈魂出竅的機會。

終於，在苦苦等待十八年之後，機會來了。

西元前六九八年，一直爲了文姜和儲兒的事情風聲鶴唳、嚴密防守的齊僖公終於掛了，他的大兒子姜儲兒即位，是謂齊襄公。

據歷史記載，齊僖公有三個兒子，分別是姜儲兒、姜糾和姜小白，姜儲兒是長子。那麼，問題就來了，姜儲兒犯了這麼大的錯誤，爲什麼繼承王位的還是他呢？

因爲他是長子？因爲自古立長不立幼？這顯然不是全部的理由。因爲上述的條件成立的前提，是長子未犯下重大罪過，歷史上有許多長子因犯錯被剝奪儲君資格的案例，例如唐太宗的大兒子，以及康熙皇帝的長子。

或者，因爲姜糾和姜小白是白癡，難當大任？這個可能顯然是零，因爲日後奪得皇位的姜小白就是大名鼎鼎的齊桓公——彪悍的春秋五霸之一。

那麼，就只有一個可能：姜儲兒是個情商很高的人，很會討人喜歡。所以，儘管齊僖公對他亂倫一事十分惱火，內心還是很喜歡他，捨不得廢了他。

情商？是的！也許只有一個情商很高的男人，才能讓一個女人爲他牽腸掛肚十八年，終究不能忘懷。

好了，我心中的疑問解答完畢，言歸正傳。

如前所述，姜儲兒當上齊國的新國君，按照常理來說，文姜有正當的理由回國祝賀。但奇怪的是，她直到四年之後，才在魯桓公陪同下，踏上闊別十八年的故土。

我猜測，這阻力肯定來自魯桓公，對於文姜和姜儲兒亂倫的傳聞，他應該早在提親的時候就略有耳聞了。

那最後爲什麼還是讓文姜回去了呢？也許是他拗不過妻子的一哭二鬧三上吊，也許是他掉以輕心，大意了。

反正，不管怎麼說，闊別齊國十八年的文姜，馬上就要踏上故國的土地了。

我們的姜儲兒同學，一聽到親妹妹要回國的消息後，沉默了一根煙的時間，在這短暫的沉默中，年輕時兩情相悅的畫面一幅一幅地重現於腦海，讓他的荷爾蒙瞬間激增。

爲了馬上看到舊情人，他不惜千里迢迢趕到齊、魯兩國的邊境，列隊相迎。

兩人四目相接時，滄海已化作桑田，壓抑十八年的情慾「嘭」的一聲炸裂，奪體而出。他們甚至不願再多等待一秒鐘。

但理智告訴他們，鬥爭需要技巧，偷情也是。

當天，心懷鬼胎的齊襄公，熱情地挽著妹夫魯桓公的手臂把酒言歡，十分盡興。然後，傻乎乎的魯桓公就醉得不省人事，變成一灘爛泥了。

唯一的障礙解除後，月黑風高夜，正是齷齪進行時。

據說，文姜在老哥的龍床上待了三天三夜。由於歷史太久遠，關於這三天裡發生的事，細節已經無跡可尋，但我們可以想像，那應該是如膠似漆、濃情蜜意、炮聲隆隆、日月無光的三天吧？

十八年的積鬱，在那三天的炮火之下一掃而空。

那一廂顛鸞倒鳳、快意人生，這一廂，酒醒後的魯桓公只剩孤燈冷床。他很納悶，在寬大的總統套房裡來回踱步，心底升起一種不祥的預感——這與他一直不願相信的那則傳聞有關。

就在他焦躁如發情的雄獅的之時，滿面春風的文姜回來了，同時欲蓋彌彰地交代道：「我是被大嫂們（即齊襄公的妃嬪們）拉去後宮閒話家常了。」

看著她一反往常的媚態，魯桓公大怒，反手給了她一個巴掌，同時大罵道：「他媽的！你們兄妹倆還眞把老子當傻B啊？」

都到了這個地步，臉皮已經撕破了，魯桓公恨不得立即殺了眼前這個女人，但理智告訴他這不可行。於是，他決定馬上啓程回國，打算回國後再來清算文姜的大罪。

文姜內心大駭，立即讓貼身丫鬟給情哥哥送信，要求他想個萬全之策。齊襄公一琢磨，事已至此，那就只有華山一條道——殺！

當天晚上，齊襄公大擺筵席，假裝要爲魯桓公餞行，魯桓公心中委屈，但在別人的地盤上不敢造次，只能忍氣吞聲，接受齊襄公的邀請。

酒宴之上，氣氛陰鬱，大家各懷心事。齊襄公與一干人等蓄意將魯桓公灌醉，便不停地勸酒，而魯桓公內心憂鬱，一時難以自抑，便不顧一切地狂飲起來，想藉此澆滅胸中的憂愁。

可惜，這魯桓公的酒量實在不大，於是，他又醉了。

這剛好正中齊襄公的下懷！酒宴結束後，在送魯桓公回賓館的路上，一個叫彭生的小子把他搯死在馬車上。當然，這一切的都是齊襄公策劃的。

但是把人家的國君給弄死，得給魯國人民一個交代才說得過去啊！關於這點，齊襄公好早就想好了：飲酒過多，路又顛簸，腦溢血致死。

多麼無懈可擊的一個謊言！但魯國人民不相信，他們要求派出特別調查小組，堅決弄清事實的眞相。人民的力量是強大的，齊襄公當然知道這一點，因此慌了。

我們都知道，人一慌，餿主意就會自己往外蹦，聰明的齊襄公也沒能免俗。在越來越大的國際輿論壓力下，他居然一咬牙，把凶手彭生給供了出來。

先前還領功受賞的彭生頓時發懵了：「我是替你辦事的啊！你怎麼把我給賣了？」接著，他的思路清晰了起來：「哦！丟卒保車、卸磨殺驢啊？我靠！做人不是這樣的，做國君也不應該這樣的。」

他出奇憤怒，之前堅信不疑的人生觀在一瞬間坍塌。

於是，在通往刑場的路上，他破口大罵，將齊襄公與文姜的醜事抖了個底朝天。

齊襄公臉著紅，有點不好意思，但轉念一想：「都快死的人了，就讓他出出氣吧！再說，反正這點破事兒也是齊國公開的秘密了。」

殺了彭生之後，魯國人民的怒火終於平息了，這事總算蒙過去了。

接下來，魯國大臣推舉文姜的兒子姬同繼任國君，即魯莊公。在他的率領下，眾大臣將魯桓公的遺體接回魯國——一切都按部就班，有條不紊，沒再出什麼亂子。

對齊襄公戀戀不捨的文姜一路隨行，來到齊魯交界一個叫做「禚」的地方時，突然鬧起彆扭，說什麼也不肯離開，口中還念念有詞：「此地不齊不魯，正是我的家呀！」

大家沒辦法，只好撇下她繼續前行，後來，孝順的姬同在那裡修了一座行宮，把母親安頓在那裡。齊襄公一看妹妹住在邊境，立即火速下令在離「禚」地不遠的地方也修了一個行宮。

如此一來，兄妹兩人又可以肆無忌憚地關關雎鳩了。

這段生活，充滿了詩情畫意，而且十分寧靜，沒有任何外人打擾。算得上是兩人之間最浪漫的美好時光。

但它只持續了五年。

五年之後，齊國發生內亂，齊襄公被內臣刺殺，他的弟弟小白奪得王位，是謂齊桓公。齊桓公即位後，任用管仲爲相，推行改革，實行軍政合一、兵民合一的制度，使國家日漸強盛。

齊襄公死了，文姜的心也死了，流淚揮別傷心地，回到魯國洗心革面、重新做人，與曾經的荒淫徹底絕緣，全力輔佐兒子治國。

令人意想不到的是，文姜在政治、軍事各方面都身懷絕技。透過她的加盟，魯國沒多久就從一個無人在乎的小國，壯大成誰也不敢小覷的強國，最經典的證明就是，它在長勺之戰中以弱勝強，把不可一世的齊國打得滿地找牙。

長勺之戰是歷史上以少勝多的著名戰役，發生於周莊王十三年，齊桓公二年，魯莊公十年（西元前六八四年）。

當時，即位不久的齊桓公，不聽主政大夫管仲內修政治、外結諸國、待機而動的意見，貿然發兵攻魯，企圖一舉征服魯國。魯莊公在母親文姜協助下，堅決抵抗齊國入侵，同時，深具謀略的曹劌毛遂自薦，跟隨莊公出戰。

在曹劌的建議下，莊公率軍在長勺（今山東萊蕪東北，一說曲阜北）迎擊齊軍。魯軍按兵不動，齊軍三次擊鼓發動進攻，均未奏效，士氣逐漸低落。此時，魯軍一鼓作氣，大敗齊軍，後乘勝追擊，直逼齊國國都，獲得勝利。

西元前六七三年，功德圓滿的文姜去世。她死後，魯國人爲感念她後期的功績，網開一面，不計前嫌，爲她舉行風光大葬。

第4章

宣姜——上對花轎嫁錯郎

殺父之仇、奪妻之恨，是男人心中永遠無法消除的仇恨。但是，如果奪妻的人是自己的親爹呢？換了誰都經受不住這樣戲謔的打擊。

前文提到，齊僖公有兩個女兒，一個是文姜，另一個是宣姜。兩姐妹可謂是春秋時的「絕代雙嬌」。

宣姜是文姜的姐姐，與文姜一樣，同樣貌美如花、芳名遠播。但紅顏往往薄命，這姐妹倆的一生，似乎就是這句成語的翻版。

如果說文姜的一生崎嶇坎坷、悲喜交加，那宣姜的一生就是徹底的悲劇。觀其一生，可用三個詞來形容：柔弱、任人擺布、無可奈何。

好了，下面咱們就從宣姜出嫁說起，將她這段淒冷的人生慢慢道來。

話說西元前七一八年，宣姜十五歲，放在今天，正是情竇初開、少女懷春的年紀，可在當時已是待嫁之年。這一年的某一天，齊國的王宮內來了一位客人——他是衛宣公的使臣，前來替衛國太子急子求親。

衛宣公是衛國的第十五代國君，在位十八年（西元前七一八年至前七百年）。急子是衛宣公的長子，當時年方十六、七歲，據說生得儒雅俊秀、儀表不凡，在各國之間享有美名，連宣姜也略有耳聞。

面對這麼優秀的如意郎君，宣姜當然沒有理由拒絕。再說，她也已經到了當嫁之年的末期，再過個幾年，就要變成明日黃花了。

於是，齊僖公父女雙雙同意這門親事，按照正常的劇情發展，這本該是郎才女貌、令人稱羨的童話故事才對。但是，老天大概厭煩這樣平庸的劇情，於是大手一揮，扔進一個插曲。

這個插曲，使得宣姜的人生拐了一個巨大的彎，從此面目全非。

到底是怎麼樣的插曲呢？

話說衛宣公派來求親的使臣是個奸佞小人，一輩子的事業就是討好他老闆。他知道老闆是個大淫賊，於是回到衛國後，鼓動唇舌，向頭家大肆描述宣姜的美，說得對方內心澎湃。

看到衛宣公心動，他又趁機說道：「這麼個美人，不如您自己笑納了吧！」

衛宣公本就是個不正經的主兒，當年，他老爸衛莊公還活著的時候，他就曾與自己的繼母夷姜通姦，急子就是這二人通姦的產物。

所以，倫理道德在他眼裡根本是狗屁，他只服從自己內心的慾望。

於是，淫心大動的衛宣公決定笑納這個未來兒媳婦，但怎麼才能把此事辦得比較圓滿呢？他和使臣商量後，暗生一計——騙婚。

衛宣公先找了一個藉口，把急子派去宋國出一趟長差。然後，他在淇水邊火速建了一座名為「新台」的行宮，當做新房。再來，他派出浩浩蕩蕩的迎親隊伍，前往齊國迎娶宣姜。

宣姜看著聲勢浩大的迎親隊伍，心裡想著那一表人才的急子，喜孜孜地上了花轎。直接被抬進「新台」。

當自己的蓋頭被揭開時，宣姜驚呆了。出現在她面前的不是翩翩美少年急子，而是一個又老又醜、一臉猥瑣的糟老頭。

一瞬間，她的腦子短路了：「這是怎麼一回事？不是做夢吧？」

但早就心猿意馬的衛宣公沒有給她時間弄明白這一切，直接霸王硬上弓，強行占有她，然後將她封爲自己的妃子。

直到這時，宣姜才如夢初醒。可事已至此，柔弱的她沒有採取激烈的舉動，比如自殺、同歸於盡等等，這不符合她的性格，她默默地選擇了聽天由命。

心花怒放的衛宣公獸慾得到了滿足，但接下來，還有個棘手的問題擺在他面前：怎麼跟自己的兒子交代呢？

顯然，衛宣公並不把這當成問題。在他的眼裡，急子是個柔弱不堪的孩子，他有信心把對方搞定。

沒過多久，急子從宋國回來了。一路上，他還滿心歡喜，終於可以回家娶媳婦了，但一到家，就有人把殘酷的事實告訴了他。

他恍惚了，眼中的事物變得似是而非。

昨天的媳婦成了今天的後媽？昨天的公爹成了今天的新郎！這世界實在是太幽默了，他沒法不恍惚。接著，他病倒了。殺父之仇、奪妻之恨，是男人心中永遠無法消除的仇恨。但是，如果奪妻的人是自己的親爹呢？換了誰都承受不住這樣戲謔的打擊。

等急子的病好了以後，不要臉的衛宣公連句安撫都沒有，就直接從自己的後宮挑了幾個女人嫁給他，並指定其中一人當太子妃。

此時的急子早就眼神迷離、呆若木雞，儼然一個憂鬱症患者，對於這些，他全都無條件接受了。急子感受到自己的虛弱，所謂的太子頭銜不過是枚發霉的標籤，事實上他無法反抗任何事物。

但是，時間可以撫平一切。至少，對於宣姜來說是這樣的。

隨著時間的流逝，她慢慢的忘卻過去的委屈，熟悉當下的角色。她心平氣和地做她的宣公夫人，接連爲宣公生了兩個兒子——姬壽和姬朔。有了兒子之後，她理所當然地相夫教子了。

但是，隨著宣公年歲漸長，繼承人的問題變得越來越敏感。

本來，急子是通過法律認證的繼承人，但宣姜的二兒子姬朔是個野心勃勃、不擇手段的狂人。爲了取而代之，自己當上繼承人，他整天在老媽耳邊嘀咕：「急子看似無欲無求，其實是在韜光養晦，他其實一直沒忘記從前的恥辱。他曾經說過，等老爸一死，他就要把咱們殺掉。」

宣姜本來不信，但她向來沒有主見，禁不住兒子整天在耳邊嘀咕，後來就相信了。於是，她打算先下手爲強，除掉急子。

不久後，宣公派急子出使齊國，宣姜發現機會來了，於是與兒子暗地謀劃，要派刺客在半路上幹掉他。

但宣姜的大兒子姬壽是個仁厚之人，與急子的關係比較好。他無意中聽見母親與弟弟的計劃，內心一陣羞愧、一陣淒涼。經過思考後，他決定救人，於是快馬加鞭，趕上正在路上的急子，並將母親的計劃告訴他。

此時的急子，早就變成一副心灰意冷、任人擺佈的模樣，面對姬壽的警告，慘然一笑，說了一句非常文藝腔的話：「反正我心已死，肉體的死活更是無所謂了。」

這意思狠明顯：天要下雨，娘要嫁人，由他去吧！老子反正是巋然不動。

姬壽是個厚道人，但口才顯然不太好，看勸不動急子，居然把心一橫，決定代之去死，爲自己的母親和弟弟贖罪。

當晚，哥兒倆借酒澆愁，姬壽把急子灌了個不省人事，然後換上對方的衣服，拿了證明身份的白旄（古代的一種軍旗，竿頭以牛尾為飾），領著隨從上路。

就在這時，殺手出現了！這個殺手估計不太老練，也不太細心。他一看到白旄，就認定那是自己的目標，於是利刃出鞘，只一刀，就把假扮成急子的姬壽給殺了。

急子酒醒後，發現姬壽跟白旄都不見了，立即明白事情的原委，快馬加鞭，拼命去追趕姬壽。但事情就這麼巧合，當急子趕到的時候，刺客剛完成任務，正準備回去交差領賞。

急子一看姬壽被殺，一股熱血湧上心頭，對著刺客脫口而出：「所欲殺者乃我也，此何罪，請殺我。」

意思是說：你要殺的人是老子，他有什麼罪呢？有種就過來殺老子！

也許是急子本來就不想活了，刺客一看他這麼囂張，心中冷笑。繼而手起刀落，順便送他上了西天。

姬壽被殺的噩耗傳回宮裡後，宣姜痛不欲生，不知道她是否在想：「這難道就是傳說中的報應嗎？」

已年邁的衛宣公也唏噓不已，兩個兒子一眨眼就沒了，但他沒有追查凶手，或許是早就知道凶手是誰，但人已老，心亦老，不想瞎折騰了。

沒多久，衛宣公一命嗚呼。

原來的繼承人急子已經死了，姬朔順利登上了王位，是謂衛惠公。

姬朔雖然野心勃勃，卻是個志大才疏的貨色，上台後，並沒有把衛國治理好。而且，他和母親密謀殺害急子的事也傳了出來，使得衛國的貴族相當痛恨他。

失人心，必失掉江山，這是老祖宗用血淚刻劃出來的經驗。就在姬朔上台的第四年，衛國發生了一次政變。貴族們趁著姬朔外出遊玩之際，將他廢掉，擁立急子的同母胞弟黔牟做國君。

惠公聽到這個消息後，嚇得面如菜色，倉皇跑到母親的娘家齊國躲起來。

姬朔跑了，宣姜卻落在政變者手中。

衛國要求齊國交出姬朔，不然就殺了宣姜，齊國則要求衛國放了宣姜，不然就攻打衛國，替姬朔復位。雙方各執一端，該如何解決呢？

眾所周知，用武力解決爭端是不明智的，是不符合雙方利益的，談判才是解決國際爭端的正確途徑。顯然，齊國和衛國的國君也深知這一點。

最後，兩國透過談判，達成一個共識：衛國不殺宣姜，讓急子的胞弟姬頑迎娶她，來完成他哥哥未竟的心願，以慰亡靈。齊國則承認衛國的新政權，不再幫助姬朔復位。

就這樣，表面上兩國達成了雙贏的結果，儘管姬頑本來對宣姜十分厭惡，而且她是父親的遺孀，內心極其牴觸，但爲了衛國的利益，只好勉爲其難。

至於宣姜願不願意，根本沒人在乎事已至此，她還有選擇的餘地嗎？於是，可憐的她便做了父子兩代的老婆。

故事本該到此爲止。但八年之後，齊國撕毀和約，出兵伐衛，殺了黔牟，讓逃亡在外的姬朔成功復位。

看著親生兒子復位，而自己卻做他同父異母哥哥的老婆，宣姜的內心會是一種什麼感受呢？說來，這輩分也眞夠亂的。

之後，宣姜的人生便如一潭死水，再也沒有在歷史上留下浪花，直到死。

第 5 章

哀姜——慶父！慶父！

慶父出逃後不久，心驚膽戰的哀姜也偷偷跑回娘家齊國。遺憾的是，坐在王位上的是他的大伯齊桓公。為了討好魯國人，齊桓公派人用一杯毒酒把自己的侄女送往極樂世界。

哀姜是前面寫到著名的文姜、宣姜姐妹的親侄女，其父就是跟文姜上演曠世的亂倫之戀的姜儲兒——齊襄公。

當年，因爲醜事敗露，齊襄公設計幹掉了文姜的老公魯桓公。這件事後來雖然得到了較爲妥善的解決，但齊國人民和魯國人民因此卻結下了樑子。

大概爲了緩解這種敵對情緒，促進齊魯兩國的友好關係，西元前六七〇年，已升格爲太后的文姜小手一揮，命令自己的兒子魯莊公娶哀姜。

這完全可以理解，自古以來，聯姻一直都是政客們稱手的結盟工具。

這一年，魯莊公三十五歲左右，哀姜大約二十歲。

按照常理來說，魯莊公與齊襄公有殺父之仇，本來仇人見面，應該分外眼紅才是。那他爲什麼會娶仇人的女兒呢？這一方面與文姜干涉有關，另一方面，我們猜測，應該是因爲魯莊公窩囊懦弱的關係。

魯莊公內心並不喜歡這個小媳婦，但並不是源於仇恨，而是他另有所愛，叫做孟任，爲魯莊公育有一子，名曰般。

哀姜在魯宮的日子是鬱悶的，魯莊公寧可跟陪嫁來的叔姜同房，也不願意碰哀姜一下。以致於數年之後，叔姜生下了一個叫做啓的兒子，哀姜依然是顆粒無收。

這讓哀姜感到惱怒，惱怒的結果就是她出軌了，與魯莊公的弟弟慶父纏綿在一起。

慶父是魯莊公同父異母的弟弟，模樣、身材都沒話說，唯有品德方面比較惡劣，並且野心勃勃，整天做著國君夢。

西元前六六二年，魯莊公大病不起，沒過幾天就駕鶴西去了。他輕輕地離去，沒帶走一片雲彩，卻給魯國留下一個大難題——他一向糊塗，生前竟然沒有立下法定繼承人！

我們知道，在封建社會，接班人一向是最爲敏感的問題，涉及到各方政治力量的角逐。魯莊公死後，一直心懷叵測的慶父變得異常活躍，四處活動，想拉攏各方力量，支持他登上王位。

但是，這顯然不合常理，因爲魯莊公有兒子啊！怎麼輪得到他這個當弟弟的人呢？何況又不是一母同胞，再說，他的品德一直受人詬病，所以白忙了一場，仍沒有幾個人支持他。

最後，經由魯莊公另一個弟弟季友主持，在魯國貴族支持下，身爲長子的公子般順利勝出，登上王位。

搶奪王位的失敗，讓心高氣傲的慶父很受傷，繼而氣急敗壞，變得喪心病狂。既然明的不行，那老子就來陰的！於是，他和哀姜合計，暗地裡找了一個叫犖的殺手，趁公子般外出，把他幹掉。

此事令魯國舉國震驚，雖然大家都知道主謀是慶父，但犖殺掉般之後，就被侍衛用亂刀砍死，死無對證，大家都拿慶父沒辦法。

殺了般之後，慶父又委婉地提出想當國君的想法，但魯國的貴族們堅決不答應，經過大家相互妥協，最終，叔姜的兒子啓被立爲國君，是謂魯閔公。

叔姜是哀姜的妹妹，啓就是哀姜的外甥。按常理來說，他應該跟哀姜比較親近。但事情恰恰相反，啓是個很有主見的人，對哀姜與慶父的醜事非常不齒，登位後，從來不給這兩人好臉色看。

慶父是個十分敏感的人，對啓的態度心知肚明，爲了防止日後成爲對方的刀下亡魂，他又跟哀姜合謀，派人把對方暗殺掉。

對此，魯國人民又震驚了！全世界人民都震驚了。這個叫慶父的雜種居然接連幹掉兩任國君，這還得了？

於是，魯國的貴族們再也不在乎有沒有證據，群情激憤，要求處死慶父。爲了發動群衆，他們還撰寫了一句宣傳語：「慶父不死，魯難未已。」

宣傳的力量是很強大的，魯國人民一下子就沸騰了，紛紛貼出大字報要求懲治害人精慶父。

眼看自己即將陷入人民戰爭的汪洋中，慶父害怕了，連夜收拾細軟，逃到莒國去。

莒國受封於周朝初期，當時國勢正強，不斷與齊、晉等大國會盟，還不斷對周圍小國發動戰爭，是個愛招事兒的主兒。這樣的國家，恰巧適合愛惹事的慶父。

慶父叛逃國外後，魯國人民迎回之前逃亡在外的季友和魯莊公的三兒子中，並立公子申為新任國君，是謂魯僖公。

季友吸取以往的教訓，為了防止慶父三度鹹魚翻身，便以彼之道還施彼身，派出魯國的頂級殺手，前往莒國追殺他。

慶父整天被趕得跟個兔子似的，有時候一晚上要換三個房間。這種日子太折磨人了！有時候，比死亡更可怕的，是明知死之將至，卻不知道它到底何時前來。如此持續十幾天後，他就精神崩潰了，找了一個風景秀麗的地方，自殺身亡。

慶父出逃後不久，心驚膽戰的哀姜也偷偷跑回娘家齊國。遺憾的是，此時她老爸齊襄公已死，坐在王座上的是齊桓公。

齊桓公是個很有政治頭腦的國君，早就聽聞哀姜和慶父的骯髒事，也知道魯國人對這兩人的憤恨之深。

為了討好魯國人，加深兩國的友好關係，以便日後他稱霸時獲得幫助，齊桓公派人用一杯毒酒把自己的侄女送往極樂世界。

哀姜死後，兒子輩的魯僖公為了顯示自己的仁慈和寬宏大量，派人將屍體運回魯國，並以國君夫人之禮厚葬，算是給她保留一點薄面。

念塵世之囂囂，生有何歡？死亦何懼？何況貽害蒼生之人？如此一想，雖是不得善終，但哀姜與慶父也應該沒有什麼好委屈的了。

第 6 章

息媯——一次非禮引發的蝴蝶效應

改嫁後，息媯始終悶悶不樂，最後，她清清楚楚地告訴楚王：「這一切的罪魁禍首，是蔡哀侯，只要他還活著，我就不知道快樂為何物？」這意思相當明白。

前面我們說過，春秋產美女。其實這個說法並不全面，正確的說法應該是：春秋產美女，尤其盛產姐妹花！

春秋時有兩對姐妹花名聞遐邇，一對是前面提到的文姜、宣姜，另一對就是名聲稍遜的息嬀和蔡嬀。

跟自己的姐姐蔡嬀相比，息嬀更加嬌艷動人，當然，根據越紅顏越薄命的理論，她的命運也就越坎坷。

這麼說吧，息嬀是個有故事的女人。

息嬀到底何許人也？她是陳國的公主，因爲面若桃花，人稱「桃花夫人」。

陳國是春秋戰國時代的一個諸侯國，國君姓嬀，是舜的後代。據說，舜娶了前領導堯的兩個女兒娥皇、女英爲妻，女英生有一子，名爲商均，商均的後代嬀滿娶了周武王的大女兒太姬，於西元前一〇四五年受封於陳（轄地大致為現在的河南東部和安徽一部分），建都宛丘（今河南淮陽附近）。

息嬀的老爸陳宣公，是陳莊公胞弟，繼其兄擔任陳國國君，在位長達四十五年。

息嬀出生時就異於常人，不僅額頭上有桃花胎記，降生時還引來百鳥朝鳳，可謂不同凡響。但不幸的是，如此大排場的降世，並沒有給她帶來好運。她出生沒多久，就被陳國的著名術士（類似袁天罡之類的神棍）預言：「此女降生必將引來生靈塗炭」。

陳宣公對此十分忌諱，於是息嬀很小就被送出皇宮，在鄉野之間，由乳娘撫養長大。長大後，息嬀和姐姐蔡嬀前後被嫁給息國國君息侯，以及蔡國國君蔡哀侯。

蔡國在今河南上蔡縣一帶，轄地大致為現在的河南駐馬店市上蔡縣一帶。蔡國的始祖叔度為周武王姬發之弟，周滅商後，受封於蔡，與管叔、霍叔一起監管殷商的遺民，稱為「三監」。

息國在今河南淮陽縣一帶，息國的始祖羽達為周文王第三十七子，西元前一一二二年，周武王將其封為息侯，建立息國。

息國是個小國，息侯也不是胸懷大志之人，所以，嫁到息國的息嬀過著比較平靜的日子。息侯待她如掌上明珠，她也賢慧通達，二人琴瑟和諧，小日子打理得有滋有味。

但世事總難料，天老有不測風雲。一件小事徹底打破了這份寧靜，並引發了一系列連鎖效應。

西元前六八四年的某一天，息嬀突然想念起陳國的爹娘。這份想念有點突如其來，而且越來越強烈，一發而不可收拾，讓她坐立不安。她心中開始狐疑：這是不是傳說中的心靈感應？是不是爹娘發生了什麼意外？

她決定回家看看。

息侯本來打算同行，但手上有要緊的政事要處理，沒能脫身，只好把妻子送上馬車，並對護送的人員叮囑了一番「注意安全，早去早回」等話後，便目送她離開。

息侯原本以爲，這只是一次簡單的省親，沒想到卻爲息國帶來莫名其妙的災難。也許，這印證了當初陳國術士的預言。

息嬀馬不停蹄地趕到陳國後，發現爹娘都好好的，沒缺手也沒缺腳，兩人容光煥發、老當益壯，這下她放心了。小住幾天之後，就又坐上返回息國的馬車。

在回家的路上，息嬀思念起自己的姐姐，蔡國恰好在陳國旁邊，於是她決定稍微繞一下路，到蔡國去探望一下自己的姐姐。

這本是人之常情，可沒想到，正是這貌似不經意的一「看」，引發後面的風雲突變。話說息嬀到達蔡國後，姐姐蔡嬀十分高興，姐妹倆拉著手聊起家常，姐夫蔡哀侯則吩咐下人設宴爲她接風。

酒宴之上，一開始還把酒言歡、和樂融融。可酒過三巡後，意外就發生了。趁蔡嬀上廁所的工夫，老色狼蔡哀侯居然淫性大發，對息嬀動起手腳。

事情來得突然，息嬀先是呆住了，繼而勃然大怒。身爲金枝玉葉，卻被人輕薄，這已是奇恥大辱，何況輕薄自己的還是親姐夫？

息嬀出奇地憤怒，一番怒罵之後，也沒來得及跟姐姐告別，逕自拂袖而去。坐在馬車上時，她越想越氣，便一路哭哭啼啼地回到息國。

見到自己的男人息侯，從沒受過如此大辱的她嚎啕大哭，一邊哭，一邊把事情的經過重複了一遍。

息侯聽罷，頓時怒從心中起，惡向膽邊生。他厲聲罵道：「狗娘養的蔡哀侯，此仇不報，誓不為人。我一定要剁了你餵豬！」

但問題是，此仇怎麼報呢？他想出兵攻打蔡國，可息國的兵力顯然不夠，若要真打，純屬白白送死。他想派刺客暗殺，可手頭卻沒有堪用之人，再說暗殺需要時機，不是一蹴可就的，即使他有耐心等待，他的憤怒卻等不得。

到底該怎麼辦呢？有什麼更快更省又保險的妙計呢？

息侯苦苦思索著。終於，功夫不負苦心人，最後還真讓他想出來了。

他決定借刀殺人。

具體的計劃是這樣的：他買通楚國，讓楚國假意前來攻打息國，然後再派人向蔡國求救，蔡哀侯念在連襟的份上，肯定不會坐視不理。然後，等蔡國大軍一到，他就反戈一擊，與楚國軍隊一起包夾蔡軍，活捉蔡哀侯，實現自己「剁了他餵豬」的毒誓。

聽起來是一條挺不錯的計策，但問題是，楚國會配合嗎？

答案是肯定的！

爲什麼？因爲楚國當時正在往成爲大國的路上狂奔，先不說息侯會不會給錢，即使他不給錢，愛管閒事的楚國也肯定會欣然前往。這可是一本萬利的買賣啊！一則藉機展現實力、震懾諸國，二則趁機擴張勢力範圍，多美好的機會！當今的美利堅不就是這麼做的嗎？

既然計策擬定，可行性調查也已通過，那接下來就是付諸行動了。

息侯派人覲見楚文王，說明來意。果然，楚文王求之不得，毫不猶豫地就答應了。於是，當初設計好的場面出現了，楚軍假意要攻打息國，息侯派人到蔡國求救。蔡哀侯果然率大軍來救。結果，安營未定，楚軍與息軍就從四面包圍過來，形成關門打狗的局面。

一瞬間，蔡哀侯的腦子有點混亂：「這唱的到底是哪齣啊？」

但沒有時間讓他整理思緒，左奔右突中，蔡哀侯大敗而逃，不過終究沒逃掉，最終在莘野被楚軍活捉。

直到他被帶到楚營，看到息侯正大張旗鼓地犒勞楚軍，才方知中計，心中頓時懊悔不已，並且明白息侯爲什麼要如此對待他，心中大嘆：「泡妞有風險，非禮須謹慎啊！」

可世上從來沒有後悔藥可以吃，個人造業個人擔，只能努力把苦果消化掉，然後東山再起。在息侯一再要求下，楚文王決定殺了蔡哀侯。可就在這時候，楚國有個比較有戰略眼光的大臣鬻拳進諫道：「大王的志向是問鼎中原，若殺了此人，別的小國肯定會懼怕，說不定會結成聯盟與我國爲敵，不如放了他，並結爲盟友，這樣別的小國就會前來歸順了。」

楚文王畢竟是個希望一統天下的大人物，聽了鬻拳的分析，心中豁然開朗，於是不顧息侯的鬱悶，立即釋放蔡哀侯。

蔡哀侯死裡逃生，狂喜不已。喜過之後，對息侯心生暗恨：「我不過調戲了一下你媳婦，你卻施此毒計要我性命，何其毒也！息侯，我已經爲錯誤付出代價了，你也得爲你的歹毒付出代價。」

《教父》告誡我們：「千萬不要恨你的敵人，因爲仇恨會讓你失去理智。」

蔡哀侯被釋放以後，楚王設宴爲他餞行。在宴席之上，他採用「以其人之道，還治其人之身」的策略，極力向楚王描述息嬀的美麗和嬌媚，以勾起對方的淫心，從而挑撥他和息侯的關係。

蔡哀侯成功了，這個「文學中年」，靠著一張嘴，使楚文王對息嬀產生了濃厚的興趣。不久之後，楚文王就藉訪問之名來到息國，息侯對他放了蔡哀侯極不滿意，但又不敢怠慢，連忙設宴款待。

酒宴之上，楚文王半眞半假地說：「之前我爲尊夫人盡了大力，如今夫人怎麼連酒也不敬一杯啊？」

息侯攝於楚國的實力，不敢拒絕，就命息嬀出來敬了楚王一杯酒。敬酒的過程中，楚王細緻地把息嬀全身打量了個遍。果然是國色天香、名不虛傳啊！他頓時沉醉了，並決定得到她，甚至不惜影響自己的大國夢。

回到楚國後，楚文王滿腦子都是息嬀艷麗的身影，揮之不去，愈演愈烈。繼而，他失眠了。第二天，他便以答謝的名義設宴，派人把息侯請到楚國赴宴。暗地裡，他早埋伏下軍士——要殺了息侯。

酒過三巡，假裝喝醉了的楚文王對息侯說：「我對你夫人有大功，你夫人能不能屈尊來替我慰勞一下三軍將士啊？」

這可是明顯的挑釁。息嬀是王后，又不是軍妓，如何能慰勞啊？息侯大窘，扭扭捏捏，不知該如何作答。

看到息侯的樣子，楚王一下子拍案而起，厲聲道：「忘恩負義的東西，左右軍士還不給我拿下？」

聽到命令，軍士呼啦一下子全出來了，息侯瞬間成了甕中之鱉。

抓住息侯後，楚文王親自帶著將士直奔息國的王宮找息嬀。息嬀聽說息侯被擒，自嘆道：「笨蛋息侯，引狼入室，咎由自取。」說完就要跳井。

說時遲，那時快，一個叫斗丹的大將搶先一步，以迅雷不及掩耳之勢，一把抓住息嬀的衣裙，威脅道：「夫人難道不想保全息侯的性命嗎？妳要真跳下去，那息侯也活不了了。」

爲了保全息侯，可憐的息嬀只好忍辱滿足楚文王的慾望，做他的楚國夫人，而仰仗自己的女人才苟且偷生的息侯，被安排到楚國的保衛部，做一名楚國都城的守門小吏。

改嫁給楚文王後，息嬀爲他生了兩個兒子：熊艱與熊惲。但三年之內，她始終悶悶不樂，一句話也不跟對方說。

開始，楚文王忍著，想用自己濃濃的愛意去感化她。最終，他實在忍不住了，就開口問道：「這究竟是爲什麼呢？難道妳還想著那個息侯？」

三年不語的息嬀終於開了金口：「那個懦夫我早就把他忘了。只是，吾一婦人，而事二夫，縱弗能死，其又奚言？」

然後，她清清楚楚地告訴楚王：「這一切的罪魁禍首，是蔡哀侯，只要他還活著，我就不知道快樂爲何物？」

這意思已經很明白了。

聰明的楚文王當然心領神會，他立即派兵攻打蔡國（這時也不顧他逐鹿中原的大業了），蔡國雖比息國強大，但跟楚國相比，還是不堪一擊，於是，蔡哀侯又成了楚國的階下囚。

但楚王並沒有立即殺掉他，而是把他囚禁起來。這其實比殺頭更痛苦——求死不能、求生不得。

苦苦熬了九年之後，蔡哀侯終於自己主動掛了。蔡哀侯死去之後，息嬀心事全無，迅速進入了角色，忘掉過去，專心做起她的楚夫人。

西元前六七五年，楚文王抱病而亡。

楚文王死後的十二年間，楚國內亂激烈。文王的兒子們爲了王位自相殘殺，爭鬥不休，結果，文王的弟弟——王叔子元趁機控制政權。

但子元是個沒啥出息的貨色。控制政權後，他把大部分的精力用在挑逗自己的皇嫂息嬀上。他狂妄恣肆，無賴不堪，有時候，竟然公然住進王宮，對嫂子百般挑逗。

爲了進一步誘惑息嬀，他甚至在她宮室旁修建一座別院，整天在裡面搖鈴鐺、跳艷舞，可是從骨子裡蔑視他的息嬀就是不從。

實在承受不住騷擾時，她唯有徹夜哭泣。

終於，她的哭泣得到效果——楚國貴族對子元的醜態十分不滿，於是在西元前六六四年發動政變，殺掉他，平定「子元之亂」。

子元死後，息嬀的幼子熊惲奪得王位，即日後大名鼎鼎的楚成王。

楚成王（西元前六七一年至前六二六年在位）是一代明君，以「布德施惠」、「結好諸侯」和「重貢周王」來鞏固王位，即位初盡力與中原諸侯結好，以謀和平發展，同時借周惠王之命，鎮壓夷越，大力開拓疆域。

自西元前六五五年以來，先後滅掉貳、穀、絞、弦、黃、英、蔣、道、柏、房、軫、夔等國。並於西元前六三八年擊敗宋軍，大挫意欲稱霸的宋襄公威勢，從此，楚國國威大振，稱雄中原。

目睹著兒子的英姿，息嬀在楚宮平靜地度過了人生中最後的歲月。

她死後，被安葬在漢陽城外的桃花山上，山麓中建有一祠，稱爲「桃花夫人廟」，至今仍爲漢陽的名勝之一。

第7章

懷嬴——一枚瘋狂旋轉的棋子

有一次，懷嬴端了一盆水給重耳洗手，重耳洗完後不小心把水珠揮到她的臉上。她馬上把盆子往地下一摔，破口大罵：「你牛B什麼？你不過是個臭要飯的，欺負誰呢你？」

一般來說，身爲人子（或者人女），能攤上一個八面威風的牛B老爸，是多麼令人羨慕的一件事啊！至少可以少奮鬥幾十年，提前過著體面而有尊嚴的生活。

但事物往往是一體兩面的，有一利就必有一弊。比如春秋五霸之一的秦穆公（西元前六五九年至前六二一年在位）的女兒懷嬴，在享盡富貴的同時，她付出的代價就是：要用一輩子來成就父親的政治抱負。

坦白說，她一輩子的主要事業就是當秦穆公手中的棋子——嫁給晉國的太子圉，是做棋子；後來，改嫁給太子圉的大伯重耳，也是棋子。總之，如果要用三個名詞來概括懷嬴的一生，第一個是棋子，第二個是棋子，第三個還是棋子。

那麼，是什麼樣的力量，讓一個父親可以不顧女兒的幸福，狠心把她當成一枚棋子呢？是野心！是像岩漿一樣猛烈迸發的野心。

秦穆公是個天生野心勃勃的人，當年即位之時，就發誓：「寡人將來一定要做霸主中的霸主！」

秦國是春秋戰國時期最著名的一個諸侯國，因爲它在戰國末年，相繼滅掉其他六國，於西元前二二一年建立大秦，一統天下。

但秦國並非一開始就是大國，相反的，一直到戰國初期，它還是一個弱小的國家。秦最初的領地在今天陝西省西部，當時屬於中國邊緣，也正因爲地處偏僻，沒有受到其他諸侯國的重視。直到西元前六五九年，秦穆公即位，秦國才在他的率領下參與中原爭霸，成爲僅次於晉國、楚國、齊國的二線強國，開始屬於自己的大國崛起。

秦穆公在秦國的壯大過程中居功甚偉，可剛即位時，秦國還只是個跑龍套的角色，與霸主的地位相距十萬八千里。不過，它的鄰居晉國，已初具霸主的風範。

晉國（今山西省南部）一直是春秋時的大國。據《史記》記載，晉國的始祖是周成王的弟弟叔虞。

周成王和叔虞還是孩子的時候，在一起玩耍，恰逢周公旦誅滅叛亂的唐國，於是周成王對叔虞嬉戲道：「我把唐國分封給你吧！」

這話讓一旁負責記錄天子言行的史官聽到了，這哥們是個嚴謹的人，就稟奏成王，請他擇日分封叔虞。

但成王笑著說：「封啥啊封？我跟我弟弟開玩笑的。」

史官振振有詞：「天子無戲言，說封就得封。這話我都記下來了，將進入史書。」

成王沒想到後果這麼嚴重，不得已，只好封叔虞於唐。後來，叔虞的兒子燮徙居晉水之濱，改國號爲晉。

晉獻公名詭諸，是晉武公曲沃之子，因其父活捉戎狄首領詭諸而得名。他是一位雄主，即位後，帶著晉國大肆擴張，先後伐滅霍、魏、耿、虢、虞等諸侯國，一路打來「併國十七，服國三十八」，從此「西有河西，與秦接境，北邊翟，東至河內」，強盛空前。

晉獻公成就很大，彪炳史冊，但讓他被大眾熟知的卻不是他的豐功偉績，而是一個典故——假道伐虢。

話說西元前六五五年，晉獻公想吞併鄰近的兩個小國：虞和虢，但這兩個國家之間關係不錯。如果伐虞，虢會出兵救援；如果攻虢，虞也會出兵相助。面對這個棘手的問題，他採用大臣荀息的計策，向虞公行賄，然後請求借道討伐虢國。

當時，虞國大夫宮之奇警告虞公：「不可以讓晉軍攻打虢國，因為虢國是虞國的屏障，虢國滅亡了的話，虞國一定隨之而亡。」

但虞公昏庸，不聽勸諫，結果，晉國滅掉虢國之後，迅速滅掉虞國，俘虜虞公。這就是著名的「假道伐虢」，是三十六計之一。

由此事可見，晉獻公可謂智謀之君，在如此英明的君主的領導下，晉國怎麼可能不強大呢？秦穆公見識過晉國的強大，發誓也要讓秦國變得強大，為了巴結強大的晉國，以獲得有力的援助，他勇敢地向晉獻公發出申請：希望做他的女婿。

晉獻公也很欣賞秦穆公的簡單直接，以及強悍的心理素質，於是就把大女兒嫁給他。

後來，晉國內亂，太子申生被殺，晉獻公的另外兩個兒子夷吾和重耳為了活命，分別逃往他國避難。夷吾以割讓河東五城為條件，獲得姐夫秦穆公的幫助，一舉打回晉國，做了晉國國君，是謂晉惠公。

但晉惠公是個小氣的人，不久就開始心疼那河東五城，於是發兵攻打秦國，結果慘敗，河東五城不但沒收回來，還成了俘虜。

在虛心接受姐夫秦穆公的一番批評後，惠公答應讓自己的兒子——太子圉前來做人質，才得以脫身，灰溜溜地跑回晉國。

夷吾走了，太子圉來了，懷嬴身不由己的棋子生涯也就此展開。

話說太子圉來到秦國之後，秦穆公爲了拉攏這個晉國未來國君，替自己的霸主之路掃除障礙，不但沒把他當成人質，反而奉爲上賓，甚至把自己的寶貝女兒懷嬴嫁給他。

但太子圉顯然不是個傻B，深知秦穆公此舉的目的，內心顯然沒把對方當自己人。

到秦國後的第五年，太子圉通過線民得到一個消息：老爸晉惠公得了重病，好像快要掛了！獲得這個消息後，他坐立難安，他知道自己必須馬上回去，如果無法在老爸升天之前趕回去，等晉惠公一死，國內的大臣就會擁立別的王子即位，那他這個太子估計就要永遠流亡在外了。

問題是，秦穆公會放他回去嗎？太子圉分析了半天，得出自己的答案：會！但他知道，秦穆公從來不是那種樂於助人、不求回報的主兒，如果他在此事上幫了自己的忙，那日後肯定會索取與之相稱的回報。

太子圉受夠了寄人籬下的傀儡生活，不想再受制於人，想靠自己登上王位，然後掌控自己的命運，於是，他做了一個大膽的決定：逃回晉國！

出逃前，他的心中還有個牽掛，那就是懷嬴。這些年她待他還眞不錯，所以，他忍不住把自己的計劃告訴妻子，並蠱惑她說：「跟我一起逃吧！」

懷嬴是個傳統觀念比較強的女人，考慮了一炷香的時間後，回答道：「我要是跟你跑了，就對不起我爸；如果我去告密，就對不起你。所以，爲了不虧欠任何人，我不會跟你走，也不會去告密，你自己跑吧！」

太子圉見懷嬴這麼呆板，嘆息一聲：「也罷！那妳自己保重，我走了。」

事情進展得很順利，最後，太子圉安全地逃回晉國，沒多久，晉惠公果然掛了，他便即位，是謂晉懷公。

太子圉的出逃，讓秦穆公大發雷霆，對著自己的大臣們破口大罵：「這忘恩負義的東西，跟他爹一樣的貨色，都是白眼狼。」

盛怒之後，秦穆公決定教訓教訓這個不聽話的女婿，於是派人四處尋找逃亡在外的重耳（就是前文提到的晉懷公的大伯），決定推翻晉懷公，幫重耳登上國君之位。

當時，重耳正在楚國避難，過著豬狗不如的生活，聽到秦穆公的召喚，如飲甘霖，立刻風塵僕僕地趕過來。

見到秦穆公後，重耳畢恭畢敬，一副悉聽遵命的奴才相，這讓對方十分滿意：「看起來，重耳是個忠厚老實之人，值得信任。」

爲了抓住對方的心，秦穆公又故技重施，想把被甩的懷嬴改嫁給他。重耳聽到以後，心中一陣噁心：「這秦穆公還眞是個下三濫，把我侄子拋棄的媳婦扔給我，這不扯淡嗎？」但他臉上還是一如既往的謙恭，小心翼翼地謝絕道：「這，好像有點不大合適吧？您看，懷嬴小姐是我侄子的夫人，而且，貌似還沒有辦理離婚手續啊，我若是……那啥……是不是有點……是不？」

秦穆公眉頭一皺，不耐煩地打斷他：「你到底在說什麼？難道我女兒配不上你？我都要幫你打回晉國了，你還顧忌什麼叔侄關係呢？」

一看穆公有點生氣，重耳趕緊道歉：「不是，不是！只要您願意，我十分樂意娶懷嬴小姐。」

聽到這話，秦穆公嘿嘿一笑，樂了。

就這樣，懷嬴又成了重耳的媳婦。這一年，重耳已是六十多歲的小老頭了。

對於懷嬴來說，如果說之前被強行嫁給太子圉還能勉強接受的話，那這次改嫁給重耳，就是極其抵觸的。但是礙於父王的淫威，她不得不從，只是她的內心，對於這個唯唯諾諾的六十多歲小老頭，肯定是十分厭惡的。

懷嬴一直在找機會發洩自己的不滿。

有一次，按照古代夫妻的禮節，懷嬴端了一盆水給重耳洗手，重耳洗完後，習慣性地一揮，結果把水珠兒揮到了懷嬴的臉上。

懷嬴一看，嘿，機會來了！於是把盆子「砰」地一聲往地下一摔，破口大罵：「你牛B什麼？不過是個臭要飯的，欺負誰呢你？」

重耳一看懷嬴很生氣，後果很嚴重，頓時結巴起來：「不是這個樣子的，真的不是妳想的這個樣子的……我沒有……只是……」

看著重耳手足無措的模樣，懷嬴內心的鬱悶突然莫名地一掃而空，她第一次發自內心地覺得，這個老頭其實還滿可愛的。而且，她發現這個人身上具有能夠成就大事的特質——隱忍。之前，她把那份隱忍誤解成窩囊。從那之後，懷嬴開始把重耳真正當成自己的男人，並全心全意地輔助他成就大業。

一年之後，重耳帶著秦穆公贈送的財物，在秦國重兵護送下渡過黃河，返回晉國，並集合舊部、招兵買馬，開始自己的革命生涯。

說來也是天意，沒過多久，重耳就將侄子晉懷公趕下台，殺之，然後取而代之，登上國君的寶座。大業完成，接下來，就得把自己的老婆接過來了。

重耳比較有人情味，為了表示對懷嬴的重視，更顯示對秦穆公的感謝，他率領大臣，親自到黃河邊「逆夫人嬴氏以歸」。這裡的「逆」，是迎接新娘子的高貴禮儀。

那場面相當壯觀，據韓非子在《買櫝還珠》中記載，懷嬴除了帶來豐厚的嫁妝，還帶了七十位穿著錦繡華服的美女陪嫁做妾媵（即侍妾）。

最後，需要說明的是，這個忍辱負重的重耳，就是日後大名鼎鼎的晉文公——與老丈人秦穆公平起平坐的春秋五霸之一。

而懷嬴，終於結束了自己的棋子生涯，過著幸福的生活，直到終老。

第 8 章

趙姬——你的江山，我的男人

異人一死，趙姬和呂不韋更加有恃無恐，過起一般夫妻的生活。但是，趙姬正值虎狼之年，呂不韋年紀漸長，又有國事纏身，加上害怕被嬴政發現，所以有抽身之意。

時光快速流轉，帶我們前往戰國末年。此時，諸侯征戰已進入白熱化階段，一些小國逐漸被大國吞併，只剩下齊、楚、燕、韓、魏、趙、秦七個勢均力敵的大國，也就是戰國七雄。

秦國地處西陲，剛開始比其他六國都要弱小，但秦孝公即位後，重用商鞅，實行變法，使國力逐漸強盛，成爲七國中的頭號強國。

鏡頭在七國的上空掃過，越過秦國，一路往東，然後不斷拉近，最終聚焦在趙國都城邯鄲的一所豪華夜總會裡。

在這裡，有一個歌姬，正在用她的天籟之音與傾城之色，服務台下亢奮的男人。在這裡，也只有她有這個能力，把衆多男人從脫衣舞孃那裡吸引過來，讓他們欣賞流行歌曲這一略微高雅的藝術。

這個女人姓趙，人稱趙姬，那一年，她年芳二八、風華絕代，是夜總會裡的頭牌歌姬。普通人都說，此女色藝雙絕，但賣藝不賣色。其實，這只是對普通人來說，對不平凡的人來說，那就不同了。

這天晚上，台下的衆多粉絲之中，就有一個不平凡的人，叫呂不韋，是一位超級巨商。他原本只是衛國濮陽的普通商人，爲了發展自己的事業，五年前，舉家遷來邯鄲，生意越做越大，時至今日，終於成爲邯鄲城富比士富豪排行榜第一人。

儘管富可敵國，但呂不韋的心中一直有一個夢想，那就是做一個政治家。

當時的人們思想不像現在這麼開放，他們的官本位思想極其嚴重，眼裡只有當官的，至於商人，不管你有多少錢，得到的敬畏和尊重永遠無法與當官的比。

恰巧一年前，呂不韋在一個偶然的機會中，結識一個落魄的大貴人，叫做嬴異人，是秦國昭襄王的孫子，太子安國君的小兒子。

爲什麼秦國的王子會落魄在趙國的都城呢？因爲當時有個習慣，戰敗的國家，爲了表示自己不會在日後興兵報復，會派自己的王子到戰勝國去做人質，以示誠意。

秦昭襄王曾派兵入侵趙國，趙國在名將廉頗指揮下，兩度擊退秦國。於是，秦國被迫把異人送入趙國，做爲人質。

按常理而言，自己的親孫子在人家手裡捏著，昭襄王也該消停消停了。但他全然不顧孫子的死活，多次對趙國用兵。

西元前二六〇年，昭襄王派兵攻打韓國，奪取上黨郡，上黨郡的百姓不願降秦，紛紛逃往毗鄰的趙國。

趙國便駐兵長平（今山西省高平市長平村），庇護逃過來的韓國難民。

對於趙國的舉動，昭襄王十分生氣，於是在這年四月，派兵攻打趙國。趙王派老將廉頗率兵抵抗，但由於寡不敵眾，兩軍激戰數月後，趙軍損失慘重。

後來，廉頗根據敵強我弱的實際情況，採取堅守營壘，以耗秦兵給養的戰略，趙王爲此屢次責備他。

於是，秦國使用離間計，散布流言說：「秦軍只害怕一個人，那就是馬服君趙奢的兒子趙括。廉頗無能，十分容易對付，他快要投降了。」

趙王原本就怨怒廉頗連吃敗仗，再加上嫌他一味堅守、不敢出戰迎敵，聽到流言後，立即派趙括替代廉頗爲將。昭襄王見趙王中計，立即暗派白起爲大將，率兵攻趙。面對只會紙上談兵的趙括，白起使用詐敗誘敵等戰法，將趙軍團團圍住，使他走投無路，親率精兵突圍，結果被秦軍射殺。

趙括一死，趙軍大亂，在毫無突圍可能的情況下，四十幾萬趙軍一起投降白起，結果全被坑殺。後由於魏國公子信陵君竊符救趙，在邯鄲大敗秦軍，才使趙國沒有滅亡，這就是歷史上著名的長平之戰。

經過長平之戰後，異人在趙國的處境每況愈下。雖然沒被殺，但缺衣少食，還回不了國，過著求生不得、求死不能的痛苦生活。

能結識有錢的呂不韋，他非常開心，因爲他在這裡舉目無親，對方不但幫他解決經濟困難，而且願意聽他訴說苦楚，眞是感激涕零。

呂不韋認識異人之後也興奮得不得了，回到家做的第一件事就是彙報給他老爸，並向他提出三個問題。

呂不韋：「種地的利潤如何？」

呂老爹：「是本錢的十倍。」

呂不韋：「經商的利潤呢？」

呂老爹：「一百倍。」

呂不韋：「那，假如幫一個王子回到自己的國家，並取得王位呢？」

呂老爹：「我靠，那就不可計量了！」

從此以後，呂不韋就定了下一階段的人生計劃：幫助嬴異人回國，並當上大王。同時，他還在心中醞釀另一個計劃。這晚來聽趙姬的演唱會，正是計劃的一部分。

演唱完畢，呂不韋徑直來到後台，見了趙姬，對她開門見山地說：「敝人呂不韋，仰慕姑娘已久，今願以千金爲姑娘贖身，納爲小妾，如何？老闆那邊我已談好了，現在就等妳的答覆了。」

趙姬年紀雖輕，但風月場上閱人無數，見到呂不韋的第一眼，就喜歡上這個又帥又有錢，且氣質不俗的男人。但她沒有立即答應，而是含羞帶怯地說：「謝官人的好意，容我思量思量。」

其實，她哪需要思量？內心早就心花朵朵開了，如此回答，只是想試試呂不韋的誠心罷了。

三天後，呂不韋眞的來了，趙姬早收拾好行李，一見馬車來了，興奮得不得了，直接跳上馬車，跟著對方回家了。

兩人顚鸞倒鳳數日，恩愛得不得了。

兩個月後，呂不韋請來一個郎中，爲趙姬把脈。趙姬很納悶，她沒生病啊？問呂不韋，對方只是笑而不答。

把完脈後，郎中來到客廳，朝呂不韋拱手作揖：「恭喜呂爺，貴夫人有喜了，從脈象看，是個公子。」

呂不韋聽後大喜，重金酬謝郎中。把郎中送走後，一個人在客廳裡興奮地歡呼，叫完後進入臥室，嚴肅地對趙姬說道：「如今，我不想瞞妳了。我有個計劃，需要妳幫我完成。如此如此……」

趙姬聽完呂不韋的計劃，心中頓時失落起來，以爲幸福生活就要沒了，但她畢竟是個見過大場面的女人，早就看透人間冷暖，雖然心中不悅，但還是答道：「賤妾是大爺買回來的，怎麼處置，自然全聽大爺的。」

呂不韋聽出她的不悅，於是開導道：「不幸只是暫時的，異人是個傻瓜，等妳做了王后，我做了大臣，咱們還可以私下來往啊！」

一聽到王后兩個字，趙姬內心的不悅頓時一掃而空，同時面色潮紅，興奮得差點歡呼出聲，懂事地說道：「我一定全力配合你。」

呂不韋大喜，當天晚上，他就買通看管異人的趙國衛兵，把他請來家中做客。異人一看又有好吃的了，興奮得哇哇大叫。呂不韋糾正他道：「是嗷，不是哇，你得入鄉隨俗。」於是，嬴異人立即改以嗷嗷大叫。

三杯過後，呂不韋拍了兩下巴掌，屏風後便走出來一個美人，裊娜娉婷、楚楚動人，輕撫琵琶，朱唇微啓，唱起時興的流行歌曲，正是趙姬。

再看那嬴異人，呆了，從趙姬出場的那一刻，他整個人都傻了。

呂不韋看在眼裡，樂在心中，但面上絲毫表情未露。

一曲唱罷，異人才從恍神中走出來，他「撲通」一聲跪在呂不韋面前，道：「大哥，這誰啊？給我當老婆吧！求你了。」

呂不韋假裝不悅道：「你也太那個了，這是我媳婦啊！」

異人驚得不知道說什麼好，這時呂不韋又假裝嘆氣道：「唉，反正為了你，我萬貫家財都不打算要了，何況一小妾呢？好，大哥成全你，她歸你了。但來日你若登基，千萬不能老哥我啊！」

異人聞言大喜，興奮得連感謝都忘了，只是一個勁地點頭如搗蒜道：「大哥放心，只要我做了國君，你就是丞相，一人之下，萬人之上。」

呂不韋這時才露出欣慰的表情說：「那我就放心了。」

接下來，爲了讓異人當上秦國國君，呂不韋首先來到秦國，用大量的珠寶買通太子寵妃華陽夫人的姐姐。

這位姐姐敬獻了許多珠寶給華陽夫人，並捎話說：「您雖是安國君最寵愛的姬妾，但是無子嗣，應該儘早過繼一個，不然待至色衰愛弛，有何依靠？現在異人在趙國當人質，日夜泣思太子及夫人，何不趁此機會，立他爲嫡嗣，這樣他必感德不忘，夫人亦終身有靠，一舉兩得！」

這一席話說得華陽夫人如夢初醒，當夜即轉告太子，決定立異人爲嗣子。就這樣，異人朝秦國國君的位子又邁進了一大步。

回到邯鄲後，呂不韋把這個消息告訴異人，異人自是對他感激不盡。

幾個月後，趙姬爲異人生了一個兒子，名叫嬴政，也就是日後大名鼎鼎的秦始皇。當然，傻乎乎的嬴異人理所當然地以爲是自己的血脈。

幾年後，昭襄王駕崩，安國君即位，不久後，通過外交斡旋，嬴異人終於得以回國。

當然，他除帶上趙姬和嬴政，還帶著以賓客爲身份的呂不韋回國。

安國君當了幾十年太子，即位時已年老體衰，國君才當沒多久就一命嗚呼了。歷盡劫難的嬴異人同學，終於登上歷史的舞台。

需要提到的一點是，趙姬嫁給異人後，她和呂不韋一直保持來往，異人當上國君後仍然如此。加上兩人太聰明，異人又太傻，一直沒被發現。

且說異人當上國君後，立即提拔呂不韋當丞相，並封趙姬爲王后，立嬴政爲太子，算是兌現自己當年的承諾。

當上國君的嬴異人，爲了彌補自己殘酷荒蕪的青春，決定加倍地補償自己。於是，他把舉國事務交給呂丞相打理，自己專心地享受風花雪月。

可是，酒色傷身，加上呂不韋指使趙姬沒日沒夜，使盡渾身招數，極盡妖媚之能事和異人顛鸞倒鳳，導致他的身體狀況每況愈下。沒多久，他便一命嗚呼，這年，他才三十六歲。

嬴異人死後，嬴政登基，趙姬成了太后，呂不韋被尊爲相父，一手把持朝政。這一年，嬴政十三歲。

異人一死，趙姬和呂不韋更加有恃無恐，幾乎過起一般夫妻的生活。但是，此時的趙姬才三十多歲，正值虎狼之年，對生理方面的需求極其旺盛，呂不韋年紀漸長，又有國事纏身，加上害怕被嬴政發現，頗有抽身而出之意。

但趙姬那邊怎麼辦呢？這時呂不韋想到了一個人，此人在當時的「亂搞界」算是第一把交椅，不但陽物雄偉——把它插進小車的輪軸裡，不用手力，輪軸就能活動自如。據說床笫之事也能力異常，這個人叫嫪毐。

「也許，他能滿足趙姬的需求。」呂不韋在心裡暗想道。

於是，呂不韋趕緊派人把嫪毐請進府裡，向他說明自己的計劃。嫪毐本是咸陽城裡的無業遊民，如今有這樣的好事降臨到自己頭上，自然歡欣鼓舞地接受。

於是，呂不韋讓人拔了嫪毐的鬍鬚，讓他裝成太監，送進宮裡。趙姬得此尤物，床上一試，果然是美妙無窮。從此以後，晝夜不捨、日日笙歌，小日子過得有滋有味，慢慢也就不再糾纏呂不韋了。

至此，呂不韋終於鬆了一口氣，輕鬆了許多。從趙姬那裡抽身後，他專心於政事，協助嬴政將國家治理得井井有條。

不久，他聽到流言，說太后懷孕了，內心大驚，趕緊覲見趙姬。

趙姬剛跟嫪毐雲雨完畢，尚沉浸在高潮的餘波中，見呂不韋神色有異，便問他：「難道出事了？」

呂不韋以實相告，並詢問趙姬：「是否眞的已孕？」

趙姬點頭承認，並驚駭不已，她本以爲此事機密，沒想到居然傳出風聲，若傳到嬴政耳中，這滔天之恥豈不招致禍端嗎？

爲了避免讓嬴政得知此事，在呂不韋建議下，她與嫪毒躲到距咸陽西北二十里處，一座幽靜而華麗的雍宮居住，不久，生下一名男孩。

可趙姬不長記性，一年後，居然又生了一個男孩。世上沒有不透風的牆，日子一長，嬴政對此也有所耳聞，但此時他把精力全放在吞併六國的宏圖偉略上，只能忍而不發。

但嬴政還沒急，有人就先急了，這個人就是嫪毒。

嫪毒畢竟是個市井小人，沒什麼文化，不大懂得謀略。按他的思維方式，他雖然很得太后的寵愛，但眞正掌權的是嬴政。如今，他和趙姬生了兩個兒子，這事若讓對方知道，那不得生吃了他嗎？因此他決定先下手爲強，反了他娘的！他積極收買黨羽，並與趙姬密謀，欲除掉對方。

造反是殺頭的大事，一般是要秘密行事的。可嫪毒在一次宴會中喝多了，一不留神，就跟朝臣說出自己的野心，對方一聽，這怎麼了得？

於是，朝臣慌忙地跑去報告嬴政，嬴政早就看嫪毒不順眼，當即下令逮人，誅滅三族！又出兵包圍雍宮，搜出他跟趙姬私生的兩個兒子，當場殺死，接著把她驅往棫陽宮監禁。

此時的嬴政，已是一隻翅膀堅硬的雄鷹，沒有人能阻止他了。爲了鞏固自己的權力，他藉口嫪毒是呂不韋所送，說呂不韋是他的同謀，本該處斬，但念他勞苦功高，削其官職，回自己的封地河南養老。

呂不韋接到旨意後，矛盾萬分，若說出實情，以嬴政的暴戾與高傲，會認他這個親爸爸嗎？眼看自己費盡心機，幾十年的功績毀於一旦，便在絕望之中飲鴆自盡了。

趙姬失去嫪毒以後，本已鬱鬱寡歡，如今聽說呂不韋也死了，想到與他共度的幾十年風雨，更是痛不欲生，三十四年後也抑鬱而終。

第 9 章

呂后——你可以，我當然也可以

一直待在沛縣的審食其來說，既無戰功，也無旁功，唯一的功勞，就是幫呂后解決生理需要。但呂后靠著一副肥膽兒，硬是替他要了個大獎，審食其被封為辟陽侯。

在中國古代，后妃干政是一道獨特的風景線。

這些強勢的女人，或隱身幕後，或垂簾聽政，或直接鳩占鵲巢，取而代之，談笑之間便殺伐決斷，指點江山，將整個王朝的男人都籠罩在她們的陰影之下，實在是巾幗勝過鬚眉，令人不得不佩服她們的威力。

這些當國的后妃中，呂后無疑是當之無愧的開山鼻祖。

呂后姓呂名雉，是漢高祖劉邦的髮妻，出身於小士紳家庭，雖然長得不是特別漂亮，但天生就有一種大女人的彪悍氣質。

當初，呂后的老爸呂太公慧眼識人，認定尚處在流氓無賴階段的劉邦日後必能成就一番大事業，便不顧妻子極力反對，將呂后嫁給一窮二白的他。此時，呂后還不滿二十歲，劉邦已經四十多歲。

呂太公怎麼就能認定劉邦能稱成大事呢？據歷史記載，因爲他會相面！他曾經跟自己的老婆說過，一生相人無數，但沒有一個能比得過劉邦的面相。

你肯定會說，這也太唯心主義了吧？

好，那就來點唯物的。

根據歷史記載，呂太公曾經宴請沛縣名流。當時有個規矩，送禮超過「千錢」才能到堂上入席，「千錢」之下的，只能在堂下湊合。

當時，一個縣令的年奉只不過數千錢，所以，「千錢」應當是個不小的數目。

這個時候，劉邦來了，他大大咧咧、旁若無人，高喊一聲「泗水亭長劉季」、「賀錢萬」，然後直接來到堂上。

呂太公一聽「泗水亭長劉季」、「賀錢萬」，大爲驚訝，這幾乎是個天文數字啊！於是趕快起身相迎。後來才知道，其實劉邦一個子兒都沒拿，是來吃霸王餐的，但他不怒反喜。

爲啥？因爲他是一個極具政治頭腦的人，從劉邦揮灑自如的霸氣中，看出其中蘊藏的膽識，以及常人不具備的政治家素質。

其實，也正是這個原因，呂太公才最終下定決心孤注一擲，把寶貝女兒嫁給他。嫁給劉邦後，呂后任勞任怨、溫順賢慧，既照顧一家老小的起居，又要下地勞作。劉邦則繼續游手好閒，喝酒賭博，順便做他的小官——泗水亭長，換點微薄的薪水。

亭長是秦朝時的一個官名，在鄉村之間，每十里設一亭，亭有亭長，掌管治安警衛，兼管停留旅客、治理民事。按官銜來看，它的等級和孫悟空的弼馬溫其實差不多。

有一次，他負責往驪山押送勞役，結果一路上不斷有人開小差，跑掉了。若是這樣到達驪山，肯定交不了差，就算不被殺頭，也得被關個十年八載。

無奈之下，他乾脆在半路上將沒跑的人全放了，並且說：「公等皆去，吾亦從此逝矣。」意思就是，你們也都各回各家各找各媽吧，我劉邦也要跑路啦！

沒想到，劉邦這一番話反而把他們感動了，他們不但沒跑，還揚言要死心塌地跟著他造反。

劉邦一看，既然各位這麼給面子，那麼，造反就造反吧！於是，他大手一揮：「爺們反了！」

適逢當時天下大亂，造反是一門時尚而且十分有前途的職業。無意中，劉邦被裹挾進這股潮流，從此一發不可收拾，似乎冥冥中真的自有天意。

劉邦造反後，大多過著流寇般的生活，根本沒有能力攜帶自己的家眷。當他帶著沛縣的子弟兵離開時，留下自己的哥哥劉仲，和一個叫審食其的人一起照料自己的父親和妻兒子女。

可萬萬沒想到，這個審食其日後竟給他戴了一頂大大的綠帽子。

其實，審食其應該是個老實、謹慎的人，試想，劉邦如果不是個白癡的話，他肯定不會留下一個大色狼照顧自己的妻兒老小。所以，經過選拔的他，至少是劉邦能信任的人裡最老實的。

但是，人這個玩意，是最經不起時間考驗的。劉邦一走，長時間杳無音信，留下正値虎狼之年的呂后在家獨守空房，想想也的確殘忍。

我們可以想見，呂后一開始是儘量忍著的，畢竟當時是封建社會，而且她也不太像天生淫蕩的人兒。但最後終歸沒能忍住，於是，人性戰勝了道德的約束，她和審食其好上了。後來幾乎像地下夫妻一般生活在一起。從他們到死都還糾纏不斷的曖昧關係來看，兩人應該是比較恩愛的，生活應該是比較和諧的。

這種生活一直持續了三年，劉邦依然不回家，但已經有他的消息了：聽說他做大了。儘管如此，呂后依然不管不顧，照樣和審食其過著幸福的小日子。直到那一天，一個叫項羽的人派了一大隊兵馬來到沛縣，二話不說就把他們一家子抓去做俘虜。這俘虜一做就是三年，這三年間，二人相濡以沫，幾乎到了公開同居的地步。

項羽看到此情此景，興奮得哈哈大笑：「你他奶奶的劉邦，你丟人丟大了！」我想，這也是項羽一直不殺呂后的原因，他就是要留著她，看她給劉邦戴綠帽子。

後來，劉邦忽悠項羽，跟他訂了個楚河漢界、停戰協議之類的東西，呂后等一干人等就被釋放了。此時，劉邦已經稱得上是一方王侯，呂后等人也不能回沛縣過小日子了，得跟著他風風光光地混，這段日子，對於她來說，卻是不幸福的。

爲什麼呢？

因爲她不能跟審食其顛鸞倒鳳了。

你肯定會說啦，不還有劉邦嗎？眞是笑話！劉邦此時對女人可挑了，既有漂亮賢慧的戚夫人，還有那些可以隨便取用的漂亮美眉，他會乖乖給呂后交公糧嗎？因此，此時的呂后是不幸福的。

後來，劉邦幹掉項羽，平定寰宇，建立大漢朝，做了皇帝。江山打下來了，就要論功行賞、封侯拜相了。

本來，以一直待在沛縣的審食其來說，既無戰功，也無旁功，唯一可以稱道的功勞，就是幫呂后解決生理需要。所以，論功行賞根本不關他的事，他自己也沒敢妄想。

但呂后是個不平凡的女人，靠著一副肥膽兒，硬是替審食其要了個大獎——審食其被封爲辟陽侯。這就足見二人情誼之深，甚至超越簡單的情慾。

劉邦當上皇帝以後，女人就更數不出來了，呂后當然也更輪不上了。她鬱悶，相當鬱悶！終於，抑制不住她大膽地把審食其召進未央宮，兩人一夜雲雨。

第二天，這事被劉邦知道了（假設），他把呂后叫來後一陣怒罵（還是假設），但對方毫不示弱，說出自己的正常需要，也說出當年的困苦。

劉邦不是個小心眼的人，一經思量，心想也是，妳也確實挺苦的。最後，他長嘆一聲，跟呂后訂了個君子協定：「我搞我的，妳搞妳的，但妳可得保密，不能把妳們兩個的事宣揚出去，我做皇帝的，畢竟得有點面子啊！」

對於這個結果，呂后當然是滿意的，肯定滿口答應。（這個結果可能性很大吧？）從此之後，經常有捲成一卷的席子被送往未央宮。當然，席子裡的正是審食其同學。

如此數年，大家相安無事。

西元前一九五年，高祖劉邦駕崩，惠帝劉盈即位，年僅十六歲。

劉盈是劉邦和呂后的親生兒子。我們知道，劉邦和呂后都是一等一的狠角色，按照遺傳學來看，他們生的兒子應該也是性格剛毅的生猛之人。

遺憾的是，劉盈大概在受精過程中產生了變異——他身上毫無半點乃父乃母的狠勁，完全是個優柔寡斷、寬厚仁慈之人。

在尋常百姓家裡，寬厚仁慈算不上是缺點，甚至還是美德，最多受點欺負、吃點小虧罷了。可要玩政治，這就是致命的弱點了！因爲寬厚仁慈與優柔寡斷搭配，幾乎等於懦弱的同義詞，政治是殘酷的，根本容不得懦弱二字。

因爲生性懦弱，他老爸劉邦打心底瞧不起他，怎麼看怎麼不順眼，整天一副「我怎麼生了這麼個玩意」的表情，還萌生廢掉他的念頭，幸虧勇猛的呂后鬥智鬥勇，才使他保住太子之位。

這件事，對敏感的劉盈造成不小的打擊，並使他對自己的能力更加懷疑，結果就是，他越來越自卑。他的羸弱，給了呂后專權的機會。

呂后是個極具城府和野心的女人，她知道自己的兒子性格太過軟弱，如果找個外人當皇后，皇后可能會藉機參政，造成外戚專權。爲了不讓權力旁落，她想出一個兩全其美的辦法：把自己的親外孫女——也就是魯元公主的女兒張嫣嫁給他。

可憐的劉盈，甚至連自己的婚事都沒有半點發言權。

聽到這個消息後，他差點昏死過去，娶自己的外甥女？這怎麼下了手啊？但他沒有反抗的能力，只好唯唯諾諾地接受，就這樣，他與小自己八歲的外甥女成了親。

新婚當夜，看著昨日還稱呼自己舅舅的小姑娘坐在大床上，他有種想嘔吐的感覺。於是，他合衣而坐，給自己的外甥女兼小新娘，講了一整夜的童話故事。之後的每個夜晚，幾乎也是這麼度過的，根據歷史記載，張嫣至死都還是純潔的處子之身。

本來，娶外甥女這件事就夠劉盈承受的了，但沒想到，更刺激的還在後頭。

呂后掌權後，開始喪心病狂地迫害那些曾經跟自己爭寵的女人。其中，最受劉邦寵愛的戚夫人下場最淒慘。

呂后先是設計毒死戚夫人唯一的兒子劉如意，然後把她囚禁起來，讓她戴著笨重的枷具做搗米的粗活。後來覺得這樣不過癮，竟派人殘忍地將她四肢砍斷、挖去眼睛、薰聾雙耳，灌藥使她變成啞巴，最後扔進廁所，稱爲「人彘」。

如果此事悄悄進行也就罷了，可她偏偏邀請兒子去觀賞自己的傑作——大概想以此激發他內心的狠勁。

但事與願違，劉盈看到這恐怖的畫面時，嚇得臉色大變，差點昏死過去，然後大叫：「這眞不是人能幹出來的事兒啊！作爲妳的兒子，我沒臉再掌管天下了！」之後大病一場，直到一年之後才恢復健康。

這事對劉盈的刺激太大了，從此之後，他徹底自暴自棄，不再關心國事，整日飲酒嬉戲，飲完酒就跟後宮的美女們瘋狂歡愛。於是，呂后徹底把持朝政，成了大漢朝的無冕女王。大權在握以後，她也沒必要再躲躲閃閃了，於是，她和審食其的關係幾乎公開化了。當劉盈得知此事後，氣得差點吐血——這是明目張膽地給先皇戴綠帽啊！是可忍孰不可忍？

當下，他便發誓一定要找機會幹掉審食其，皇天不負苦心人，某一天，他終於逮著機會，把對方關進大牢，準備治其死罪。

對此，呂后十分惱火，知道是自己的兒子在發洩內心的不滿，但以她的身份，還眞沒法去給情夫講情，只好尷尬地觀望事態的發展。

這時候，審食其的朋友朱建挺身而出，救了他一命。

朱建曾是淮南王黥布的手下，當年，黥布要造反，他曾大力反對，無奈對方不聽。後來，黥布兵敗被殺後，劉邦聽說朱建曾勸不要造反，並且沒參與造反之事，對他另眼相看，召入朝中，委以重任，並封其爲平原君。

朱建能言善辯、口才極佳，同時性格剛正，爲官清廉，口碑良好，因此，朝中大臣都喜歡與他結交。

審食其也曾經向朱建伸出過橄欖枝，但朱建鄙視他「二爺」的身份，根本不甩他。後來，朱建的母親去世，手中拮据，沒錢安葬，精明的審食其抓住機會，給他送了一大筆錢。爲了葬母，朱建也顧不得那麼多，只好照單全收。俗話說，吃人家的嘴短，收了審食其的錢後，他也不好意思對人家冷眼相對，於是，二人成了朋友。

這次，朱建幫審食其出頭，只是在報答他之前的饋贈。

朱建很聰明，他沒有直接去劉盈那裡碰壁，而是採用迂迴路線，讓對方的男寵宏孺去講情。但宏孺憑什麼聽他的呢？這就需要策略了。朱建首先對他恫嚇道：「審食其一死，你的性命也就難保了。」

聽到這話，膽小的宏孺嚇了一跳，不太敢相信是眞的。

於是，朱建繼續苦口婆心地分析：「你想想啊！你受皇上寵愛，審食其受太后寵愛，而如今的大權掌握在太后的手中，一旦皇上將審食其殺掉，太后必定報復，那你就難逃一死了。」

這話說得太有道理了，讓宏孺不得不信，於是使出渾身解數，在劉盈面前替審食其求情。

本來，劉盈對此事十分堅決，幾乎油鹽不進，但在自己的男寵面前卻敗下陣來，長嘆一聲：「放了審食其吧！」沒辦法，誰讓他自己也不乾淨呢？

就這樣，審食其平安無事地逃過一劫。等到惠帝死後，他與呂后關係更加密切，簡直到了肆無忌憚的地步。

呂后死後，諸呂被殺，但是審食其未雨綢繆，得到陸賈、朱建等人的幫助，仍平安無事，直到漢文帝三年，淮陽王劉長因爲恨他在漢高祖時對其親母見死不救，伺機殺了他。於是九泉之下，這對地下愛侶又見面了。

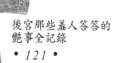

第 10 章

館陶公主——我牛，故我在

當天，漢武帝一進門就對館陶公主說：「怎麼只有妳一個人呢？我還想看看那個英俊的『主人翁』呢！」這裡的「主人翁」指的當然是董偃。

館陶公主原名劉嫖，是漢文帝和竇太后的閨女，也是漢景帝一母同胞的親妹妹，更是漢武帝的姑姑兼丈母娘，可謂三朝名媛，風光無限。

對於館陶公主，也許你不太熟悉，但有一個成語你肯定不陌生——金屋藏嬌。這成語中的「嬌」，就是漢武帝劉徹的皇后阿嬌，也就是館陶公主的女兒。

歷史經常充滿意外，按照館陶公主的最初意願，這個阿嬌本來是要嫁給她的另一個侄子劉榮的，無奈陰差陽錯，最終跟了劉徹，並造就「金屋藏嬌」這個千古佳話。這其中的過程比較曲折，也耐人尋味，各位客倌坐好，聽我慢慢敘來。

話說漢景帝有兩個最寵幸的妃子，一個叫栗姬，爲景帝生下了兒子劉榮；另一個叫王娡，爲景帝生下了兒子劉徹。

其中，劉榮在景帝的所有兒子中排名老大，於是，按照古代「立長不立幼的」的普世價值，被立爲太子。

館陶公主是個聰明的女人，看到劉榮被立爲太子，馬上做出一個決定：把自己的女兒嫁給自己的侄子劉榮！

這麼一來，自己是老牌公主，自己的女兒將成爲新晉太子妃——也就是預備役的皇后，那麼家族的榮耀就長久不衰了。

做出決議後，她開始將它付諸行動。自己的老弟景帝這邊當然沒問題，關鍵是打通劉榮的老媽栗姬那方的關係。

找了一個艷陽高照的好天氣，館陶公主笑嘻嘻地來到栗姬宮中，閒扯一段家常拉近距離後，便把自己的想法告訴對方。

館陶公主原本認為，憑著自己的面子，這事是十拿九穩的，可沒想到，栗姬是個比較傻B的女人，不知腦袋中的哪根神經出了毛病，居然拒絕她的建議，而且拒絕得十分不委婉。

館陶公主面子掛不住，立即拂袖而去。出門以後，她越想越氣憤，決定報復這個不知道天高地厚的笨女人。然後，她徑直來到王娡的宮中，把剛才的憋屈事一五一十地和盤托出。

王娡是個聰明人，人情練達，世事洞明。看館陶公主如此義憤填膺，她當即試探性地說道：「妳家阿嬌是個好閨女，要是我家徹兒能娶到這樣的好媳婦，那就真得要感謝佛祖了。」

這句話正中館陶公主的下懷，於是順勢接話道：「那就讓阿嬌嫁給妳家劉徹吧！我保證徹兒日後會比那劉榮更有出息。」

這話暗示得十分明顯，王娡大喜，當即拍板定案，二人即刻結為親家，順便也結成盟友。接下來，館陶公主的工作就是把劉榮從太子之位拉下來，然後把自己未來的女婿劉徹扶上去。

館陶公主利用自己跟景帝的親戚關係，開始在他耳邊吹風，一邊陳述栗姬的惡毒、狹隘、沒素質等等不堪之事，一邊吹捧王娡的賢慧、博大、氣質高雅。

景帝向來比較信任自己的親姐姐，聽到這些話後，心中的天平漸漸傾斜了。

恰在這個關口，王娡收買一位大臣，給景帝上了一封奏摺，內容是請求景帝馬上立栗姬爲皇后（景帝原來的皇后薄氏因為不能生育被廢，皇后的位子一直空著）。

景帝看到奏摺後，認爲這一定是栗姬的把戲，因此大怒，把上摺子的大臣召來痛罵一頓，罵完後還不解恨，大手一揮，把那倒楣鬼拉出去斬了。

這個倒楣的孩子至死也沒弄明白：「皇帝爲什麼要殺我啊？」

這件事之後，糊塗的景帝便徹底冷落栗姬，把所有的熱情都投向王娡。

原本屬於優勢一方的栗姬地位突然被逆轉，內心的鬱悶是可想而知的。畢竟爭取皇帝的恩寵是妃嬪們一生的事業，一旦失去恩寵，就會瞬間淪落爲失敗者。

難以接受現實的栗姬大病了一場，景帝表現得很絕情，堅決不去探視，這讓她徹底絕望，病情也越來越重。

就在她病入膏肓的時候，一個致命的消息摧毀了她：王娡被立爲皇后。

沒過幾天，栗姬就死了。

搞掉栗姬以後，館陶公主長出一口惡氣，頓時心曠神怡、暢快不已。不過，她還不能掉以輕心，得再接再厲，把劉榮也搞下來。

於是，她開始在弟弟面前大肆宣揚劉徹的優點，什麼聰明、孝順，小小年紀胸懷大志……等等，反正任何可以替他加分的標籤，統統都往他身上貼去。

更離譜的是，她還編造大肆宣揚封建迷信的謊言——說劉徹出生前，他老媽王娡就夢見自己吞下了一枚太陽。

靠！難道王娡是太陽系？

不過，景帝的耳根向來比較軟，一來二去，也就對這個兒子興趣濃厚了起來。再說，王娡都被立為皇后了，那改立皇后的兒子為太子，也是合乎情理的事嘛！

就這樣，可憐的劉榮在沒有犯什麼錯誤的情況下，被強行剝奪太子的職位，降階為王，由劉徹取而代之，成為法定接班人。

至此皆大歡喜，館陶公主的任務也已完成一半了，剩下的，就是把阿嬌嫁給劉徹。

當時，劉徹和阿嬌年齡尚小，未到談婚論嫁的年紀，但館陶公主為防節外生枝，硬是導演了一齣情景劇，讓景帝覺得劉徹和阿嬌是青梅竹馬、天造地設的一對。

這個情景劇的名字叫做「金屋藏嬌」，劇情是這樣的：

某日，景帝召集家族內部成員聚餐。

在宴會上，館陶公主半開玩笑半當眞地問劉徹：「姑姑給你找個媳婦怎麼樣啊？」

劉徹答道：「好啊！」

於是館陶公主隨便指了一個宮女說：「那你娶她如何？」

小劉徹連連搖頭。

接著，館陶公主指著阿嬌說：「那你娶阿嬌姐姐好不好啊？」

劉徹聞言連忙點頭，並說出了那句經典台詞：「若得阿嬌作婦，當做金屋貯之也。」

景帝聞聽此言後，頓時龍心大悅，當即拍板，定了劉徹和阿嬌的婚事。

多麼嚴謹的劇本啊！

不過，這也僅僅是個劇本，所有的情景和對話都是館陶公主和王娡事先預設好的。劉徹小兒只不過是個照著劇本念台詞的小演員而已，只是他演得太逼眞，把景帝騙得一愣一愣的。

演完這齣戲之後，館陶公主苦心經營的連環計總算大功告成。之後，她只需要耐心地等待景帝駕崩，然後就可以看著自己的女兒登上皇后的寶座，自己也可以順利升級爲皇帝的丈母娘。

西元前一四一年，景帝終於在館陶公主的熱切盼望中，十分知趣地掛了。劉徹登基，是謂漢武帝，封阿嬌姑娘爲皇后。

剛開始，劉徹跟阿嬌過著舉案齊眉的幸福生活，但不久後，劉徹喜歡上姐姐平陽公主家的一個歌女衛子夫，並把她弄進宮裡來。從此，他專心寵幸衛子夫，漸漸把阿嬌冷落了。

阿嬌是個心氣較高的姑娘，一直認爲，是她的老媽把劉徹弄上皇帝的寶座，他應該知恩圖報才是。可是，他竟然爲了一個歌女而冷落了自己，眞是太讓人傷心了。

一般來說，當夫妻關係出現矛盾時，有人會選擇溝通、交流，有的人則會選擇惱羞成怒。很不幸，阿嬌姑娘屬於後者。

而且她的反應十分激烈，爲了報復，居然從宮外請來巫師，以巫術詛咒衛子夫。

這可是歷代宮廷大忌啊！撇除施行此道者不會有善終，如果事情未曾敗露，那也就算了，反正天知地知你知我知而已。但很遺憾，事情敗露，漢武帝劉徹大怒，將巫師碎屍萬段。

念及舊日的情分，他沒有殺阿嬌，而是將她廢掉，打入冷宮。其實這種生不如此的懲罰，甚至比死還更加殘酷。

苦心經營的富貴之路就這麼戛然而止了，這使館陶公主很受傷，但也無可奈何。從此，她淡出政治舞台，開始專心享受生活。

而生活的最重要的部分，當然就是性了。

館陶公主的丈夫叫陳午，世襲堂邑侯，也算是個一表人才的錚錚男子漢。婚後最初幾年，兩人的關係還很甜蜜。但隨著歲月的流逝，兩人越來越老，彼此之間的吸引力也就越來越少。

最後，館陶公主乾脆拋開陳午，專心蓄養起面首——也就是男寵。

但館陶公主相對比較專一，她一生只有一個男寵，就是風流倜儻英俊瀟灑的玉面小飛龍——董偃。

董偃出身珠寶商之家，十三歲那年，跟隨母親去給館陶公主送貨，結果被有戀童癖嫌疑的館陶公主看中，留在府裡。

不過，館陶公主比較守法，爲了避免與未成年人發生關係，硬挺著，直到董偃十八歲那年，才順理成章把他弄進自己的床幃。

剛開始，礙於陳午的面子問題，這事很隱蔽，至少外面的人都不知道。等到陳午死了之後，這事就幾乎公開化了，王公貴族，黎民百姓，誰都知道館陶公主有個叫董偃的帥哥情人。

漢武帝當然也知道此事，膽小的董偃整天提心吊膽的，生怕哪天漢武帝發飆，把他的小命給報銷了。

董偃把自己的擔憂告訴好朋友袁叔。

袁叔是個很有智慧的人，替朋友謀劃道：「要想安枕無憂，只有討好當今聖上。皇上每年都要去祖墳安陵祭祀，可那地方偏遠，附近沒有大的行宮。剛好館陶公主的私家園林長門園就在安陵旁，如果你讓公主把它獻給皇上，皇上一高興，你倆的事兒不就安全了嗎？再說，據我推測，皇上遲早會霸佔這個園子，與其等他開口，不如主動獻上，還能賺個人情。」

董偃聽後大喜，當即表示照辦。回到館陶公主的府邸後，他把袁叔的話重複了一遍，館陶公主表示同意，立即將園子獻給漢武帝。

漢武帝得到這個園子後，心裡十分滿意，立即將它更名為長門宮，作為自己祭祖時的寢宮。同時，他發表談話，表示對自己的姑姑兼丈母娘的做法十分讚賞。

把漢武帝哄樂以後，館陶公主和董偃就依照袁叔的計策，打鐵趁熱，請武帝到自己的府上做客。

漢武帝是個聰明人，當然知道館陶公主此舉的用意。當天，他一進門就對館陶公主說：「怎麼只有妳一個人呢？我還想看看那個英俊的『主人翁』呢！」這裡的「主人翁」指的當然就是董偃。

館陶公主也不是笨蛋，既然皇帝把話說到這個份上，那就代表沒事了，當即跪下，假意自我檢討道：「我有罪啊！私自弄了個男寵，敗壞皇家的名聲，還請皇上懲罰。但我倆確實有眞感情啊！」

漢武帝哈哈一笑，他從來就不是個呆板的道德至上者，伸手扶起館陶公主，吐出了一句千古名言：「生命誠可貴乎？愛情價更高也。人存活於天地之間，爲了愛情違背點道德準則，沒什麼大不了的。」

聽了漢武帝的金口玉言，館陶公主徹底放心了。

她請出董偃，二人一塊陪皇帝把酒言歡。宴席之上，氣氛輕鬆熱烈，賓主雙方進行了親切友好的交談，通過一番接觸，漢武帝對董偃越來越喜歡，見此情此景，館陶公主也大感欣慰。

第二天，全國上流人物都收到消息：「漢武帝昨晚跟董偃一塊把酒言歡了。」又過了幾天，全國人民也都知道了。

這是一個意義非凡的政治信號。連漢武帝都默認了，那別人還有什麼話可說呢？董偃從此安枕無憂。

不過，大概是生活太無憂了，縱慾過度的董偃剛滿三十歲就撒手人寰了，留下日漸衰老的館陶公主空守幾年孤燈，之後也跟著去了。

館陶公主臨死前，留下遺囑：「死後與董偃同穴，不與法定丈夫陳午合葬。」

從這個決定可以看出，館陶與董偃之間，的確存在一種叫做愛情的物質，否則，怎會連死後都不捨得分離呢？

漢武帝成全了他們，將二人合葬於霸陵，可憐的是正牌老公陳午，空給後世留下一個「正房」完敗於「小三」的經典案例。

他若地下有知，應該會此恨綿綿無絕期吧！

第11章

趙飛燕姐妹——快樂至死

劉驁一見趙合德，頓時大喜，發現她並不輸飛燕，而且，姐妹倆的風格不同，正好形成互補。此後，他把後宮三千佳麗視為糞土，專心寵幸趙氏姐妹。

趙飛燕是中國歷史上的著名美女，在形容美女的成語「環肥燕瘦」中，「燕瘦」就是指她。

趙飛燕最重要的一個身份，便是漢成帝劉驁的皇后。

說到劉驁，可是個赫赫有名的人物。不過，和前輩們相比，他留下的卻是惡名——荒淫、無恥、下流、王八。總之，在歷代昏君的排行榜之中，他絕對名列前茅，更刺激的是，他不僅喜好女色，連男寵也一塊收歸帳內。

漢成帝的男寵名叫張放，出身名門，爺爺曾官至大司馬，姥姥乃是大漢朝的公主，可謂身份顯赫。與所有的男寵一樣，張放有一張讓人過目不忘的好臉蛋，而且聰明伶俐、善解人意，按史書的記載就是「少年殊麗，性開敏」。而且他的帥十分邪乎，不僅讓女人心旌搖曳，連男人也不能自持。

漢成帝對張放可謂寵愛備至，根據記載，張放「與上臥起，寵愛殊絕」，兩人幾乎到了一秒鐘都不能分開的地步。

爲了不被外人打擾甜蜜的兩人世界，他倆還經常喬裝打扮，以微服出巡爲由，公然結伴外出，而且經常一遊就是數月，使衆人欣羨不已。

更詭異的是，漢成帝還親自做媒，把皇后的侄女嫁給他。大婚當天，漢成帝親自安排人布置禮堂，並撥款數萬，供「治婚委員會」使用。

但有個成語叫做「盛極而衰」，大概是漢成帝與張放做事太張揚，引起以國舅王鳳為首的皇室貴族的不滿，他們是這麼想的：「你小小張放，不就是皇上的小寵物嗎？怎敢招搖到如此地步？」

貴族一不滿意，後果就嚴重了，他們聯合上書，同時在太后面前大肆渲兩人之間的種種不堪，並揚言：「這怎麼了得？如此以往，國將不國。」

當時，外戚的政治勢力十分強大，連皇帝都要忌憚三分。太后在娘家力挺下，對皇帝施加壓力，要求把張放這個害人的玩意趕出京城，發配到鳥不拉屎的地方，永世不得翻身。面對龐大的外戚勢力，漢成帝毫無辦法，只好在悲痛欲絕之中，將張發配到偏遠之地。離別之時，兩人抱頭痛哭，雖沒法跟熱戀中的情侶比，也的確令人動容。

唉，張放獲得的這份恩寵，簡直可以與趙飛燕姐妹相媲美！

呵呵！有點跑題了，咱們接著說說趙飛燕。

雖然後來貴為皇后，深受劉驁寵愛，但趙飛燕的出身其實十分卑微，人生的前十幾年一直生活在社會底層，因為上天賜予的詭異機緣，才得以一步升天。

這個機緣，來源於一場舞會。

那天，百般無聊的劉驁到他姐姐陽阿公主那裡串門子時，肯定料想不到，自己會遇上那個令他神魂顛倒的女人。

事實上，當陽阿公主要自己府上的歌女為皇帝弟弟助興的時候，他還是一貫的意興闌珊，但趙飛燕翩翩而出時，那攝人心魄的眼神、婀娜曼妙的舞姿，讓他雙眼確確實實地發直許久。那一刻起，他欣喜若狂，為自己難以置信的意外收穫。

當天，劉驁把趙飛燕帶回宮裡，並以閃電般的速度封她為婕好，從此，我們的飛燕姐姐開始她輝煌的皇宮征途，過不了多久，這一片金碧輝煌的大漢後宮，將是她趙氏姐妹的天下。

許多年以後，也許趙飛燕會感謝他的死鬼父親，因為他雖然沒有給她一個幸福的童年，卻為她做了兩件好事：一是遺傳給她絕佳的藝術天賦，令她輕而易舉地成為舞技高超的舞蹈家；二是把她賣到陽阿公主府裡做歌姬，讓她遇到一生中最重要的男人。

其實，趙飛燕的老爸並不是一個稱職的父親，他是漢代宮府裡謀生的家奴，日子過得窮困潦倒。當年，因為無力撫養，竟把趙飛燕和趙合德這對孿生姐妹扔在荒郊野外。但出乎意料的是，這對小尤物的生命力特別頑強，三天後，當這個良心尚存的男人準備去給自己的女兒收屍時，卻發現她們活得好好的，看到他時，甚至還朝他咧嘴微笑。

他頓時熱淚盈眶，二話不說，抱起兩女回到家。

粗茶淡飯養到五六歲，飛燕的老爸感到自己實在沒能力了，於是就把這對標緻的女兒賣到培訓超女的陽阿公主家裡。人生往往由意外鑄就，這看似迫不得已的一賣，竟然賣出這對孿生姐妹精采的一生。

劉驁把趙飛燕帶回皇宮的頭一晚，就迫不及待地想直搗黃龍，但赤身裸體的一對男女在龍床上四目相對時，趙飛燕卻緊張得哆嗦起來，以致於劉驁的命根子根本無法進入這尤物的身體。

這種狀況持續了三天，幸好，劉驁是個比較有素質和品味的皇帝，看到這種情景，不但不急，也沒有霸王硬上弓，而是爲這個看似不經世事的姑娘激動起來。他放下自己旺盛的欲念，慢慢地和她溝通起感情來。

終於，在第四天晚上，他如願以償，一抹血紅也證明了飛燕姐姐的冰清玉潔。可貞相往往是滑稽的！這一切，不過是趙飛燕欲擒故縱的手段罷了。事實是，這個看似不諳世事的女孩，在很久以前，就把自己的第一次獻給自己的初戀情人——一個窮困潦倒的英俊小夥。只不過，這個英俊小夥家境清寒，飛燕沒有嫁給他。

所以，她的緊張、哆嗦，都只不過是爲了激起漢成帝的征服之心而已。

那麼，那一抹鮮紅是怎麼一回事呢？

根據史書上記載，那是因爲飛燕閱讀大量記載房中術的書籍，照著裡面的招數反覆練習，恢復自己的處子之身罷了。

這個可能性大嗎？我以爲比較大。因爲那時候的書籍，尤其是健康教育類書籍，不像現在這麼爛和胡說八道，都是由具有眞材實料的專家學者撰寫的，不是由隨便工作室胡亂組稿，再打上所謂專家的名字。所以，這個說法是比較可信的。

當然，如果你堅持不信，也可以想像那是飛燕姐姐事先用小刀割破大腿，留下血跡……等等。

總之，趙飛燕成功地、印象深刻地讓劉驁和她發生了第一次關係。接下來，嘗到好滋味的劉驁幾乎夜夜寵幸她，使她成爲大漢後宮集三千寵愛於一身的超級女生。

但後宮裡的女人爭鬥是相當殘酷的，而且競爭也十分激烈，也許今天還是掌上明珠，明天就草芥不如了。爲了增強自己的實力，趙飛燕在宮裡的地位穩定下來以後，決定把自己的妹妹趙合德也弄進宮來。打仗親兄弟，上陣父子兵，一對姐妹花的力量，肯定比她在這裡人生地不熟地孤軍奮戰要強大得多。

劉驁一見趙合德，心中大喜，發現她並不輸於飛燕，而且，姐妹倆的風格不同，一個瘦弱、一個豐滿，一個直爽、一個內斂，正好形成互補。此後，漢成帝把後宮三千佳麗視爲糞土，專心寵幸趙氏姐妹。

寵愛到什麼程度呢？

傳說，有一次飛燕在跳舞，突然大風乍起，把她吹得飛了起來，幸虧下面的宮女趕緊伸手拽住，才沒讓她飛走。爲了防止類似事件再次發生，漢成帝專門命人打造了水晶盤讓她起舞，又專門定製七寶避風台爲她避風，可見寵愛之深。

若是普通人，到此地步也不會得隴望蜀，但趙氏姐妹不是普通人。爲了進一步鞏固自己的地位，姐妹倆合謀，誣陷許皇后，又誣告另一個稍有競爭能力的妃嬪——班婕妤。結果，漢成帝照單全收，廢了許皇后、冷落班婕妤，並冊封飛燕爲皇后，冊封合德爲昭儀，至此，趙氏姐妹已是權傾後宮，無人能對她們造成威脅了。

然而，命運有時候是公平的，本來應該無憂無慮的趙氏姐妹，卻被一件大事弄得心情鬱悶——她倆皆不能生育！

爲什麼不能生育呢？

因爲她們一直使用一種藥——息肌丸，這是趙氏姐妹配製的獨門美容藥方，只要把藥丸塞進肚臍，融化到體內，就會使肌膚勝雪、雙眸似星。但就像化療會殺死癌細胞，同樣會導致脫髮一樣，這種藥物的副作用就是導致不孕。

這是個大問題！古人崇尚母以子爲貴，女人再美也有人老色衰的時候，爲了保證富貴永久，必須生個兒子做後盾。可殘酷的事實是，趙飛燕姐妹沒有生育能力，這對兩人的打擊是相當巨大的。

面對同樣的打擊，姐妹兩人選擇了不同的道路：飛燕認爲主要問題在皇帝，所以她選擇假裝懷孕，躲避皇帝，然後想盡辦法借精生子；趙合德以爲是功夫不夠，只要假以時日，她一定能懷孕，所以選擇獨霸龍體，日以繼夜、尋歡不只。

於是，趙飛燕以禱神爲名義，在自己的宮殿內建了一間內室，除了左右侍婢外，任何人皆不得進入。

然後，她打發親信去民間尋找年輕力壯、長相英俊的年輕小夥，讓他們裝扮成宮女，用小牛車拉進宮，躲進內室供她借精。據史料記載，趙飛燕「日以數十，無時休息，有疲怠者，輒代之」，可見她的努力程度。

至於妹妹趙合德，則利用自己的醫學知識，研製出古代的「威而剛」，供漢成帝服用，然後兩人夜以繼日地顛鸞倒鳳。

爲了獨霸龍體，只要被漢成帝寵幸過的女人，她都會想盡辦法除之而後快。另外，對懷孕的妃嬪更是妒火中燒，只要誰懷孕了，那等待的一定是滅頂之災。

因爲趙合德的存在，漢成帝一直膝下無子。而且，有些斷子絕孫的命令還是他在她的淫威之下，親口下達的。

本來，這對姐妹各忙各的，沒有事業的交集，但生活往往充滿意外，一個小帥哥的出現，使得姐妹倆差點反目成仇。

話說，趙飛燕一開始的目的只是借精生子，但慢慢的，她的志向產生偏移，不把生子當成自己的首要目標了，而是專心地享受肉慾。當時，跟她上過床的男子不計其數。

咸陽城裡的小夥子們，要是沒跟飛燕姐姐上過床，都不好意思說自己是個男人，出門都抬不起頭，招呼都不好意思跟別人打。

在趙飛燕的亂搞生涯中，身份最高的情夫應該算是成帝的侍郎慶安世。此人是貴族出身，十五歲就當上侍郎，且琴藝非凡，是一名具有藝術氣質的翩翩美少年。趙飛燕當然不會放過他，以學琴爲名召入宮中據爲己有。

但引起趙氏姐妹倆糾紛的，卻不是這個美少年，而是另外一個身強力壯的老帥哥，這人有個很女人味的名字——燕赤鳳。

燕赤鳳是飛燕的情夫中身份最低微的，低微到什麼程度呢？他只是個宮廷僕役，但有自己的優勢，不但長得帥，而且身強體壯，是一個威猛的肌肉男。很快的，他就成爲飛燕的掌上明珠，兩人更是到了難分難捨的地步。

巧合的是，趙合德也對這個小僕役很感興趣，在和漢成帝胡搞的中場休息時間，也時常把他召進自己的臥室享用。但這樣一來，趙飛燕就不高興了，我自己開發出來的產品，卻要跟妳共享，憑什麼啊？

這個時候，所謂的姐妹情深早已被熊熊妒火燃燒殆盡。逮著了一個機會，飛燕居然跑到妹妹那裡捉姦，可不巧的是，當她趕到時，對方剛完事，姦沒捉成，但姐妹間的芥蒂卻結成了，矛盾衝突到頂點。

這一晚，趙合德失眠了，她想起小時候的事情：那時候家裡窮，冬天沒錢買羽絨衣、保暖內衣什麼的，姐妹倆只有一條棉褲，實在凍得受不了，飛燕就讓妹妹摟著她的後背取暖，為此，她陷入了深深的自責中，這是怎麼一回事呢？富貴以後反而成仇人了。

想了一夜的趙合德，第二天就去給姐姐賠禮道歉。她發自誠心、聲淚俱下，趙飛燕也被妹妹給感動，二人重修舊好，重新組成堅固的統一戰線。

從此，飛燕繼續借她的精，合德繼續搞她的皇帝，二人各自分工、互不干涉，還互相掩護。漢成帝躲在合德溫暖的懷抱裡，大發感慨：「我要老死在溫柔鄉裡，不求武帝的白雲鄉。」

但是，某一天晚上，趙合德算錯了藥量，給漢成帝服用過量的「威而剛」，幾番雲雨之後，漢成帝精盡人亡，真的死在趙合德的「溫柔鄉」裡，實現了自己的夙願。

皇帝死在自己的床上，這罪過大了，趙合德思量再三，最後發現自己只有一條路可走，她找了三尺白綾，上吊自盡了。

漢成帝死後，由於沒有子嗣，他的侄子漢哀帝即位。與自己的叔叔相似，漢哀帝也乃皇帝中的奇葩。大家都知道，有個和「龍陽之好」並列的「同性戀」專有名詞，叫做「斷袖之癖」，這個成語的製造者，就是漢哀帝和他的男寵董賢。

話說，某日，哀帝與董賢午休，哀帝早醒，就想下床溜達溜達，可剛要起身，卻發現自己的袖子被董賢壓住了。此時的董賢睡得正香，要是硬扯，說不定會把他弄醒。怎麼辦呢？

爲了怕打擾了心愛之人的清眠，哀帝靈機一動，伸手抽出床邊的佩劍，哧哧兩下，就把袖子給割斷了。這下好了，自己能下床了，董賢也可以繼續午休，一舉兩得。

自此之後，人們便用「斷袖之癖」來當做「同性戀」委婉的同義詞。

漢哀帝即位後，對趙飛燕的印象還不錯，把她尊爲皇太后。但遺憾的是，他的身體比較差，在位沒幾年就駕崩了，死後，由漢平帝劉衎即位。

劉衎早就知道飛燕淫亂後宮之事，而且，他對年老色衰的她沒有任何興趣，一即位就把她貶爲庶人。又挨了一些日子，在淒涼與絕望之中，飛燕姐姐也自盡了。

攪動漢宮幾十年的趙氏姐妹，這對曾經令人神魂顛倒的超級尤物，就這樣走進歷史的故紙堆，只在某些時刻，比如這樣的夜晚，才會被流淌的筆觸喚醒。

第 12 章

賈南風——我很醜，可是我很剽悍

當時，經常有帥哥突然失蹤的事情發生，他們都是被賈南風弄到宮中，淫樂後被秘密殺掉。只有這個小吏命好，不但長帥，而且生性乖巧、能言善道，很得賈皇后憐愛。

在我這個俗人的潛意識裡，皇后應該是個高貴的字眼。閉上眼睛想一想，有這稱號的人，應當有傾國傾城的臉蛋，沉魚落雁的樣貌，加上冰雪聰明的大腦和鶴立雞群的氣質，然而，孔子跟耶穌都曾經說過：「生活中充滿了大量的意外。」

當我讀到生猛的賈南風皇后傳記時，我頓時懵了！繼而憤怒得用力跺腳，一堆髒話窩在我的嘴裡，等著噴發而出，最後，最簡潔有力的那個率先悠揚而出：靠！

這個賈皇后的出現——不，應該是她在我視野中出現，讓我心中儲存的所有形容皇后的美好詞彙，頓時如通貨膨脹時的貨幣，縮水了一大半。

這個賈皇后，到底極品到什麼程度呢？別急，聽我慢慢道來。

賈南風，女性，西晉晉惠帝司馬衷的皇后，也就是西晉開國皇帝晉武帝司馬炎的兒媳婦。如果對這兩個人你沒有什麼概念，那我繼續往上數，《三國演義》裡那個著名的司馬懿同學你不陌生吧？這個司馬懿，就是司馬炎的爺爺，司馬衷的曾祖父。

西晉是三國後的大一統政權，由晉武帝司馬炎於西元二六五年取代曹魏政權而建立，首都設在洛陽。

西晉皇族的源頭為河內（今河南省）司馬氏，在曹魏時代已世代為官。其中最為著名的是具有雄才大略的司馬懿，是魏國舉足輕重的大臣。

西元二三九年，魏明帝曹睿去世，其子曹芳即位，年僅八歲，司馬懿與大將軍曹爽共同輔政，但之後受到曹爽的排擠，被剝奪軍政大權。

老謀深算的司馬懿裝病不起，有意麻痹曹爽，暗中卻在策劃反戈一擊。西元二四九年正月，司馬懿乘曹爽兄弟隨魏帝祭掃明帝高平陵時發動政變，奪回政權，從此開始司馬氏專政。

司馬懿死後，其子司馬師和司馬昭鞏固司馬氏的勢力，司馬昭去世以後，其子司馬炎於西元二六五年篡位建晉。

據史書記載，賈南風皇后不僅又矮又胖又醜，而且嫉妒心奇重，善權謀心機，個性凶悍、手段奇黑、淫亂後宮，是個不折不扣的剽悍潑婦。

賈南風的老爸叫賈充，是晉武帝司馬炎身邊的大紅人，在司馬炎開國的一系列大動作中，立下許多汗馬功勞，這也正是爲什麼司馬炎會給兒子選這個醜女人做老婆的原因。政治聯姻嘛，管她醜還是俊。

賈南風的母親叫郭槐，是賈充的第二任老婆。這個郭槐可不是一般的女人，最突出的特點就是，女兒賈南風身上的所有缺點她一樣不少，而且在程度上大上不只一倍。也就是說，賈南風那些剽悍的性格元素，絕大多數是從母親那裡遺傳過來的。

關於這個女人，有很多剽悍的故事，現在，我們就挑其中最普通尋常的那個說一說，以免嚇著諸位讀者。

話說，賈充沒有兒子，並不是郭槐沒有給他生兒子，而是他的兩個兒子都先後夭折了，這兩個兒子之所以夭折，是因爲他們的母親。

郭槐爲賈充生下第一個兒子後，爲了減少她的勞動量，賈充就按當時有錢人家的習慣，給兒子找了一個漂亮的奶媽。

爲什麼要找漂亮的呢？並不是賈充想和奶媽搞點什麼花花事兒——他就是有這賊心也沒這賊膽，只是覺得找個漂亮奶媽照顧孩子，天天和她待在一起，孩子說不定也會長得漂亮點。

儘管這個想法不符合遺傳學，但由於歷史的侷限性，賈充這麼想也是可以理解的。但郭槐可不幹，這個嫉妒心奇重的女人，一直以爲自己的老公和奶媽有什麼不正當的關係，像私家偵探一樣，天天盯丈夫的梢。

終於，功夫不負苦心人，有一天，賈充下班回家後，看到奶媽正抱著孩子在院裡坐著，就過去逗孩子玩，並問了奶媽幾句孩子的健康狀況。

這一問不要緊，剛好被躲在門後監視的郭槐看到，她二話不說，拿起藤條就往奶媽身上抽，一邊抽一邊還罵罵咧咧：「讓妳丫再勾引我老公！」

剛開始，奶媽還被抽得哀嚎連連，又過了一會兒，居然不吭聲了。一看，死了。

孩子一直都是由奶媽帶的，奶媽一死，孩子不吃不喝，跟害相思病似的，沒過多久，也跟著一命嗚呼。就這樣，賈充的第一個兒子，就被自己母親的嫉妒心間接害死了。

幾年後，郭槐又生了一個兒子，按常理來說，這次賈充也該吸取教訓了，可現實往往是歷史的重複，沒過多久，奶娘又被打死，孩子也跟著去了。

從此之後，郭槐再也沒生出孩子，賈充也就沒有兒子了。

費了這麼大的勁，敘述了這個故事，只是想驗證一個古老的眞理：有其母必有其女。試想，有如此極品的母親，怎麼可能沒有極品的女兒呢？賈南風的一生，正好印證了遺傳學的科學性。

要說賈南風，還有一個人不能不介紹一下，那就是她的老公晉惠帝司馬衷。司馬衷是晉武帝司馬炎的二兒子，西元二九〇至三〇六年在位。

這個司馬衷，算是皇帝中的極品。從小就不愛讀書，整天只知道吃喝玩樂，不務正業，白癡程度，在皇帝這個行業中絕對是空前絕後。

有這麼一個例子：話說某年天下大旱，餓莩載道，手下稟報他說，由於沒有糧食，好多人都餓死了。意想不到的是，這個白癡居然不屑地反問：沒有糧食，那他們爲什麼不吃肉呢？

我靠，還眞幽默！

這樣一位腦殘的白癡，怎麼會當上皇帝呢？難道他老爸司馬炎也腦殘了不成？

其實，當年司馬衷還是太子的時候，司馬炎曾想過要廢了他，無奈他唯一的哥哥司馬軌很早就死了，大臣們則拿出什麼「立長不立幼」的狗屁教條來反對他，他一煩，也就懶得再堅持。但他還是不大放心，出了張測試卷，想測測這個傻兒子的智商，看看他是不是眞的傻。

拿到測試題後，司馬衷一看，靠，一題也不會。他身邊的小太監就給他出主意：「找個太子府的官員替答，交上去不就完事了嗎？」

司馬衷一聽，好主意！馬上就要照著辦。

這個時候，時任太子妃的賈南風發話了：「你豬頭啊！若叫官員答，萬一得個滿分，你老子能相信嗎？」於是，他就找了個笨笨的，但絕對比自己聰明的小太監替答，然後把試卷交上去。

司馬炎一看：「嗯，還在及格邊緣，不算太傻。」於是，司馬衷的太子之位就坐穩當了。

從這個小事可以看出來，這個賈南風是很有心機的。

慢慢的，太子的位子坐穩後，她就沒有表現自己智慧的地方了，於是，這個不安穩的醜女人暴躁起來，潛伏在內心的凶殘、嫉妒等統統像放出鐵籠的猛虎一樣，開始剽悍地爭鬥殺伐。

在賈南風看來，封建禮教簡直是吃人的，憑什麼男人可以有三妻四妾呢？於是，在這個女權主義者的淫威下，老實的司馬衷很少敢與別的女人有染。

偶爾染一次，導致某個妃子懷孕了，結果賈南風手挺一桿長矛，直接扎進對方的肚子，大人孩子一命嗚呼。受到驚嚇的司馬衷，從此再也不敢對別的女人有啥想法了，即使後來做了皇帝，也不敢越雷池半步。

西元二九〇年，五十五歲的司馬炎駕崩，由司馬衷即位。賈南風也跟著搖身一變，從太子妃變成皇后。這對野心勃勃的她來說，算是件超級無敵大好事。

司馬衷一即位，賈南風就想替自己的傻老公出頭，達到參與議政的目的，但當時的朝廷被司馬衷的姥爺——皇太后楊芷的父親，時任太傅的楊駿一手把持，水潑不進、針插不入，讓她很難插手。

對此，她又恨又憤，在心裡咬牙切齒地說：「他奶奶的，看老娘怎麼收拾你們。」

俗話說，成功只垂青有準備的頭腦。一直在等待機會的賈皇后，終於發現了曙光。當時的汝南王司馬亮、楚王司馬瑋和楊駿產生了矛盾，她抓住這個機會，秘密派人與雙方聯絡，要求他們帶兵進京，討伐楊駿。

汝南王司馬亮僅在精神上表示支持，並沒有派兵，但楚王司馬瑋則從荊州帶兵進洛陽。有了他的支持，西元二九一年三月，賈南風設計讓晉惠帝下詔，宣稱楊駿謀反，令楚王率軍保衛皇宮，同時圍攻楊駿的府第。

結果，躲在馬廏中的楊駿被殺，同時，衛將軍楊珧，太子太保楊濟，中護軍張劭，散騎常侍段廣、楊邈，左將軍劉預，河南尹李斌，中書令蔣陵，東夷校尉文淑和尚書武茂等，「皆夷三族」。

接著，賈南風又下詔把皇太后楊氏貶為庶人，沒多久便將她迫害致死。至此，楊駿一派的政治勢力被徹底清理乾淨。

楊駿被殺後，賈南風本以為朝政大權可以一手獨握。沒想到，它卻鬼使神差地落到汝南王司馬亮與司空衛瓘手中，她對此顯然不滿，於是串通楚王司馬瑋誅殺兩人。

司馬瑋在殺了司馬亮他們後，她就以「擅殺」的罪名，設計誅殺幫助過自己的楚王。幹完這事之後，放眼長城內外，賈皇后已經沒有什麼值得她重視的對手了。從此，大晉朝完全是她的天下了，至於那個腦殘的皇帝晉惠帝司馬衷，不過是個擺設罷了。

滿足了自己的權慾之後，就要滿足一下性慾了。據歷史記載，賈皇后相當荒淫放蕩，她不但明目張膽地與太醫令程據等人淫亂，公然給司馬衷戴綠帽子，還秘密派人大肆搜羅英俊、體壯的年輕男寵供自己淫樂，弄得後宮淫風四起。

據史載，當時有一個相貌堂堂的小吏，曠職幾天後突然穿著極其華麗的衣服到衙門上班，同事看到了，都懷疑那衣服是他偷來的，連他的上司也這麼懷疑，於是命他當衆解釋清楚。

小吏萬般無奈，只好從實招來。原來，前幾天，這哥們正在逛街，突然被幾個黑衣人綁架到馬車上，蒙著眼睛，送到一個華麗的地方。接著，有人替他洗完澡，吃完美食後，走出一個三十多歲的婦人，身材矮小、臉色青黑，眉後還有一塊小疵。她留他住了幾晚，與她同床共枕，整日整夜地顛鸞倒鳳，臨走前，贈給了他這些東西。

衆人聽他講完，彼此心照不宣地相互一笑，都明白這婦人正是他們的賈皇后。當時，經常有帥哥突然失蹤的事情發生，他們都是被賈南風弄到宮中，淫樂後被秘密殺死埋掉了。只有這個小吏命好，不但長帥，而且生性乖巧、能言善道，很得賈皇后憐愛，才撿回一條命，活著回來。

然而，天網恢恢，疏而不漏，賈南風的行爲早就惹怒了衆人。西元三〇〇年，一直春風得意的賈南風被率兵入宮的趙王司馬倫貶爲庶人，賈氏黨羽也被一網打盡。

被廢以後的賈南風先被幽禁在宮中，後又被囚於金墉城。幾天後，趙王司馬倫如法炮製，下詔賜給她金屑酒，此酒一飲，她馬上就掛了。

賈南風死後的第二年（西元三〇一年），趙王司馬倫廢掉晉惠帝自立，引起其他諸王強烈不滿，結果引發諸王爭權奪利的混戰，相繼有齊王司馬冏、河間王司馬顒、成都王司馬穎、長沙王司馬乂、東海王司馬越捲入其中。

這場混戰直到西元三〇六年才完全結束。世人便從二九一年楚王司馬瑋帶兵入洛陽開始算起，到諸王混戰結束爲止，將這十六年稱爲「八王之亂」。

「八王之亂」使西晉的元氣大傷，最終導致滅亡，而「八王之亂」的肇始者，正是臭名昭著的賈南風。

嗚呼哀哉！害人無數、淫人無數的賈南風，在生命的最後一刻，她心裡會有些什麼感想呢？

第13章

馮太后——命運，你好

王睿這小子功夫一流，把馮太后伺候得欲仙欲死，官階也跟著一路狂飆。我們以前只知道屁股決定腦袋，不知道什麼決定屁股。現在明白，原來是老二決定屁股！

在這個世界上，存在著許多看不見、摸不著的抽象的事物，有時候，這些事物決定了歷史的走向，也決定一個人的一生，在這些事物尚未被破解之前，人們喜歡用神怪亂力加以解釋，或者乾脆直接稱之爲天意。

很多年以前，當北魏文成帝的皇后馮氏站在權力的巓峰，四顧無人、享盡榮華的時候，她一定會想起那個國家滅亡的夜晚，想起自己的爹娘，也想起那個自己深愛至可以爲之殉葬的皇帝丈夫。

而當她面對權力的召喚，迫不得已忍痛幹掉自己的兒子時，她還會想起這些嗎？此時，她的心中會有一種痛徹心扉的淒涼痛楚嗎？

在這個歷盡人間劫難也嘗遍人間富貴的女強人身上，我看到了「規律」這個詞彙的光芒：一是，大多數成就一番大業的人，必先要接受異於常人的挫折與磨練，這是常識。二是，權力是個戴著面紗的魔術師，能把人異化成內心冰冷的石頭人，這也是常識。

於是，常識造就了歷史。

好了，酸溜溜的一番小感慨之後，咱還是趕緊言歸正傳，讓我們看看這個馮皇后到底是何許人也。

馮皇后是北魏文成帝的正牌老婆。

北魏（三八六年至五五七年）是南北朝時期，位於今日華北地區的第一個王朝。又稱後魏，由鮮卑拓跋氏建立，建都平城（今山西省大同市）。西元四三九年統一北方，四九三年遷都洛陽，皇帝改姓元。

自西元三八六年拓跋珪稱帝建國，至五三四年北魏孝武帝兵敗逃往長安投奔宇文泰，歷經十四帝，歷時一百四十九年。

遺憾的是，馮太后並沒有在歷史上留下自己的名字，人們稱她爲馮氏，她出身名門，她爺爺是北燕國的國王。

西晉末年，戰亂不息，北方的游牧民族趁虛而起，各顯神通。匈奴、鮮卑、氐、羯、羌，紛紛越過北方草原進入中原地區，形成所謂「五胡亂華」的混亂局面。

馮氏的北燕，正是在這種局勢下崛起的。後來，北魏太武帝進逼北燕，馮太后的爺爺馮弘被迫逃往高麗，最後死在那裡。而她的父親馮朗，爲防止遭後母慕容氏陷害，帶著其他幾個兄弟投降北魏，之後，馮朗被加封爲西城郡公，領秦（治今甘肅天水）、雍（今陝西西安）二州刺史。

馮太后的母親則是出身高麗（今朝鮮平壤）的名門望族：王氏家族的千金小姐。出生於這樣一個雙強聯合的重量級豪門，馮氏可謂是含著金匙降生的大小姐，本該得到庇蔭。但不幸的是，馮氏出生後不久，馮家突然遭遇飛來橫禍。

不知是馮氏的老爸眞的做了什麼不該做的事，讓朝廷發現他的不忠之心，或是當時的太武帝看他不順眼，存心找茬收拾他。反正，結果就是馮朗被朝廷誅殺了，理由是牽連進了一樁大案。

按照慣例，馮氏因爲年幼，又是女孩，於是收入宮中，當了婢女，當時她只有五歲。從名門千金一下子變成小丫頭，馮氏幼小的靈魂經歷了命運的第一次「親吻」，儘管她的內心被咬得生疼，但爲了好好活下去，她必須忍受這心理落差帶來的精神撞擊。事實證明，她眞的很堅強！

也許爲了表彰她的堅強，上天對她殘忍之後，又馬上輕輕地給了她一個淺淺的微笑。馮氏入宮時，那裡還有一個親人等著她，這個人就是馮昭儀。

馮昭儀是馮氏的姑姑，當年，身爲北燕國王的馮弘爲了巴結強大的太武帝，便把自己漂亮的小女兒嫁給他。

沒過多久，這個聰明乖巧的女孩就被太武帝封爲左昭儀。

有了馮昭儀這層關係，入宮後的馮氏免去了雜役類的勞動，被姑姑收在自己的身邊，名義上是做丫鬟，實際上和她的「養女」差不多。

馮昭儀對馮氏特別好，史書上說是：「雅有母德」。馮氏早年失去的母愛，從姑姑身上獲得了補償。而且，馮昭儀是個聰慧的女人，長期身處複雜的後宮，對人情世故必然有深刻的見解。

馮氏是個聰明的孩子，耳濡目染之餘，肯定學到了許多同齡人難以獲得的東西，這些在她日後的人生裡，都是殺人不見血的秘密武器。

在姑姑悉心撫養下，馮氏健康地長大，童年的血雨腥風慢慢褪去了，如果要說童年遭遇有什麼影響的話，那就是促成了她堅強的個性，使她變得更積極。

這樣平靜地過了幾年，馮氏已經出落成亭亭玉立的豆蔻少女，嫵媚動人，而且善解人意。這時候，一個男人悄悄把她記在心裡，他就是當時的太子拓跋浚。

太子是個前途光明得有點明目張膽的職業，如果不出意外，那麼升職後就是皇帝，而在成爲皇帝前，唯一的工作就是等待。

既然是等待，那也沒有什麼工作壓力，沒有壓力，自然就有很多閒暇時間，要如何打發這些時光呢？

拓跋浚同學選擇的是談情說愛，這個選擇儘管平庸，卻也無可厚非，和當今富二代們差不多。

就在這個時候，同在後宮混的馮氏進入了他的視野。於是，一個月亮不太明亮，或者根本沒有月亮的夜晚，風流倜儻的拓跋浚把已顯風流萬種之態的馮氏約了出來，然後含情脈脈地對她說了四個字：「我喜歡妳。」

我們可以想見，馮氏應該也對這個後宮唯一的男人仰慕已久。再說，太子是個大大的潛力股，這樣一條大魚誰會輕易錯過？儘管他的老爸殺了自己的老爸，但冤家宜解不宜結，冤冤相報何時了啊？

就這樣，經歷了一小番內心的鬥爭後，馮氏也梨花帶雨般嬌羞地回了五個字：「我也喜歡你。」

事已至此，那啥都別說了，就是緣分嘛！於是，兩個年輕人戀愛了。

正處在熱戀中的拓跋濬，沒多久就迎來事業高峰。興安元年（西元四五二年），太武帝掛了，他自動升級爲皇帝，可謂愛情事業兩得意。

拓跋濬當了皇帝後，立即封馮氏爲貴人，四年後，也就是太安二年（西元四五六年），把她扶上皇后的寶座，從此，馮氏的身份就是歷史上鼎鼎大名的北魏文明皇后了。

也許你會問，既然拓跋濬那麼喜歡馮氏，那怎麼當皇帝後不直接把她弄成皇后？爲什麼先要封個貴人呢？

我們知道，如果你當了皇帝，那你的私生活就不只是你自己的了，還是國家的大事。要獲得「皇后」這個象徵一國之母的職位，不僅僅要得到皇帝的認可，還得必須通過一班大臣的縝密審查，何況這些大臣都是十分認眞又頑固的。

前面提到，馮氏的老爸是做爲反賊被誅殺的，這個家庭出身當然會成爲大臣們的把柄，馮氏如何能順利通過他們的審查，直接當上皇后呢？

所以，聰明的拓跋浚就來了個迂迴路線，先封她為貴人，等自己翅膀硬了，再把她立為皇后。

成了皇帝的女人後，尤其是做了母儀天下的皇后之後，馮氏並沒有得意忘形、恃寵而驕，相反，她比以往更加賢慧、謹慎。身居後宮多年的她，完全了解後宮爭鬥的殘酷，知道「得寵」容易「守寵」難的千古真理，所以甘心做拓跋浚身後的賢內助，全力侍奉自己的丈夫。

這個做法不僅贏得了人們的讚美，也贏得了拓跋浚內心無比的尊重，兩人的感情更加甜蜜，簡直到了如膠似漆的地步。

如果一直這麼過下去，馮氏一定會是個幸福的小女人。但上天賦予她的角色不是這個，而是要交給她更大的任務，要讓她成就一番大事。

我在開篇提到過，「大多能成就一番大業的人，必先要接受異於常人的挫折與磨礪。」之前，馮氏已經經歷了家滅國亡的痛楚，但在老天看來，也許這個挫折還不夠。於是，下一個磨礪就來了。

北魏和平六年（西元四六五年），年僅二十六歲的拓跋浚去世了，原本享有幸福婚姻生活的馮氏一下子成了寡婦。

按照北魏的國葬制度，國喪三天之後，要把死者生前用過的衣服器物全部燒毀，文武官員和嬪妃宮女都要大聲嚎哭以示悼念。

在這個儀式上，馮氏居然異常冷靜，一下子便撲進熊熊烈火之中，想跟自己的丈夫死。面對這個舉動，原本傷心得靜靜抽泣、悲傷得嚎啕大哭的衆人大吃一驚，幾個眼疾手快的趕緊挺身搶救，把她從烈火中拽了出來。

所幸，由於搶救及時，馮氏並無大礙，但昏迷不醒的她過了很久才醒過來，由此可見她對拓跋浚的一往情深。

國不可一日無君，拓跋浚死後，十二歲的太子拓跋弘即位，是謂獻文帝，馮氏也升級爲皇太后。儘管拓跋弘不是馮氏的親生兒子（按照北魏立子殺母的慣例，拓跋弘的生母在他被立為太子時，就已被賜死了），但從此之後，這對「繼母版」的孤兒寡母必須共同抵抗來自權力漩渦的強大逆力。

按照歷朝歷代的規律，若皇帝弱小，必有權臣湧現。如清朝的多爾袞、鰲拜等都是例證。北魏也不例外，獻文帝即位之時只有十二歲，還是個什麼也不懂的孩子，馮氏也只有二十四歲，儘管比同齡人擁有更多的閱歷和心計，但畢竟年紀太輕，沒有多少政治經驗。

所以，車騎大將軍乙渾趁機崛起，把持朝廷的軍政大權，且日益驕縱，無法無天。一開始，出於穩定大局、促進社會和諧的考慮，馮氏忍了下來。可這個小人心不足蛇吞象，看馮氏母子軟弱可欺，便得寸進尺，大有取而代之的勢頭。

他甚至膽大妄為到假傳聖旨，偽造獻文帝的詔令，瘋狂打擊那些他的反對者，尙書楊保年、平陽公賈愛仁、南陽公張天度、平原王陸麗等都被他用這個方法搞掉。

事情發展到這個地步，馮氏一看，再也不能為了表面的和諧而姑息養奸了，決定發動致命一擊。

做這個決定需要很大的魄力，因為當時乙渾手握兵權，勢力龐大，馮氏一旦搞不定他，那自己和小皇帝的境地就危險了。

所幸，上天成全了她。天安元年（西元四六六年），在馮氏運籌帷幄下，元丕、元賀、牛益得等人率領軍隊，闖入乙渾府邸，二話不說將他就地斬首。就這樣，馮氏漂漂亮亮地打了自己的第一仗。

誅滅乙渾後，為了穩定北魏的政局，也為了防止再冒出其他的權臣，馮氏決定把獻文帝晾在一邊，自己臨朝聽政。

馮氏聽了一年多的政，把北魏打理得井井有條，而獻文帝這一年也沒閒著，最大的成績就是製造出一枚接班人——他的兒子拓跋宏，也就是後來的孝文帝。

年紀輕輕就做了祖母的馮氏，心裡十分高興，眼看著政局穩定了，孫子也出生了，就不想繼續聽政了，把政權還給獻文帝，自己則專心撫養那個叫拓跋宏的寶貝孫子。

獻文帝重新掌權後，意氣風發，立志要有一番大作爲。可大家都知道，中國政治的規律是一朝天子一朝臣，此時，他面對的是馮太后的原班人馬，不是自己的心腹。爲了建立以自己爲核心的領導班子，首先要做的就是提拔一些自己的心腹。

可職位只有那些，要提拔新的，不可避免地就要把老的拿掉。於是，馮太后的那些老臣就被獻文帝清出領導隊伍。

本來馮太后心裡也沒什麼太大的不滿，但她禁不住那幫老臣的訴苦，更重要的是，她從老臣們的口中得知，獻文帝提拔的那些人淨是些對她不滿的，這就引起她的猜忌了：「這小子究竟想幹啥呢？老娘也沒有虧待他啊！」

人就怕琢磨，越琢磨疑心就越重。慢慢的，原本站在同一戰線的母子產生了隔閡。儘管這樣，馮太后還是面不改色，沒有顯露出什麼，其實，她是在靜靜地觀察獻文帝之後的作爲，有點「以觀後效」的意思。

不久，一個事件的發生，讓她和獻文帝的矛盾在瞬間激化了。

事情是這樣的。前面我們提到，馮太后守寡那年，剛剛二十四歲。這正是懷春的年紀，突然要面對孤枕冷燈，心裡難免波瀾起伏，慾火蕩漾。

爲了解決這個「蕩漾」問題，她就開始打起帥哥們的主意。就在這時候，一個叫李奕的哥們適時地出現了。

李奕出身官宦之家，不僅貌似潘安，而且體態魁梧、氣質風流、多才多藝，能言善道，更重要的是，他十分懂得風情之事，床上功夫也十分了得。

這一切，簡直是一隻高水平的「鴨」具備的素質啊！面對這樣一個尤物，馮太后怎肯輕易放過？她一聲令下，再略施媚態，李奕就繳械投降了，從此夜夜相伴、鞠躬盡瘁，大大地解決她的「蕩漾」之渴，自然對他寵愛備至。

馮太后自己爽了，可她的兒子獻文帝心裡是何感受呢？閉著眼睛也能猜到，那是一種天大的恥辱。為了抹掉這份恥辱，年輕氣盛的獻文帝一怒之下，居然尋了一個藉口將李奕給幹掉。

這下換馮太后不高興了！好不容易找到如意郎，就這樣突然不見了，如何捨得？或者說，她如何受得了這份窩囊？於是放話，一定要替李奕報仇雪恨。

獻文帝一聽這話，心裡頓時萎靡了。他知道，馮太后雖然不聽政，雖然她的心腹被拿掉了，但她的威望和勢力都還在，憑目前的實力，根本對抗不了。更要命的是，他聽到風聲，馮太后已經暗中聯絡朝中之臣逼他退位了。

與其被人家逼退，還不如自己主動退，好歹也算態度好，還能換個「坦白從寬，抗拒從嚴」。

就這樣，皇興五年（西元四七一年），十八歲的獻文帝宣布退位，將皇位讓給五歲的兒子拓跋宏，自己當了史上最年輕的太上皇。

可五歲的孩子懂什麼呢？更別提從政了。所以，這個退位事件的眞相是：獻文帝給馮太后讓了位子。

也許你又要問了：「那爲什麼馮太后不直接坐上那把椅子，舒舒服服地做女皇呢？」我們都知道，政治是個各方勢力相互博弈又相互平衡的玩意，說白了就是鬥爭和妥協，最終目的都是爲了讓利益最大化。

獻文帝退位時，儘管他的勢力鬥不過馮太后，但並不代表他沒有能力。退位給自己的兒子（儘管只是表面上如此），這還勉強能接受，但假若馮太后想取而代之，那他們也許會拼個你死我活。

權衡完以後，雙方妥協了一下，於是，大家都拿出點誠意，各退一步，最終的結果就是把五歲的拓跋宏弄上龍椅。當然，這個孩子代表的是馮太后的意志，也就是說，此後獻文帝說話不大好使了，大伙主要得聽馮太后的。

當然，在形式上，馮太后的話是透過一個五歲孩子之口講出來的。

政治就是這麼搞笑、虛僞、拐彎抹角、令人討厭的東西。

馮太后重新掌權後，和之前獻文帝做的事一樣，首先，她把獻文帝提拔上的親信統統踢下去，換上自己的人馬。當然，這個過程不是一蹴可幾的，需要慢慢來，藉口得找好吧？方法得得當吧？接替人選得考察清楚吧？反正，急不得。

而在這段期間，獻文帝也沒閒著。

前面說過，他雖然下台，但自己的勢力還在，馮太后要想清洗也得慢慢來，所以，他表現得相當活躍，讓人不放心的就是，他居然懂得「槍桿子裡出政權」這個道理，集中精力抓住軍權。

據史書記載，這段期間，他主要幹了兩件事：一是率兵打仗：延興二年（西元四七二年），他率軍隊征討柔然，大勝而歸。二是搞了個大閱兵：延興五年（西元四七五年），他南下舉行了一次大規模的閱兵儀式，其中傳達的政治信息不言而名。

除了幹這兩件事，他還經常隨手把被馮太后搞掉的大臣重新提拔上來，一是解決他們的就業問題，二是保證自己的勢力不會減弱。這就出現了一個好玩的現象：馮太后拼命拆他的磚，他也拼命壘自己的牆，雙方幾乎打成平手。

一開始，馮太后還念在母子之情隱忍著，可獻文帝愈演愈烈，大有東山再起之意。天無二日，國無二君，馮太后一琢磨，與其讓你鹹魚翻身，不如我先下手爲強了。於是，熟悉宮廷政變的馮太后，打算亮出自己的撒手鐧。

承明元年（四七六年）六月某一天，京師氣氛突然多雲轉晴，宮禁之中內更是戒備森嚴。不久，獻文帝應召前來陪馮太后喝下午茶時，被早已安排好的伏兵一舉拿下，軟禁於平城永安殿，接著，馮太后命人將其鴆殺。

獻文帝一死，馮太后再度臨朝聽政。事已至此，也沒必要遮遮掩掩了，她開始明目張膽地清洗獻文帝的同黨。

此時獻文帝生前的親信也在密謀一場政變，準備在天宮寺的大法會上囚禁馮氏，讓她歸政孝文帝。無奈，這幫人的策劃能力和保密水平都不高，還沒等到夢想現實，就提前走漏風聲，統統成了馮太后的刀下亡魂。

據說，受牽連者有數千人，這些累累的白骨，全都義務充當馮太后踏上權力巔峰的墊腳石。

清洗完獻文帝的勢力，還有一個勢力引起馮太后的注意，那就是孝文帝的外公——南郡王李惠代表的外戚家族。

外戚專權是在皇帝幼小時經常出現的現象，西漢時的呂氏就是個教訓。因此，儘管孝文帝的生母李貴人，早在兒子被立爲太子的那一天，就按照北魏的規矩被賜死，但她身後的李氏家族，讓馮太后依然不敢掉以輕心。

馮太后磨刀霍霍，準備充分後，就馬不停蹄地尋了一個「叛國」的莫須有罪名，把李惠的李氏家族滅了。

把所有的善後問題都搞定之後，馮太后終於鬆了一口氣。舉目四望，剩下的全是聽話的乖孩子了。終於，她重新當上北魏的老大，建立以自己爲核心的領導集體。此時的她已過三十，無論人生閱歷還是政治才幹，都已非當年的水準了。她的稱謂也從皇太后，升級爲太皇太后。

可這個太皇太后只有三十多歲啊！如狼似虎的年紀啊！雖然守寡後曾弄了個李奕解決燃眉之急，可半路讓不開眼的獻文帝給宰了。之後又忙於政治鬥爭，無暇顧及此事。現在，塵埃落定、四海昇平了，自己的春心蕩漾問題又該提到議程上來了。

這還不簡單？只見馮太后小手一揮，帥哥便滾滾而來。

這些面首中，做得比較成功的有兩個，一個叫王睿，一個叫李沖。

王睿是山西太原人，除了身體氣質各方面條件適合做「鴨」外，還有一個特長，那就是精通卜算之術。一個偶然的機會，馮太后看上他，而且一見鍾情，小手一揮，以召他入宮算命爲由，弄進自己的床幃之中。

這小子功夫一流，把馮太后伺候得欲仙欲死，她一高興，就賜了個「給事中」的官，後來她發現這哥們不僅床上厲害，朝堂之上也表現出色，便將他升爲吏部尚書和太原公，並一路飆升至中書令、鎮東大將軍和中山王。

我們以前只知道屁股決定腦袋，不知道什麼決定屁股。現在明白了，原來是老二決定屁股！你看，王睿屁股下的椅子，很大程度上就是由他的老二決定的。

馮太后對待王叡如此優厚也就罷了，對待他的家人也不輸毫厘。王叡的兩個閨女出嫁時，她爲她們大肆操辦，親自主婚，規格竟然與公主一樣。

除此之外，馮太后還經常在夜深人靜之時，讓太監將豐厚的禮品拖到王叡家中，以賞賜他的翻雲覆雨之功，羨煞旁人。

說完王叡，再說說李沖。

李沖是隴西人，因爲有本事而入朝爲官。和王叡不同的是，馮太后對他算不上一見鍾情，而是慢慢喜歡上的。自從被喜歡上之後，這小子也發達了，據記載，馮太后曾在一個月之內賞賜他幾千萬銀兩，讓他一下子從中產階級躍升爲大資產階級。

同時，他的仕途也一帆風順，直至成爲朝中重臣，做了馮太后的床幃之賓、朝堂雙料親信，面首做得如此成功，也算是馮太后慧眼識珠了。

生活作風如此不檢點，是否說明馮太后墮落爲一個只知淫蕩，不聞政事的傻B呢？錯，人家啥事都沒耽誤，不僅把政事打理得井井有條、把大臣籠絡得服服貼貼，還把孝文帝培養成一個漸顯明君之態的好皇帝，算是給自己預備好高質量的接班人。

更重要的是，她和孝文帝處得非常融洽，彷彿孝文帝的老爸並不是她殺的，或者說，孝文帝親這個繼奶奶勝過自己的親爸一萬倍。

馮太后就是這麼牛，別提什麼巾幗不讓鬚眉，在她面前，男人只有羞愧的份兒。

把這些事都做好已經很不容易了，但馮太后居然牛到把身後的事都提前安排好。大概是出於私心，爲了保住馮家的富貴，她在盡心培養孝文帝的同時，還把自己的幾個侄女先後接進宮裡來，讓她們和孝文帝一塊讀書一塊玩耍，說白了就是讓他們培養感情。培養的結果就是，這些侄女中的馮清、馮潤先後做了孝文帝的皇后。

該挫折的都挫折了，該享受的也享受了，該安排的早安排好了，把這些都做完，也該眼睛一閉，一輩子過去了吧？

太和十四年（西元四九〇年），強大的馮太后一病不起，御醫也無力回天，逝世於太和殿，享年四十九歲。

第14章

馮潤——與夫鬥，其樂無窮

終於，缺乏男人滋潤的馮潤出軌了，江湖傳聞，她和一個叫高菩薩的太監搞上了。太監還有那功能嗎？當然沒有，可如果是個假太監呢？

和自己的姑姑——前文大氣磅礴的馮太后相比，馮潤實在只算個小角色。但擱在古代后妃這個大集體當中，馮潤也算是個有「特殊經歷」的人物。

她一生做得最狠的一件事，就是用先鋒的後現代主義行爲藝術，把自己的皇帝老公孝文帝拓跋宏給活活氣死。

拓跋宏是獻文帝的長子，北魏的第六任國君，即位那年才五歲。

北魏一直採用漢武帝的殘酷法則，「立其子殺其母」，爲的是防止呂后專權那樣的悲劇重演。拓跋宏的生母在他被立爲太子之時就被殺死了。

年幼的拓跋宏一直由奶奶馮太后撫養長大。待他即位後，由於年齡幼小，北魏的大權一直由馮太后執掌。

馮潤就是馮太后的哥哥馮熙的女兒。十四歲那年，她和同父異母的妹妹馮清一塊被送進宮裡，與和自己年齡相仿的孝文帝拓跋宏培養感情，終極目標就是像馮太后一樣問鼎後宮之主，永保馮家富貴。

其實若要認眞思考的話，這個安排實屬亂倫，因爲馮潤和馮清是馮太后的侄女，而孝文帝是馮太后的孫子，明擺著差了一輩嘛！

但我們也知道，皇帝家的親事都是比較愚蠢的，人家呂后還把自己的親外孫女張嫣，嫁給自己的親兒子漢惠帝劉盈呢（那可是外甥女和親舅舅的關係啊），孝文帝這點亂倫算啥啊？

話題扯遠了，咱們言歸正傳。

馮潤是和自己同父異母的妹妹一塊進宮的。一開始，這二人就注定是一種既相互合作，又相互競爭的關係。儘管她們都是天生的美人胚子，且越出落越迷人，但和自己的妹妹相比，馮潤長得更加婀娜多姿，性格也比較討人喜歡，更重要的是，在爲人處事上也更加靈活。

所以，在培養感情的那個階段，馮潤略勝一籌，孝文帝對她更加鍾情一點。根據記載，兩人幾乎形影不離，整天卿卿我我，馮清儼然成了一個電燈泡。

如果這樣一帆風順發展下去，那皇后的名號自然是屬於馮潤的，但人定不能勝天。就在馮太后準備把她扶上皇后的鳳座時，她卻在關鍵時刻掉鍊子了！

怎麼回事呢？

史書記載，她突然得了咳血症。這咳血症大概和今天的肺結核類似，不但一時半會兒難以痊癒，更要命的是它會傳染。

於是，爲了防止孝文帝被傳染，馮潤就被馮太后給隔離了，隔離地點是個尼姑庵。

馮太后對她說：「尼姑庵是個好地方，妳就在那裡好生養病吧！」

馮潤一走，馮家雙保險就只剩馮清一人了。按孝文帝的意思，反正我還年輕，皇后也不急著立，等小情人馮潤的病好了再說唄！

可馮太后等不及了，她預感自己快掛了，死前必須把這事給搞定，不然等她眼睛一閉，誰知道會出現什麼新情況呢？出於對權勢的控制慾，她不顧孝文帝的無精打采，硬將馮清立爲皇后。

馮太后的預感還挺準的，這事辦完以後，沒過多久她就眞的掛了。

沒了馮太后的束縛，孝文帝終於可以按自己的意願行事了。他心裡一直念念不忘的小情人馮潤，也終於能夠重見天日了！但此事不能急，按照規矩，孝文帝得爲馮太后守孝三年，這三年之內是不能婚嫁的，否則便是大逆不道，天下人皆可誅之，聰明的孝文帝當然不會冒這個天下之大不韙。

苦苦挨了三年，孝期一滿，孝文帝便迫不及待地把馮潤接回宮裡。此時馮潤的肺結核早已徹底痊癒了。

都說小別勝新婚，何況別了這麼多年，兩人之間的甜言蜜語、海誓山盟、顛鸞倒鳳自然是少不了。

遺憾的是，皇后的位子已被馮清霸占了，人家沒犯錯誤，也不好硬生生拉下來，所以馮潤只好委屈點，暫居左昭儀的職位了。其實也算不上什麼大委屈，只不過比皇后略低了一點罷了。

但是，隨著馮潤的歸來，原本的競爭格局又重現江湖，和多年前不同的是，兩人都長大了，心思自然多了。此外，兩人的位置與皇上的寵愛係數成反比，這自然加劇了兩人的心結。

馮清想著：「我可是皇后，可你這王八蛋心裡只裝著馮潤，把姑奶奶當空氣呢！」馮潤則認爲：「原本這個皇后的位置就是我的，老娘出了點事，讓妳白白坐了四、五年，現在也該還給我了吧？」

兩人的心態都不平衡，人心一失衡，就會有鬥爭。

無奈的是，馮清在各個方面都不是她姐姐的對手。她的境況越來越差，心情自然也越來越糟，偏偏她是個倔強的孩子，不懂得識時務者爲俊傑的道理，因此越來越讓孝文帝厭煩。而馮潤那邊更沒閒著，枕邊風呼呼地吹，主題自然只有一個：把我的皇后之位還給我。

孝文帝也早有這個想法了，可他得找個像樣的藉口啊！不過，藉口就像女人的G點，只要耐心找，總會找到的。這不，機會來了。

話說馮太后死後，擺脫束縛的孝文帝進行了一系列振興國家的改革。

這些改革措施中有這麼四條：一是遷都洛陽，二是禁止胡服，三是語正中原，四是「不殺太子母」。

爲了爲天下人做表率，順便減少改革的阻力，孝文帝便一馬當先，從自己身體力行做起。首先，他率先改姓爲元，又找著名服裝設計師製作一套漢人冠服，賜給德高望重的皇叔——祖安定王拓跋休。

然後，頒令天下：「三十歲以上聽其自便，三十歲以下一律改習漢語和中原正音，官民改穿漢人衣冠，概莫能外。否則一律重罰，朝官違禁罰其俸。」

可心情不好又生性倔強的馮清偏偏帶頭造反，堅決不說漢語。這不是明目張膽地把藉口往人家手裡送嗎？

於是，太和二十年七月，孝文帝下詔，將馮清廢爲庶人。也許是在馮潤的耳語下，爲了讓馮清也嘗嘗做尼姑的滋味，他還把人家安頓在了瑤光寺。

從皇后到尼姑，馮清欲哭無淚，只是輕輕地吐出了三個字：算妳狠。

馮清一走，馮潤立即鳩占鵲巢，穩當當地坐上皇后的位置。

至此，北魏的後宮之爭終於消停了。該失去的已經失去，該得到的也已經得到，王子與公主從此過上了幸福的生活，而可憐的灰姑娘在尼姑庵念著討厭的佛經。

一切都理所當然，一切都順理成章。如果一直這麼下去，就眞的是童話了。可事實上，生活原本就不是童話，憑什麼用童話的標準要求它？

於是，問題又出現了。

問題的導火在孝文帝，爲什麼這麼說呢？因爲他是個胸懷大志的皇帝，整天卯著勁要一統天下，很有「問蒼茫大地誰主沉浮」的責任感。

但是，要統一天下也可以，你自己待在宮裡，派個牛B大將出去統一就是了，可他偏偏不。不知是北魏無大將，還是孝文帝自己有打仗的癮。反正，每逢討伐他必親自掛帥，威風凜凜，很有那麼一回事。

但我們都知道，打仗這種事，不是一時半會的活，何況是統一天下這麼浩大的工程？於是，孝文帝就像民工一樣，整天飄泊在遙遠的異地，一年沒回幾次家。

其實，這樣也行，你把自己的女人帶在身邊就好了，可他偏偏不，非要一個人清心寡欲地去打仗。

這樣一來，問題就出現了，你可以要求自己清心寡欲，但你沒法要求人家像你一樣清心寡欲啊！這明顯的不符合人性嘛。他的漂亮皇后馮潤就是這麼想的。

這個想法一出，那某些事情的發生就是早晚的事了。

終於，久居深宮缺乏男人滋潤的馮潤出軌了，江湖傳聞，她和一個叫高菩薩的太監搞上了。

太監還有那功能嗎？當然沒有，可如果是個假太監呢？那一切就順理成章了。不巧的是，高菩薩就是一個假太監，從這方面來說，公司在招聘員工時，體檢是多麼不可缺少的一個環節啊！

關於馮潤和高菩薩亂搞之事，史書上沒好意思記載，只說高菩薩是個長得不錯、身體素質很強的男人。這不用它記載我們也知道，只不過是千篇一律的鐵律罷了。

如果馮潤能低調做人，好好善待周圍的人，那大家也會出於人性的考慮，不替妳聲張。可她偏偏是個把柄在人家手裡，還依然囂張的女人。

碰上軟柿子，妳囂張也就罷了，可一旦碰上硬茬兒，這囂張也許就是往自己插的匕首了。非常不幸的是，馮潤就碰上了一個硬茬兒——孝文帝的妹妹彭城公主。

這個彭城公主是北魏的大美人，她的第一任丈夫是大臣劉昶的兒子劉承緒。

劉昶是個牛B之人，先後娶過三位公主。可他的兒子劉承緒沒有乃父之威，史書上說他「少而尪疾」，患有脊椎彎曲的毛病，行走坐臥全都歪歪扭扭，非常影響形象。更嚴重的是，他二十七歲左右就死了，留下年紀輕輕的彭城公主當秀色可餐的寡婦。

我們知道，單單占著「大美人」這一條，就夠讓人惦記的了，何況還是個沒了丈夫的大美人，尤其還是個高貴優雅的公主，這怎麼能不讓人蠢蠢欲動呢？

這些蠢蠢欲動的男人之中，動得最熱烈而且條件最好的，是馮潤的弟弟北平公馮夙。這個馮夙仗著自己有個當皇后的姐姐，又趁著孝文帝出差在外，對彭城公主三番五次地進行性騷擾，一心想要得到她。

可人家彭城公主根本看不上他，對他十分鄙視和討厭，把他當成一個傻逼對待。這樣一來，心理落差就產生了！一個囂張慣的人，突然被人用不屑的言談舉止告知自己是個傻B，這個衝擊力多麼大啊？

於是，覺得自己受委屈的馮夙，跑到皇后姐姐那裡去哭訴。我們可以猜想，哭訴的過程中當然少不了添油加醋，諸如：「她瞧不起我就是瞧不起妳，瞧不起妳就是瞧不起我們馮家，瞧不起我們馮家就是瞧不起咱們的姑姑馮太后，瞧不起馮太后就是瞧不起先皇，瞧不起先皇就是瞧不起整個國家啊……」

儘管這話的邏輯很混亂，但比弟弟更囂張的馮潤聽完還是怒了，小手一拍鳳椅：「這還得了？」

然後，她琢磨了一下，說道：「我是後宮之主，後宮之事就是皇帝的家裡事，皇帝妹妹的婚事當然是皇帝的家裡事，這事歸我管。這樣吧，我下一道懿旨，把彭城公主賜婚於你就是了。」

猥瑣的馮夙一聽，心頭大喜，但轉而不無擔憂地問：「要是她不從呢？」

馮潤的霸道勁上來了：「反正她哥不在家，她要不從，你就霸王硬上弓，再不行你就直接抽她。」

馮夙得了懿旨，立刻馬不停蹄地回去準備搶親事宜。

可人家彭城公主也不是吃素的，收到馮潤的懿旨後，暗罵一聲：「靠！欺負到姑奶奶頭上來了，看我怎麼收拾你們。」說完，她帶上十幾個保鏢，找了一個月黑風高的夜晚秘密出城，到皇兄那裡去告狀。

當然，她不僅告訴孝文帝馮夙打算霸王硬上弓的事，還把馮潤跟高菩薩的醜事也抖了出來。

孝文帝是個有涵養的人，聽完這兩件事，沒有拍桌子，也沒有說「他媽的」，只是瞪著眼睛陰沉地說：「妳暫且住下，等戰事稍緩，我再回去收拾他們。」但說這話的時候，他的臉是通紅的，眼神佈滿殺機。

知道彭城公主告狀的事後，聰明的馮潤一拍大腿，心想這下壞了，如果單純是馮夙硬娶公主的事，她還能搞定，但要擺平她跟高菩薩的事，那就超出她的能力範圍了。

她得趕緊想個辦法。

人一著急就容易上火，一上火就會失去理智，通常這時候想出來的辦法都是餿主意。馮潤的餿主意就是：把孝文帝弄死。

這個事情實行起來有很大的難度，但馮潤的老媽常氏給她想了一個簡便易行的辦法：找一個法術高明的巫婆，施法把孝文帝給咒死。

從理論的角度來講，這個辦法的確既簡便又環保，而且愚蠢指數與馮潤的餿主意十分匹配。於是，她們找到了巫婆，巫婆也拿出渾身解數施展自己的邪術，但遺憾的是，孝文帝依然活得好好的。

這下，換馮潤和她老媽頹了。如果之前給皇帝戴綠帽子的罪行會被槍斃的話，那詛咒皇帝就夠槍斃一百回了。當然，如果這事進行地秘密，不被孝文帝知曉，就不會有什麼重大後果，可馮潤的命沒有這麼好，一個不起眼的小太監，千里加急，把這事告訴了孝文帝。

如此一來，孝文帝徹底爆發了：「攤上這麼個人，眞是家門不幸，黨國不幸啊！」連忙扔下手裡的活，馬不停蹄趕回都城洛陽，連夜提審高菩薩等人，逐一大刑伺候。

高菩薩幾個爛貨扛不住肉體的折磨，一五一十地全給招了，拿到證據後，孝文帝才命人將自己深愛的皇后馮潤押進大堂。

接連呼了幾聲「賤人」後，肝腸寸斷的孝文帝一下癱坐在龍椅上。他大聲質問：「妳不但給老子戴綠帽，還找人用巫術想咒死我，你他娘的良心何在？」

而馮潤呢？因爲理屈所以詞窮，堅決信守沉默是金的原則，就是不開口，只是眼裡一個勁地冒眼淚，還不住地磕頭想以此博得丈夫的同情。

面對她，孝文帝還眞的無計可施。

爲什麼呢？

因為他還愛著她，愛情這玩意，是「感情懦夫」最難跨過的一道坎，儘管他可以帶兵摧城拔寨，但卻是個「感情懦夫」。

本來，孝文帝決心賜死馮潤，但終究還是心軟了，自我安慰道：「不用我去殺她，如果她自己有羞恥心的話，會自我了斷的。」

可是，可愛的孝文帝啊！你當人家馮潤是誰啊？她才沒你那麼蠢呢！

最後，孝文帝發洩怒火的方式，是把高菩薩這小子給殺了，馮潤依然好好活著。更不可思議的是，出於對自己的奶奶馮太后的敬意，他居然連馮潤的皇后之位都沒有廢，以此保住馮家的顏面。

這個結果就有趣了，人家馮潤啥壞事都做了，居然沒有受到任何懲戒。啊！我們偉大的孝文帝，難道他心裡不覺得委屈嗎？

我想，他肯定是憋屈的，因為，他從此一病不起。

病了就該好好歇著，可我們胸懷大志的孝文帝偏不，他還是帶病工作，繼續帶兵南征。結果，西元四九九年三月，心情壓抑加上長途跋涉，死在南征的途中。

臨終前，他密詔自己的皇弟彭城王元勰（即拓跋勰）：「皇后自絕於天理人倫，荒淫無恥，我死後，恐怕無人能制服這個小賤人，你們可用我的遺詔將她賜死，但切記，仍要按皇后的規格國葬，別敗壞馮家的名聲。」

當彭城王元勰委託北海王元詳，去向馮潤傳達孝文帝遺詔時，求生慾望極其強烈的她依然耍賴皮，像個孩子一樣奔走呼號，但最終，她還是沒有躲過那一碗結束她一生的毒藥——她是在極不情願的情形下被硬灌的。

灌完後，馮潤一命嗚呼，年僅三十歲。死後，陪葬在孝文帝的長陵（今河南臨汝）中，謚號幽皇后。

一對曾經熱戀如火，也曾嫉恨如冰的小戀人，終於得以聚首地下了。

只是，我很想問孝文帝：「向來喜歡折騰人的馮潤皇后，在另外一個世界裡，有變得溫柔賢慧嗎？」

第 15 章

胡太后——不愛宮苑愛妓院

一聽說前朝的皇太后和皇后出來賣，長安城騷動了，所有的男人都削尖腦袋，想鑽進胡太后的妓院，一親前朝國母的芳澤。

常言道：「寧為鳳尾，不為雞頭。」

只要是大腦沒毛病的人，通常都削尖腦袋往梧桐樹上棲。但這個世界總是充滿太多的意外，就有這麼一位女中豪傑，視鳳冠如糞土，卻把「雞」這一古老的工作，當成自己欲罷不能的事業，且還樂此不疲，口出狂言：「做皇后哪有做妓女爽啊？」

這位奇女，就是北齊武成帝高湛的皇后胡氏。由於高湛死得早，這位胡皇后大部分的時間其實都在做太后，所以，江湖人稱胡太后。

北齊是中國南北朝時期的北方王朝之一，於西元五五〇年由文宣帝高洋取代東魏建立，建都鄴城，據有今黃河下游流域的河北、河南、山東、山西以及蘇北、皖北的廣闊地區。

武成帝高湛是北齊第四任皇帝（西元五六一年—五六五年在位）。文宣帝高洋、孝昭帝高演都是他的親哥哥。武成帝昏庸無能、癡迷酒色，在位期間殘害宗室、寵信小人，不思國事，是個失敗的皇帝。

胡太后出身名門望族，她的父親叫胡延之，曾任北魏的尚書令，母親是當時的名門望族盧家的女兒。和大多數牛B人物的出場一樣，這位胡太后的出生也是充滿天地玄機。

據說，她老媽懷上她之後，有一個江湖遊僧路過她家門口，神秘兮兮地說了一句莫名其妙的話：「這家的葫蘆裡面有個月亮。」

胡延之聽到以後非常高興，因爲他姓胡，他夫人姓盧，「葫蘆」即胡、盧的諧音，而太陽代表君王、月亮代表皇后，那這話的意思就是：「胡夫人肚子裡懷著一個未來皇后。」家裡能出個皇后，胡延之當然高興了，興奮得仰天大叫。

時光如梭，十多年的時光沒轉幾次眼就過去了。這胡家的女兒已經出落成一個亭亭玉立的大姑娘：身材火辣、臉蛋迷人、氣質高貴，隨便一個男人，只要看她一眼，就會有如受到電擊般渾身發抖。

西元五五〇年，傾國傾城的胡氏被當時還是長廣王的高湛選爲王妃，開始驗證預言的輝煌旅程。西元五六一年，高湛一躍而起，接替他老哥當上北齊皇帝，胡氏立即被冊封爲皇后。

預言竟然眞的實現了！可見，有時候封建迷信也是很科學的，至少比現在的地震預測要準確得多。

可是，雖然當上了皇后，胡氏的生活卻並不幸福——高湛對她失去興趣。爲什麼呢？因爲他看上他老哥高洋的皇后李祖娥。

其實，這個李老皇后未必比胡氏漂亮，但俗話說「老婆總是別人的好」，高湛的行爲也是可以理解的。

一天深夜，高湛在一番痛飲之後，藉著酒興，闖進李祖娥居住的昭信宮，要跟她雲雨。李祖娥一看這情景，頓時驚了。一面誓死不從，一面還跟高湛講些「我是你嫂子，你這樣做對得起你死去的哥哥嗎」之類的大道理。

其實，這都是沒用的廢話，高湛要是講理之人，就不會來做這種事了。他根本不理睬她的抗議，一面霸王硬上弓，一面威脅她：「妳再敢拒絕我，我就殺了妳兒子。」

對於賢妻良母型的女人來說，這個威脅是立竿見影的。果然，李祖娥聞言立即停止反抗，高湛如願以償，替自己的老哥接管了老婆。

從此，高湛公然出入昭信宮，簡直把嫂子當成嬪妃，這樣一來，風騷的胡氏更無事可做了，漫漫長夜，寂寞催人亂。

結果，饑渴難耐的胡氏居然饑不擇食地跟自己身邊的小太監玩到床上，儘管閹人缺少必要的設備，但好歹還有條舌頭，以及十根手指，權當是聊勝於無了。

但，有設備跟沒設備的效果畢竟有天壤之別，終於，無法從太監那裡得到滿足的胡皇后看準一個機會，成功地勾搭上高湛的親信大臣——位高權重的和士開。

這位和士開也不是普通人，他的父親和安擔任過中書舍人、儀州刺史等職，也算是高幹子弟，早在高湛還是長廣王的時候，就跟他混成鐵哥們了。

高湛一當上皇帝，和士開立即被封為侍中，憑著以前的感情基礎，再加上自己的聰明機靈、很會拍馬屁，而且還彈得一手好吉他——哦不！好琵琶的絕活，在當時的朝廷裡很吃得開，滿朝文武加上皇帝，誰都得給他幾分薄面。

有了和士開之後，胡皇后那團燃燒的烈火終於暫時得到釋放。但和士開再吃得開，這跟皇帝老婆通姦、公然給自己的鐵哥們皇帝戴綠帽子的事他敢做嗎？當然敢！換成是別人，借他幾個肥膽也不敢，但人家和士開就是敢！不但敢，而且還有恃無恐。

我猜測，高湛也許知道這事，但他思想比較開明，或者信奉「兄弟如手足，女人如衣裳」的哲學，爲了肥水不流外人田，也許和士開是得到他的默認的——那就是奉旨通姦，相當的牛B。

和士開不但使用皇帝的老婆，而且還敢勸皇帝下台。當然，他的勸說是相當有技巧的，用今天的話說就是：這都是爲了你好啊！

他是這麼勸的：「哥們啊！人生在世屈指算，也就百八十年，應該及時行樂啊！你何必讓那些繁瑣的政事煩著你呢？你把位子禪讓給你兒子，自己當個太上皇享清福，多舒坦啊？你考慮考慮，兄弟我可全是爲了你好啊！」

高湛考慮以後，似乎覺得很有道理，於是，剛滿二十九歲的他居然眞的在西元五六五年，把皇位交給兒子高緯，自己安心去做他的太上皇，及時行樂去了。

這樣，和士開既討好了太上皇，又因爲擁立新皇帝有功，獲得高緯的好感。眞是一箭雙雕的好買賣，讓人不得不佩服他的政治頭腦。

高湛一當太上皇，胡皇后也就升級成胡太后了，這年，她才剛滿二十歲，眞是年輕有爲啊！這段期間，和士開也一直擔任胡太后情人的角色，從沒擅離崗位。

三年後，縱慾過度的太上皇高湛傷了身體，一病不起，沒多久就一命嗚呼了。臨死前，他把和士開叫到病榻前，要他好好輔佐高緯。後來的事實證明，和士開不但照顧好了先帝的兒子，而且也把他老婆順便正式接管了。

但物極必反，好景往往不長，高湛死後，由於和士開跟胡太后太過高調，二人的關係幾乎公開於光天化日之下。於是，胡太后的次子，早就看和士開不順眼的琅琊王高儼，發動一次小小的宮廷政變，設計捉拿和士開，然後一秒也不耽誤地讓他腦袋搬家。

胡太后得知此事後，悲痛得差點昏過去，但事已至此，她也無力回天。

和士開一死，胡太后的私生活又出現了空窗，急需補充新鮮的血液。於是，慾火難熬的胡太后，藉燒香拜佛的機會，又找到自己的第二任情夫——曇獻和尚。

這個曇獻雖然是個和尙，但不知從哪學到一手高超的床上功夫，把胡太后伺候得欲仙欲死。有了曇獻之後，胡太后早就把以前什麼和士開之流拋到九霄雲外去了，因爲和他的床上功夫相比，和士開簡直不能算是男人。

如果用圍棋的段位來打個比方，曇獻是專業九段，而和士開連業餘一段都算不上，差距顯而易見。胡太后得到曇獻，比三天沒喝水的人發現水源還要興奮。

從此以後，胡太后隔三差五就到曇獻的廟裡燒香。說是燒香，可一進廟門就朝曇獻的僧房裡跑，於是，本來的佛家淨地，就這樣被改造成淫窩。

在曇獻那間並不寬敞的禪房裡，上演了數不清的顛鸞倒鳳、淫聲浪語，作為胡太后戰鬥過的地方，這裡留下了數不清的美好回憶，即使多年之後，當她想到這間小禪房，還會情不自禁地嗷嗷大叫，聲音十分撩人。

後來，胡太后嫌來來往往太浪費生命，就告別了那間小禪房，直接把戰場搬到自己的寢宮，藉口是要跟曇獻研習佛學，如此一來，曇獻也就順理成章地住進寢宮。

這麼一來，行事就方便多了，只要太后有需要，曇獻就能立即提供服務。

為了防止胡太后產生審美疲勞，讓服務更有質量、更有特色，曇獻和尚又動了歪腦筋，為她開發新的服務項目：提供寺廟裡的年輕英俊小和尚。

為了防止走漏風聲，小和尚都裝扮成尼姑的模樣，個個雲鬢輕舒、眉含遠黛，塗脂抹粉、風騷不已。這樣一來，胡太后簡直樂瘋了，不但有曇獻這個床笫高手隨傳隨到，還有許多新鮮的小帥哥點綴調劑，生活可謂花樣繁多、多彩多姿啊！

於是，胡太后像皇帝一樣，每晚輪流寵幸不同的和尚，小日子過得有滋有味。可世界上沒有不透風的牆，關於她的這些風流韻事，除了她的皇兒高緯，宮裡上上下下無人不知、無人不曉，只是大家不敢明說罷了。

然而，世事最怕巧合，某天，高緯一起床，去給自己的母后請安，請安完畢，突然發現太后身邊的兩個小尼姑長得極其標緻、非常風騷，於是這個大色鬼當下起了生理反應，差點就地按倒她們幹那骯髒之事。

可畢竟是在母后面前，他不敢造次，一直強忍著離開太后寢宮。一出門，他就命令身邊的大太監，去把那兩個小尼姑召進自己的寢宮。

回到自己的地盤，高緯以爲可以爲所欲爲，可這兩個小尼姑居然一副冰清玉潔的高貴模樣，當場拒絕了他。

高緯愣了一下，感到很新鮮：難道還有他得不到的女人？繼而火冒三丈，非常粗野地去扒小尼姑的衣裳，想來個更加刺激的霸王硬上弓。可扒光她們衣服的瞬間，他驚呆了！靠，居然是男的！

一經調查，胡太后的醜事馬上浮出水面。高緯憤怒了！他奶奶的，自己的老媽幹這種事，臉上還有什麼面子？一怒之下，下令把曇獻和尚以及那些被胡太后搞過的小和尚統統殺了，接著，又把胡太后趕出原來的寢宮，幽禁起來。

被幽禁的胡太后，又過起沒有男人的清淡生活，這對她來說，簡直比死還難受。日子一天天地過去，依然沒有解禁的消息，煎熬著，煎熬著，終於，高緯的怒火漸漸平息，把她放了出來。

可是，好日子沒過多久，一場巨大的變動，讓她頃刻間變得一無所有。這場變動就是——西元五七七年，北齊被北周滅了。

不幸中的萬幸是，北周的將領比較人性化，他們只殺光高氏家族的男丁，女人都被留了下來，同時，她們得到通知：經過改造後，還她們自由，允許她們過著自食其力的生活。

原本富貴無比的胡太后和高緯的皇后穆黃花，一夜之間成爲普通的勞動者，漂泊在當時的大都市長安，從此要自己供養自己了。

可這根本難不倒胡太后，根據自身的條件，她迅速就爲自己和穆皇后量身定制了一份新工作，當妓女。

說幹就幹，她當掉自己的首飾，租了一座小院落，然後向當局申請營業執照，馬不停蹄地掛牌營業。

一聽說前朝的皇太后和皇后出來賣，長安城騷動了。由於胡太后當時剛過四十歲，而且保養得極好，看上去還不到三十歲，可謂風韻不減、風情萬種。而她的兒媳婦穆黃花才二十多歲，正是青春勃發的年紀。長安城裡所有的男人，都削尖腦袋，想鑽進胡太后的妓院，一親前朝國母的芳澤。

沒過多久，這兩位身份高貴的妓女名聲大噪，生意空前興旺。有時候，由於爭奪先後的次序，還發生過幾次流血鬥毆事件。

後來，爲了杜絕這種事件再次發生，聰明的胡太后採取了「提前預定」的辦法。這辦法和今天銀行裡的領號制度類似，就是，想要來嫖的男人要事先過來報告一聲，然後前台小姐會發給他一張紙，紙上寫著一個號碼——代表你是第××位客人。然後，你耐心地等著行了，等前台小姐叫到你的號碼，你就可以進去享受了。

這項措施被採取以後，胡太后的小妓院裡井然有序，打架鬥毆事件再也沒有發生。

自從做了妓女以後，胡太后整個人變得春意盎然，儼然把妓女當成自己偉大的事業。在她看來，這項事業實在太讓人著迷了，不但有許多男人爭先恐後地來伺候她，而且還給她留下許多銀票，眞是一石二鳥的好事啊！

所以，她對她的兒媳婦穆黃花說道：「當妓女比當太后爽多了！」

就這樣，胡太后、穆皇后二人，透過自己的勞動，終於在長安城裡過起體面的生活。她們不但用自己的勞動所得在長安城三環以內買了房子，還買了一頂名牌轎子，十分風光。至於二人是何時死的，史書上沒有具體的記載，只知是在做妓大約十年後，胡太后病死，她的兒媳婦穆皇后，又過了許多年才告別這個花花世界。

值得長安城所有男人欣慰的是，二人都是善終。

第16章

馮小憐——昨天跑龍套，今天女一號

據史書記載，當時盛況空前，上到八十歲，下到八歲，只要是帶把的，基本上都來了。據後來北齊後宮打掃衛生的大媽回憶，她們在現場撿了一萬多隻鞋，快累死了。

和趙姬、呂后、趙飛燕等家喻戶曉的著名女人不同，馮小憐是個冷僻的名字，她的知名度甚至不及過氣的三級片女明星。但提到一個香艷的成語「玉體橫陳」，你肯定不會陌生，這個成語的主人，就是這個不大知名的小美女。

馮小憐是誰？

她是北齊後主高緯的愛妃。

高緯是誰？就是上篇寫到叫囂著「做妓女比做皇后爽多了」的胡太后的兒子。

其實，剛開始馮小憐並不是高緯的愛妃，而是皇后穆黃花身邊一個不起眼的小侍女。但世事難料，只要你有才，上天就會給你提供機會。

馮小憐有才，一個偶然的事件讓她一夜之間從醜小鴨變成天鵝。

這其實也不算是什麼大事，只不過高緯同學喜新厭舊，在穆黃花皇后還沒變成明日黃花前，就被感到乏味的他當成黃花菜給涼拌了。

高緯的熱情投放到另一個女人曹昭儀的身上。

說來也好笑，高緯喜歡曹昭儀，並不是因爲她長得多麼出衆，或者性格多麼吸引人，僅是因爲她談得一手好吉他——哦不！是好琵琶。或許，這個北齊後主也是個癡迷的音樂發燒友吧！

穆皇后知道原因以後，氣得差點吐血。可實在沒辦法，她從小沒學這門手藝，現在學也來不及了，只有乾瞪眼的份。

事情就是這麼湊巧，穆皇后不會，可她的一個小侍女會，而且技藝絲毫不遜曹昭儀，這個小侍女就是馮小憐。於是，妒火中燒的穆皇后做了一個「寧予家奴，不給外人」的反常決定，給了馮小憐機會，要她把後主高緯勾搭回來。

穆皇后使勁渾身解數，把高緯拉到自己的宮苑內，說是要邀請他聽場演唱會，而且歌舞齊備。沒想到，這高緯還眞不禁勾搭，一曲過後，眼珠完全忘記轉動，再一段舞蹈過後，徹底被被鎭住了。

眞是高手在民間啊！他發自內心的感嘆，再細看這個談琵琶的女人，面若桃花帶雨、腰肢曼妙、前凸後翹，十分性感，當即暗罵自己有眼無珠，以前怎麼沒發現這號人物呢？

當天夜晚，高緯就把馮小憐搬到自己的龍床上，經過一番激戰，頓覺以前的那些美女根本算不上女人，自己直到此時才眞正做了一回男人。

原來馮小憐不僅有天使的臉蛋、魔鬼的身材，彈得一手好琵琶，跳得一場迷人歌舞，還有一個善於按摩推拿、熟知中醫穴道的母親。她從母親那裡得到這門眞傳。當天晚上，當她的小手像一條小蛇一樣準確地遊走在高緯的周身穴道上時，高緯舒服得幾乎好像全身毛孔都吸了海洛因一樣，怎一爽字了得？

從此以後，馮小憐成了高緯衆多老婆中的頭牌，什麼曹昭儀，白忙活一場爲人家做嫁衣裳的穆皇后，統統都靠邊站，還是那句話，在高緯眼裡，她們跟馮小憐相比，簡直算不上是女人。

高緯寵幸馮小憐到什麼程度呢？

食則同桌，臥則同床，行則同車。反正，就是一刻也離不開的地步，比現在情竇初開的熱戀小男女還要黏上一百倍。

即便是在朝堂之上，大臣商討國事、進諫彈劾時，他也要讓馮小憐坐在他的大腿上，而且手還不老實，老往人家身上摸。每到此時，馮小憐總會朝他拋個媚眼，然後用她歌唱家的嗓子，柔情似水地嬌嗔道：「討厭！」

高緯每每聽到這詞，就會周身通筋活血、一陣酥麻，堂下的大臣也全部面色潮紅，下體一柱擎天，什麼國家大事，什麼傾軋爭鬥，全都靠邊站，他們唯一想做的就是草草結束朝會，然後趕回家，找自己的小妾給他們解決生理需求。

當然，他們在解決時腦子裡是不是在意淫馮小憐，這個我不敢亂說，因爲我不是他們，科學也沒發達到讀心的程度。

也許高緯跟我一樣聰明，識透那些道貌岸然的君子，本著關心、愛護部下、爲部下解憂愁的原則，他決定辦一個展覽，作品只有一個，就是馮小憐。

那天，他先貼出了大幅海報，然後讓馮小憐穿著泳衣躺在朝堂的龍床上（如果你問龍床為什麼會在朝堂上，那我肯定會編瞎話說那是臨時抬進來的。當然，你若要說那是因為他喜歡在朝堂之上做愛，或者他因為敬業，把工作跟睡覺的地方合而為一，我也沒意見。反正，龍床確確實實是在朝堂之上了）。

然後，他派人在門口一坐：「想進去看嗎？買票！一千塊錢一張。嫌貴？那就等著出了寫眞後，買寫眞集吧！」

結果，全朝文武，包括所有有點大錢或有點小錢的男人，全部都不想買寫眞集，直接付錢進入現場。

據史書記載，當時盛況空前，上到八十歲，下到八歲，只要是帶把的，基本上都來了。據後來北齊後宮打掃衛生的大媽回憶，當時她們在現場撿了一萬多隻鞋，都快累死了。

這次展覽，就是後來那句成語「玉體橫陳」的由來。

單從這一點上看，高緯雖然荒淫昏庸，可絕對不是個小心眼的人，懂得把好東西拿出來與人分享。同時，能夠專門爲馮小憐辦個展，也算是他溺寵對方的佐證。

但是，女人是不能寵過頭的！一過頭，這紅顏就化成禍水了。可惜，高緯不懂得這個道理，結果，馮小憐成爲禍水了。

我認爲，這不能怪人家馮小憐，誰讓你給人家提供舞台呢？就像賭徒一樣，你若不提供他賭具和賭場，或許人家還是個認眞上進的好青年。你高緯偏偏提供賭具和賭場，既然如此，就就別怪馮小憐讓你傾家蕩產了。

事情是這樣的。馮小憐有個愛好叫做打獵，但老打獵不過癮，就把興趣轉移到打仗上。正好當時北齊有個叫平陽的地方，被北周硬搶去，她就慫恿高緯去收回失地。

從客觀角度來說，馮小憐的這個建議是好的，但她的出發點不在收復失地，而是爲了觀看打仗的場面，所以打仗過程中，發生許多像小孩子辦家家酒一樣搞笑的事情。

北齊的士兵一聽到要收復失地，一個個鬥志昂揚得不得了，沒過多久就讓守衛平陽的北周軍隊吃不消了。在一個殘陽如血的黃昏時刻，眼看城池就要被北齊給攻破了，就在這個關頭，高緯突然下命令暫時撤退。

莫非高緯有什麼遠見卓識的謀略？

當然不是！那爲什麼呢？

說出來能笑掉你下顎——因爲馮小憐覺得破城之戰是最壯觀的，但當時快天黑了，要是看不清那壯麗的場面，那會很遺憾。於是，高緯就撤兵了。

他大爺的！這場兒戲一樣的戰爭，應該也是馮小憐受寵的一個佐證吧！

沒想到的是，第二天遇上壞天氣，不僅風沙大作，讓人睜不開眼，而且還夾雜鵝毛大雪。不用說，這樣的天氣也不適合觀戰，於是第二天就沒發兵攻城。

眾所周知，打仗的最大忌諱就是貽誤戰機，在戰場上，每一秒鐘都有可能決定勝負，更不用說兩天了。

等天氣轉好，適合觀賞時，北周的援軍早就到了。沒辦法，看來這城攻不下來了。馮小憐一看不好玩，就慫恿高緯撤軍，回去打獵吧！這高緯也真聽話，馬上撤退回城。

體會到戰爭不好玩，回到老窩後，馮小憐又恢復自己打獵的愛好，隔個三五天就要高緯帶她出去打獵，對方當然言聽計從。

這邊的皇帝忙著打獵逗愛妃開心，那邊的北周皇帝卻在平陽之戰中摸透北齊的實力，一紅眼、一咬牙，居然入侵北齊，直接朝軍事要塞晉陽出發，沒多久就兵臨城下。

當守兵大將的緊急快報送到高緯的手裡時，他正在和馮小憐打獵。收到急報後，他挺緊張的，因爲他知道晉陽的重要性，晉陽一失，都城就危險了，如果不能守住晉陽，那基本就是亡國了。

但人家馮小憐才不管這麼多，正在興頭上的她駁回高緯回宮調兵遣將的建議，反而要求再玩一圍——意思就和打漁時再下一網差不多。

令人哭笑不得的是，高緯居然同意了，兩人又玩了一圍。這一玩不要緊，北周軍隊趁著這段時間，火速把孤立無援的晉陽守軍收拾乾淨。

回到皇宮後，高緯接到晉陽失守的報告，面對緊張到極點的大臣們，他很有大將風度地說了一句名垂千古的白癡語錄：「晉陽失守算什麼？只要小憐沒丟就行。」

嗚呼哀哉，還眞是個不要江山要美人的情癡啊！

沒過多久，都城鄴城就被北周攻克，北齊滅亡。

滅北齊後，北周武帝在處理高緯及其妃嬪上比較人性化。胡太后、穆皇后等經過改造都獲得了自由，當了妓女自食其力。高緯他們則被帶到北周，高緯被養了起來，說是養，其實就是軟禁，等沒用處以後，還是死路一條。

那馮小憐怎麼辦呢？

面對這個尤物，不好色的北周武帝一點感覺沒有，但好歹對方是美女加才女一個，不能白白糟蹋，於是就把她賞給自己的弟弟代王宇文達。

這個宇文達本來也不是個好色的主兒，但被馮小憐服務一次之後就上癮了。瞧那溫軟的香舌，那如游蛇一般的小手……多令人銷魂啊！

得到馮小憐之後，宇文達便把其他老婆給曬到了一邊，專門寵幸她，小憐也使盡渾身解數，把對方伺候得舒舒服服、樂不思蜀。

但好景不長，馮小憐正在宇文達那裡過著幸福生活的時候，一個人的出現打破了這個美夢，這個人就是建立大隋朝的楊堅。他把宇文達殺掉，然後爲了籠絡人心，把馮小憐賜給有功之臣李詢，巧合的是，這個李詢正是被宇文達冷落的正妃李氏的哥哥。

眞是不是冤家不聚首，當年因爲馮小憐的出現，使李氏備受冷落，過著冷宮一樣的日子，如今，她落入人家的虎口，就只能如羔羊般任人宰割了。

果然，李詢的母親爲了給女兒報仇，想盡辦法虐待馮小憐，不僅讓她褪下可以襯托她曼妙身材的高級服裝，改穿下人的衣裳，還得跟下人一樣進行勞動，而且，平日什麼老虎凳、辣椒水都沒少招呼，連打帶罵更是家常便飯。

細皮嫩肉且精神高貴的馮小憐哪受得了這種委屈？她感到絕望了，如今的生活之於她，就跟一碗黃連湯一樣滋味，苦！而且還是深不見底的深淵，沒人會拯救她，她也無法拯救自己。

想到這裡，馮小憐失去了活下去的勇氣，最後，三尺白綾讓這個奇女子告別這個給過她富貴、荒唐和苦難的世界。那一天，據說上午艷陽高照，下午暴雨雷鳴。

第17章

徐昭佩——皇帝也奈何不了我

徐昭佩和暨季江的事鬧得滿城風雨，幾乎人人皆知，那身為丈夫的蕭繹知不知道呢？我想他肯定會有耳聞的，但他根本不在乎。

俗話說，大千世界無奇不有，總有一些牛人不按常理出牌。比如，按照正常情況，後宮的妃嬪們都會花樣百出地把自己妝扮得閉月羞花，以博得皇帝的寵愛，但就有這麼一位大姐對此不屑一顧，只給自己畫半面妝，弄得跟鬼一樣。這位大姐，就是大名鼎鼎的徐昭佩。

徐昭佩是南梁元帝蕭繹的妃子，侍中信武將軍徐琨的女兒，出身名門，身份顯赫。

南梁是南北朝時期南朝的一個政權，由梁武帝蕭衍於西元五〇二年建立，首都設在建康（今江蘇南京）。

梁元帝蕭繹是蕭衍的第七子，於西元五五二年即位，雖然情商不甚高，但智商還行，《梁書·元帝本記》稱讚他：「博覽群書，下筆成章，出言為論，才思敏捷，無人能和他相比。」

本來，身為第七子的蕭繹根本沒有染指皇位的機會，但他運氣好，趕上「侯景之亂」，從而亂中取勝，登上皇位。

「侯景之亂」是中國歷史上著名的叛亂，發起者是侯景。

侯景是羯族人，曾是東魏的將領，後投靠梁武帝，被封為河南王。後來，在一次戰役中，南梁宗室子弟蕭淵明被東魏俘獲，梁武帝救人心切，就出了個餿主意，要用侯景與東魏進行交換。

得知此事後，侯景大怒，於西元五四八年舉兵反叛，率軍攻入首都建康，將皇宮團團圍住。第二年攻破皇城，軟禁梁武帝蕭衍，自己執掌朝政，不久，蕭衍憂鬱而死。西元五五一年，侯景廢掉自己新立的皇帝，取而代之。

侯景雖然很有軍事才能，但不大懂政治，不知安撫人民。他的軍隊所到之處，燒殺搶掠、姦淫婦女，無惡不作，引得人神共憤。

終於，西元五五二年，蕭繹的手下大將王僧辯、陳霸先大敗叛軍、收復健康。侯景於倉皇中乘船出逃，卻被部下所殺。

至此，持續四年多的「侯景之亂」宣告結束。蕭繹由於討賊有功，趁勢登上帝位，是謂梁元帝。

蕭繹在成爲梁元帝之前，身份是「湘東王」，當他還是湘東王的時候，徐昭佩就嫁給了他。

據記載，蕭繹是個獨眼龍，按史書的說法，徐昭佩是爲了嘲笑他的獨眼，才畫半面妝，但這顯然太片面了。其實，剛開始徐昭佩並不是如此有個性之人，之所以變得如此，其實全是被情商太低的丈夫逼的。

想當年，天生麗質的徐昭佩整天把自己妝扮得漂漂亮亮，可這個蕭繹彷佛沒看見一樣，完全把風姿綽約的妻子當空氣。

爲什麼呢？

因爲這個湘東王一點也不好女色，唯一的愛好就是跟一幫酸文人談學論道，這個偏執的文學青年，不在乎吃，也不在乎穿，完全是個沒有生活情趣的怪人。

即便如此，忍辱負重的徐昭佩還是沒有放棄，眼看靠妝扮引不起蕭繹的重視，就換了一招——展示自己的才華。

於是，她素面朝天地去參加蕭繹的文學沙龍，試圖打進丈夫生活圈，挽救並不融洽的夫妻關係。多才多藝又聰明伶俐的她很快就獲得幾乎所有人的認可，唯有她老公依然不把她當一回事。

做了這麼多的努力，丈夫依然不買帳，這讓徐昭佩徹底絕望。人，都是被逼出來的，絕望的人，往往也會視萬物爲糞土。

從此，只要輪到徐昭佩值班伺候蕭繹，就只給自己弄半面妝，以此表達自己的嚴重不滿。按一般帝王的脾氣，受此挑釁，肯定會勃然大怒，不來個滿門抄斬、誅其九族，也會把她打入冷宮。可人家蕭繹就是這麼有素質，對此唯一的反應就是冷笑著拂袖而去，並從此給徐昭佩放了個長假——不需要她值班了，之後幾年，也沒進過她的屋子。

奈何深宮寂寞啊！徐昭佩也是個有血有肉的女人，也有正常需求，可蕭繹既沒給她情感的慰藉，也沒辦法滿足她生理上的需求。沒法子之下，她只好自己想辦法了，畢竟，人總是要對自己好一點。

她先試探性地找了一個和尚玩玩，這個和尚就是瑤光寺中的智遠和尚。此人膚色白皙、五官玲瓏，算是個奶油小生。徐昭佩勾搭上他以後，幾乎天天與他私通，使自己的生活品質上了一個大台階。

但和尚畢竟是和尚，沒什麼髮型可變換，看久了總是會膩。膩了以後，徐昭佩又嘗試著找那些俊秀的侍臣。

由於蕭繹忙著搞他的文學，無暇看管後宮的這些破事，於是，徐昭佩安然地跟那些形形色色的小帥哥們互相滿足。

這個時期，可以說她的生活品質已經進入小康水平了。

過不了不久，徐昭佩對這清一色的小帥哥也失去了興趣，看上了蕭繹的寵臣暨季江，這個暨季江不但貌似潘安、英姿颯爽、玉樹臨風，而且才華橫溢，氣質不俗。

有這樣的貨色在眼前，紅了眼的徐昭佩當然不會放過，在她的猛烈攻勢下，暨季江很快就繳械投降，成了她的新任面首。

有了暨季江之後，徐昭佩總算眞正擁有幸福的生活，對暨季江不僅有肉慾的需要，而且還動了眞感情。

至於暨季江對她呢？那就難說了！當時，由於此事幾乎是公開的秘密，大家也都以此爲談資，偶爾還調侃調侃。

有一次，有人淫笑著問暨季江：「徐妃的滋味如何？」

面對如此不懷好意的問題，暨季江居然笑嘻嘻地答道：「徐娘雖老，風韻猶存哉！」自此，就有了「徐娘半老，風韻猶存」的典故。但從他的回答來看，他對徐昭佩其實沒有什麼感情。

既然徐昭佩和暨季江的事鬧得滿城風雨，幾乎人人皆知，那蕭繹會不會知道呢？我想他肯定會有耳聞的，但他根本不在乎，他是一個怪人，彷彿不具備常人的道德觀，也不懂得面子、吃醋等人之常情。

又或許，他只顧著跟朝臣討論他的文學問題，沒時間處理此事，也或者還沒找到恰當的時機。

但時間這東西，就像女人的乳溝，只要一擠，總是會有的；而時機也像女人的G點，只要耐心去找，總會找到。

沒多久，時間和時機就碰頭了——蕭繹一個剛生完孩子的愛姬王氏突然死了，於是，他就藉口此女是徐昭佩投毒害死的，逼她自盡。

徐昭佩當然知道這是藉口，但君要臣死，臣不得不死，面對早就沒有半點情分的丈夫，她毫無辦法，只好投井自盡。

搞笑的是，徐昭佩死後，蕭繹突然起了無名業火，做了一件十分有個性的事——命人把徐昭佩的屍體打撈出來，不但沒有按后妃之禮安葬，還送回她的娘家。意思就是休妻。把一個死人休掉，這大概是中國歷史上獨一無二的案例，也只有蕭繹這樣的變態做得出來。

這還沒結束，不知從哪裡突然冒出餘怒的他，居然還在《金樓子》一書中，大揭徐妃的醜事。

唉！何苦跟一個死人過不去呢？人家活著的時候，你他娘的都幹嘛去了？

第 18 章

永興公主——對怪叔叔情有獨鍾的問題少女

蕭宏施展了美男計，打算讓永興公主愛上自己。對一個深諳情場技巧的老帥哥來說，真是一點難度都沒有，果然，他只輕輕揮了一下剛勁有力的大手，對方就送上門來了。

永興公主，芳名蕭玉瑤，是南北朝時期梁武帝蕭衍的女兒。

梁武帝一共有四個女兒，除永興公主外，個個溫柔賢慧、性格溫婉，標準的名媛淑女風範，唯有這個人是個另類，打小就不愛讀書，性格頑劣、滿嘴髒話，像在街上混的小痞子，但梁武帝對她最爲寵愛。

永興公主長大後，梁武帝把她嫁給好友殷睿之子殷均。按常理來說，給她找個偉岸的大丈夫，應該會比較合她的口味，但不知梁武帝腦袋出毛病了，還是故意爲之，總之這個殷均生得斯斯文文、扭扭捏捏，完全一副大姑娘的模樣，而且「均形貌短小，爲主所憎」。

由於性格不合，二人婚後生活十分不協調，弄到最後，永興公主乾脆強行分居，拒絕履行妻子的職責。

這讓殷均十分鬱悶，更讓他鬱悶的是，他雖然看起來文弱，性慾卻十分旺盛。永興公主不跟他同房，他又不敢找別的女人解決，沒辦法，只好一次次厚著臉皮往對方的臥室裡跑，像乞丐一樣乞求施捨。

對此，永興公主相當厭煩，她最看不得男人毫無尊嚴的樣子了。煩到爆發的臨界點時，她乾脆把房門緊閉，並在上面貼了一張大字報，上書：殷均與狗不得入內！

多麼赤裸裸的羞辱啊！再窩囊的男人也會被激起憤怒。於是，殷均決定給妻子點顏色瞧瞧，選擇了打小報告。

那天，他撕下大字報，徑直入宮，把它交到老丈人梁武帝的手中，還一邊控訴永興公主的劣跡，一邊聲淚俱下，好不感人。

梁武帝見此有點生氣，殷均的老爸好歹也是自己的老朋友，自己的女兒放肆到這種地步，讓他臉面的確不大好看。於是，他把永興公主召進宮裡，想用語言教訓教訓她，無奈對方驕縱慣了，根本不吃他這套。

每當他批評一句，永興公主就會頂十句無懈可擊的辯詞，末尾還會加上一個語氣詞：切！梁武帝一向自卑於自己的口才，最討厭別人反駁他，出奇地震怒。人一憤怒，就會幹些異於往常的事情，他一時沒管好自己的手，抄起一把如意，把永興公主按倒在地，一頓暴打。

永興公主從來沒求饒過，不知道該用哪種方式表達，乾脆不吭聲。這讓梁武帝以爲這是無聲的抗議和蔑視，內心的怒火更是升騰，一使勁，就把犀牛角做的如意打碎了。

如果說剛開始還是雷聲大雨點小的話，那後來就是眞正的「暴打」了。在如意打碎的那一刻，梁武帝驚呆了，永興公主更是哭得昏天黑地——她哪受過這種待遇啊？

自從這個事件後，梁武帝和永興公主之間的父女關係冷淡了許多，永興公主甚至對自己粗暴的老爸產生一股恨意。與駙馬之間的關係，更是降到冰點，只要一看到殷均，就忍不住撒野起來。

第一次遇到挫折的永興公主，感覺自己快要瘋了，開始急劇墮落，撲向肉慾的世界，不斷尋覓帥哥與她共度良宵，並頻繁更換對象，大有一日看盡長安花的架勢。

這一切，讓一個人看在眼裡，記在心裡，他就是永興公主的叔叔——臨川王蕭宏。據史書記載，蕭宏「長八尺，美鬚眉，容止可觀」，稱得上是個惹女人喜愛的資深帥哥。看到自己的侄女如此淫蕩，又跟梁武帝關係破裂，突然計上心頭，決定把她拉進自己的陰謀之中，為己所用。

於是他施展了美男計，打算讓永興公主愛上自己。對一個深諳情場技巧的老帥哥來說，眞是一點難度都沒有，果然，他只輕輕揮了一下剛勁有力的大手，對方馬上就送上門來了。

就這樣，兩人勾搭成姦，永興公主對自己的帥叔叔愛得死去活來，愛到什麼程度呢？用比較肉麻的話說就是：我可以為你去死。

這剛好正中蕭宏的下懷！

其實，蕭宏一直就有謀反之心，全朝文武百官心知肚明，只有梁武帝對他寵信不疑。每當有人對他說蕭宏想謀反之事，他都微微一笑，信心十足地說：「啥？別扯淡了，我六弟不是那種人。」

有一次，有大臣告發，說蕭宏的府內有一處秘密的大倉庫，戒備森嚴，普通人不得靠近，疑似貯藏謀反兵器。

梁武帝本來對此沒什麼興趣，像他這麼理性的人，怎麼會相信這種無稽之談呢？但拗不過大臣一再騷擾，只好派出一個調查小組，晃晃悠悠地前去調查。

這種事，本應該是秘密進行才是，但梁武帝本就無心追究，只是想走去過過場而已，所以，保密工作基本爲零。結果，調查組還未正式組建，蕭宏就聽到風聲，把倉庫裡的兵器全部安全轉移。當調查組打開庫門的時候，裡面早就不是什麼刀槍劍戟，而是一坨一坨的金銀珠寶。

梁武帝看到調查報告後，哈哈大笑，對大臣們說：「你們看，寡人沒有說錯吧？不過，我六弟的小日子過得可眞不錯啊！」

自此，梁武帝對蕭宏更是深信不疑，唯有大臣們暗自無奈。

與永興公主熱火朝天地苟且一段時間後，蕭宏看時機已經成熟，就在一次完事後，對嬌喘連連的永興公主說：「妳去把妳老爸幹掉吧，這樣我就可以當皇帝，然後封妳爲皇后。」

這可是大事，永興公主感到相當突然，完全沒有心理準備，本能地脫口而出：「你幹嘛不自己去弄死他呢？」

蕭宏回答道：「妳是他女兒，他對妳的戒備心必較差，容易得手。」沉醉於情愛之中的女人的智商基本爲零，永興公主此刻正是這種狀態，於是，她答應了蕭宏的要求。

接下來，就是等待時機了。沒等待多久，時機就來了。

話說，梁武帝信佛，三不五時就喜歡搞點齋戒的儀式。而且他有個習慣，不僅自己齋戒，還喜歡找人陪著他一起。

上次，因爲毆打的事，他跟永興公主的關係鬧得有點僵，但他內心還是喜歡這個女兒的。於是，這次齋戒，他選擇讓女兒前來作陪，以緩和之間的敵對態度，重溫昔日的父女之情。

這眞是千載難逢的好機會啊！永興公主欣然前往。當然，她還帶了兩個貼身丫鬟，這兩個丫鬟可不普通，是蕭宏選出來的武林高手，刻意裝扮成女人的模樣。

問題就出在這，那時的易容手法顯然不太高明，當永興公主領著這兩個假丫頭入宮的時候，宮廷的侍衛隊長發現有點不對勁，這兩人怎麼走起路來扭動腰肢的動作這麼僵硬，眞是一點也不性感！

隊長是個負責任的人，越想越不對勁，但又不好去打攪正準備齋戒的梁武帝。於是，他靈機一動，擅做主張派了幾個兄弟，事先埋伏在齋房屛風的後面，以備不時之需。

齋戒完畢後，永興公主決定動手，她謊稱有要事稟報梁武帝，讓他把門口的侍衛撤掉，梁武帝當然照辦。

侍衛一走，兩個假丫鬟立即原形畢露，繞到梁武帝的身後，想要下手。就在這緊要關頭，只見我們英勇的侍衛戰士，從屏風後一躍而出，將兩個假丫鬟就地擒住。

梁武帝頓時懵了：「這，這是怎麼回事呢？」

侍衛二話不說，開始搜身，兩把亮晃晃的匕首就這麼擺在梁武帝的面前。

梁武帝大怒，立即把永興公主與這兩個刺客羈押起來，連夜審訊。剛開始，他們還死不招認，但在辦案人員施展一些輔助手段後，兩人就全招了。包括蕭宏的陰謀，以及他與永興公主之間的醜事，一點都沒有遺漏。

看到印著鮮紅手印的供狀，梁武帝很傷心，兩個自己最寵信的親人，竟然聯手起來對付自己，這個事實太讓人難受了。

但最終，他還是平靜地接受這個殘酷的事實。

真相已經大白，該怎麼處置犯案人員呢？兩個假丫鬟處理起來比較簡單，斬首示眾即可。但對於永興公主和蕭宏，梁武帝沒殺他們，而是採取獨具個性的處罰方法——將他們軟禁在家，讓他們自己反省。

反省的結果是，永興公主上吊自殺，蕭宏的心理素質稍微好些，只是憂懼而病。梁武帝看到他只是病了，心裡十分不滿，隔幾天就去「探望」一番，噓寒問暖，好不體貼。對蕭宏來說，這種壓力十分巨大，每看到梁武帝，他謀反的事就被重新回憶了一次，病情彷彿也加重了一分，沒過多久，他就憂懼而死了。

看到兩個罪魁禍首都知趣地死了，梁武帝長嘆一口氣，用充滿憂傷的語調，對下屬們說道：「是他們自己主動死的哦！與我無關。」

於是，世間皆傳梁武帝之仁。

第 19 章

山陰公主——奉旨出軌

山陰公主顯然不是個容易滿足的女人，沒過幾個月，她就對這三十頭千篇一律的種豬感到厭煩了。她有了更高的追求，把目光投向大臣褚淵。

各位觀衆坐穩囉！下面要出場的這位，可是千載難逢的人中極品，即使把她放進人類漫長的出軌史中，也算得上出類拔萃，連武則天這種彪悍的女人也不得不甘拜下風。她就是我們人見人愛、花見花開，啤酒瓶見了自己脫蓋，汽車見了也主動爆胎的山陰公主。

山陰公主本名叫劉楚玉，是南北朝時期劉宋王朝的廢帝劉子業的姐姐。根據不可靠消息，劉楚玉長得異常妖艷，號稱當時皇族第一美女。他的老爹孝武帝十分疼愛她，待她成年之後，精挑細選了德才兼備的大帥哥何戢做她的駙馬。

孝武帝死後，由山陰公主的弟弟劉子業繼位。

不好意思，在說山陰公主之前，請允許我跑一會兒題，先介紹一下這個劉子業。與山陰公主一樣，這個劉子業也確實是個人中極品。當上皇帝後，他對政事沒有絲毫興趣，整天只知道沉湎於各種刺激的性遊戲之中。他不但廣納民間美女、接收老爹的小老婆，甚至連自己的親姑姑也一併笑納。

被他笑納的姑姑名叫新蔡公主，駙馬爺是大將軍何邁。劉子業大概打小就對這個美女姑姑懷有淫念，當上皇帝沒多久，就藉口把她召進宮，強行姦之。

爲了長期佔有，他心生妙計，將一具被毒死的宮女屍體打包送回何府，謊稱新蔡公主在宮裡突發腦溢血，死了。

這簡直是把駙馬爺當傻B看待啊！當何邁懷著悲痛的心情，想看看亡妻最後一面時，看到的卻是一個陌生的女人。他懵了！這到底是怎麼回事啊？

轉念間，結合自己對這位新皇帝的認知，他突然頓悟，然後憤怒得用力跺腳，一股怒氣自丹田直衝腦門：原來如此啊！

何邁是軍人出身，心裡哪容得下這頂碩大的綠帽子？於是，他把心一橫，決定造反。但是，很不幸，沒等他付諸行動，造反的事就洩漏了。

這個罪名太巨大了，劉子業根本不用費神跟群臣解釋，就直接把對方殺了。新蔡公主從此改姓謝，長留深宮。

從這個事件上，我們可以看出，這是多麼畜生的一個哥們啊！但是，別急，這還僅僅是例一，還有例二。

劉子業的母親王憲重病時，非常想見兒子一面，但他死活也不肯去，理由是：「病人房裡鬧鬼，太嚇人了，我可不去那種倒楣地方！」事實上，他正在忙著試驗新的性技巧，或許也忙著搜羅新一批的美女，根本空不出檔期。

王太后聽到兒子的這番話後，心灰意冷，氣得破口大罵：「快給我拿把刀來，讓我剖開肚子看看！看我為什麼生了個不通人性的雜碎……」說完後，就嚥氣了。

好了，跑題到此為止，下面言歸正傳，繼續說咱們的山陰公主。

話說，儘管劉子業是個畜生，但山陰公主與他一母同胞，關係向來比較好。好到什麼程度呢？二人時常同乘一輦招搖過市，也經常同食一席把酒言歡，更有甚者，根據不可靠消息聲稱，二人還經常同床共枕。

關係好到如此程度，那就沒什麼需要藏著掖著了。於是，一日，突發奇想的山陰公主，向自己的皇帝弟弟提出一個相當具有獨創性的哲理，她說：「妾與陛下，男女雖殊，俱托體先帝。陛下六宮萬數，而妾唯駙馬一人，事太不均。」

翻譯成你能聽懂的人話就是：「你老姐我與你雖說男女有別，但也是同一個老爹製造出來的。你坐擁三宮六院粉黛上萬人，而我卻只有駙馬一個男人，這也太不公平了！」

聽到這話，劉子業發了三秒左右短暫的呆，繼而對自己的情人兼姐姐生出了崇拜之情！這是多麼前衛的思想啊！比那些所謂的先鋒詩人、畫家都要高出一大截啊！

出於這種崇敬，他當即豪邁地拍胸說道：「這事包在我身上！」

數日之後，經過精挑細選的三十名帥哥，直接被送到山陰公主府上。看到這麼多令人眼花撩亂的尤物，山陰公主眼睛都直了，然後迅速進入試用階段，日夜兼程，整天快樂得不得了。

可憐的駙馬何戢，眼看著一頂頂綠帽呼嘯而來，卻只有忍氣吞聲的份。爲啥？人家山陰公主是奉旨亂搞，是有法律依據的，你能奈她何？

在強大的事實面前，何戢束手無策，只能一面聽著府內的淫聲浪語，一面寂寞地獨守空房。

但是，山陰公主顯然不是個容易滿足的女人，沒過幾個月，就對這三十頭千篇一律的種豬感到厭煩了，她有了更高的追求，把目光投向大臣褚淵。

褚淵是當時的首席帥哥，風度翩翩、俊美非凡、成熟穩重、魅力四射，雖已近不惑之年，依舊光彩奪目。

令人不可思議的是，不僅女人爲之癡狂，連男人也爲之著迷。據史書記載，每次退朝時，滿朝文武百官都會癡癡地目送他離去，直到他風度翩翩的背影消失在視線裡，他們才回過神來，慢慢散去。

褚淵究竟有什麼特質，令他如此魅力超常呢？

史書記載，「淵眼多白精，謂之白虹貫日。」意思是說他眼白特多，隨便看人一眼，就威風凜凜、風光無限，令人茶飯不思。

按現代人的審美標準，長成這樣其實挺癡呆的，但是沒辦法，當時的人就好這一口。人們爲了模仿他，那些眼白不是特別多的同學，還努力翻白眼，以爲這樣才夠帥。

綜觀當時的時尚人士，可用一句篡改來的名詩概括：「黑夜給了你黑色的眼睛，你卻用它來翻白眼。」

要說這個褚淵，其實也是個駙馬，娶的是山陰公主的姑姑南郡獻公主，論輩分來說應該是她的姑丈。但是沒辦法，山陰公主無可救藥地迷上自己的老帥哥姑丈。

山陰公主起了色心之後，就向皇弟劉子業提出新的要求：讓褚淵來陪她玩幾天。

劉子業知道褚淵一向威風凜凜、行爲端正，沒敢明目張膽地要求他給姐姐當鴨，只有下詔讓他去公主府小住幾天，陪山陰公主和駙馬爺何戢聊聊人生、談談理想。

這意思相當明顯了：人都給你弄到府上了，至於能不能把他弄上床，就看妳山陰公主的本事了！

褚淵奉命來到公主府之後，山陰公主容光煥發、淫心氾濫，每日精心打扮、巧笑顧盼，使出渾身解數，百般勾引對方。按照正常的劇情，褚淵肯定會繳械投降，拜倒在她的石榴裙下，二人過著一段顛鸞倒鳳的荒唐生活，然後各自散去。

但事實卻大大出乎我們的預料，一連十天，褚淵僅停留在陪山陰公主談人生、聊理想的階段，沒有半點配合的意思。

這讓山陰公主十分震驚，也極其惱怒。

本來，她還想裝淑女，等褚淵主動上鉤，現在看來，這淑女是裝不下去了，於是決定暴露自己的慾女本性，直接姦之。

她解開自己的衣服，然後把媚眼飄向褚淵，但對方卻把眼睛移向別處。接著，她又脫掉自己的內衣，視線繼續鎖定褚淵，對方乾脆閉上眼睛。

她急了，伸手要脫褚淵的外衣，褚淵一看公主要動眞格的了，趕緊使出一招反手擒拿術，將她伸出的玉手抵在她的後背。

山陰公主哪受過這種欺負啊？又怒又恨，臉色一陣紅一陣白，又一陣黑，最後，竟然委屈地哭了。一邊哭，還一邊質問褚淵：「君鬚髯如戟，何無丈夫意？」

意思是說：「你丫鬍子拉渣，滿臉都是，怎麼就沒有半點爺們的氣概呢？」言外之意是，你該不會是陽痿吧？

沒想到生理機能受到質疑的褚淵並不生氣，反而笑了笑，文質彬彬地回答道：「回雖不敏，何敢首爲亂階？」

翻譯成你能聽懂的話就是：「我雖然挺笨的，但這種亂倫的傻B之事我是不會幹的。」言下之意就是我的性功能沒問題，只是不想跟妳瞎搞。

如此義正詞嚴的拒絕，並沒讓山陰公主死心，反而激起了她的鬥志。於是，她柳眉倒豎，怒道：「你難道不怕我令人綁了你，然後再強姦你？」

褚淵沒想到山陰公主不要臉到如此地步。事到如今，他也顧不得保持自己的酷勁了，只能像個任人宰割的女人那樣，使出撒手鐧：「我知道，妳是公主，妳有至高無上的權力，我對付不了妳，但是妳若再這樣逼我，我自殺總是可以的。」

唉，話都說到這個份上了，即使眞的強姦他，還會有多大意思呢？山陰公主只得豎起大拇指，向自己堅定的姑丈認輸。

就這樣，褚淵總算逃出她的魔爪，得以安然返家。

經過這件事之後，山陰公主的自信受到了極大的打擊，淫心似乎也沒以前那麼茂盛了。從此之後，史書未曾再留下她驚世駭俗的壯舉。

後來，荒淫糜爛、濫殺無辜的劉子業激起宮女內侍的反抗，在一場聲勢浩大的宗教儀式之後，主衣（管理後宮衣物的人）壽寂之聯合大將軍柳光世發動宮廷政變，手起刀落，將他送上西天，接著擁立劉彧爲帝，史稱宋明帝。

至於劉子業的姐姐兼情人，山陰公主也死於亂刀之下。粗略估計，當時她才不過二十多歲。

第20章

郁林王何妃——紅旗不倒，彩旗飄飄

楊珉之沒啥本事，只有一樣：長得賊帥！這正中何婧英的下懷，沒幾天，她成功地把對方弄到自己的床上，跟夫妻沒什麼兩樣，可蕭昭業一點也不生氣。

何妃名叫何婧英，是南北朝時期南朝齊廢帝蕭昭業的皇后，大將軍何戢的女兒。

何婧英的出身高貴，在當時，何家算是名門旺族，往上數三代，都是朝中的大臣。她的老爸何戢更是了得，他的夫人就是當朝的公主劉楚玉——山陰公主。

這個劉楚玉可不平凡，是中國歷史上，甚至世界上最早的女權主義者。

我之所以這麼說，是有證據的。

前文提過，某年某月某一天，這個劉楚玉突然對她當皇帝的弟弟說：「咱倆都是先皇的子女，你看你三宮六院的，好不快活，可我卻只有一個男人，這也太不公平了，我要求與你同等待遇。」

這位皇弟的思想觀念也十分開放，於是大筆一揮，當即發給姐姐三十多名帥哥。劉楚玉喜滋滋地回到家中，從此夜夜不休，整天快樂似神仙。她老公何戢還不敢說她。爲啥？人家是奉旨亂搞，你敢抗旨？

何戢不敢抗旨，但實在受不了妻子的做法，只好跟對方協商，又娶了一個小妾宋氏，各忙各的，互不干擾。這個何婧英，就是何戢的小妾宋氏所生的女兒。

要講何妃，得先說說郁林王。

郁林王名叫蕭昭業，我們叫他郁林王其實有點不公平，因爲這位大哥也是做過皇帝的主兒，但不幸的是，他不太擅長皇帝這個職業，做沒多久就讓人家給廢了，成了與他比較適合的郁林王。

蕭昭業在成爲皇帝之前，曾做過南郡王，何婧英就是在這時候嫁給他的。在做南郡王的時候，蕭昭業的小日子過得比較舒服，整天跟一幫子市井無賴小混混嬉笑玩樂。丈夫玩他的，人家何婧英也沒閒著。與她老公不同的是，她喜歡的娛樂活動只有一個：那就是床上運動。

所以，她就經常留意丈夫身邊的人，只要被她看上眼，統統拉入臥室直接霸王硬上弓。這種情況想想還挺有趣的：這個哥們剛在外邊跟蕭昭業掰完腕子、喝完小酒，不知不覺就已經躺在何婧英的床上，思維尙有些飄忽，場面卻相當淫亂。

但有點必須說明的是，何婧英也挺愛她老公的，夫妻倆的感情一直很融洽。我猜，大概人家就是貪玩而已——呵呵！玩玩而已嘛！何必當眞？

就這麼玩著，一項好康居然降到蕭昭業的頭頂，他被封爲了皇太孫。

皇太孫？那皇太子呢？皇太子是蕭昭業的老爸蕭長懋，可惜這位老爸比較短命，或者說這位老爸的老爸太長壽，反正，還沒坐上龍椅過過皇帝癮，這位皇太子就掛了。

沒辦法，老子掛了只好由兒子頂上，就這樣，蕭昭業成了皇太孫，成了皇帝的直接繼承人。同年，那老也不死的皇爺爺居然一伸腿，掛了。因此他登位，是謂齊廢帝，何婧英也就理所當然地當了皇后。

當上皇帝以後，這對夫妻過起更加玩樂、奢靡的生活。據說，蕭昭業最喜歡的遊戲就是打開國庫大門，然後讓何婧英和眾妃嬪進去，比賽砸寶物，誰砸碎的多，誰就是獲勝者。

別看這個蕭昭業只知道吃喝玩樂，跟腦殘差不多，其實骨子裡壞得很！據歷史記載，他老爸和他爺爺就是他請一個姓楊的巫婆，用巫術弄死的。由於立下大功，所以蕭昭業對這個楊巫婆十分器中，連帶著也就對巫婆的兒子楊珉之十分親近。

楊珉之沒啥本事，只有一樣：長得賊帥！這可正中何婧英同學的下懷，沒幾天，她就成功地把這個帥哥弄到自己的床上。之後幾乎半公開化，同食同臥，跟夫妻沒什麼兩樣，可人家蕭昭業一點也不吃醋。

什麼？你說他大概不知道？朋友，你信嗎？反正我不信。

有一天中午，何婧英和楊珉之正在臥室裡瞎搞，蕭昭業突然駕到。何婧英沒辦法，就把對方藏到床底下。

蕭昭業看到妻子一身凌亂、嬌喘連連的模樣，心中狐疑，問道：「妳怎麼這副模樣呢？」

只見何婧英不慌不忙地答道：「死相，人家剛才睡午覺，夢到和你交歡呢！正交著，你就把人家吵醒了。」

聽到這麼香艷刺激的理由，蕭昭業的下身馬上就硬了，於是迫不及待地說：「哈哈！寡人打擾皇后的夢中交歡，那補償妳個眞的如何？」說著，就抱起何婧英幹起那苟且的勾當。

可憐的楊珉之，正在興頭上，卻只能趴在床底聽人家做活塞運動的聲音。

何皇后跟楊珉之的事鬧得沸沸揚揚，於是，有一個叫蕭坦之的人進言，要求殺掉楊珉之。可蕭昭業卻捨不得，因爲他一直把對方當好哥們呢！無奈大臣們衆口一詞，一堆人告發他和何皇后通姦之事，只好命令蕭坦之將他斬首。

何皇后聽到此事後，就憑著夫妻情分去遊說：「人家楊珉之是陛下您的寵臣，也是哀家的好朋友，人家又沒犯什麼過錯，憑什麼嘛？你說嘛！你說嘛！」

聽到妻子的話，蕭昭業又想赦免楊珉之。

可蕭坦之根本沒給楊珉之機會，沒等赦免令到達，就先把對方的頭砍下來了。以我陰暗的心理邪惡地猜測，砍頭的時候，蕭坦之一定懷著巨大的妒意大吼道：「憑什麼你這個王八蛋可以和皇后睡覺？」

楊珉之死沒多久，蕭昭業的死期也來了，殺他的人名叫蕭鸞。

這蕭鸞可不是普通人，乃南齊開國皇帝蕭道成的侄子（按輩分，蕭昭業得喊他爺爺）。很小的時候，他的父親就去世了，一直由叔父蕭道成撫養長大，與蕭道成情同父子，當年，蕭昭業的皇爺爺臨終託孤，封蕭鸞爲尙書令，讓他忠心輔佐孫子。

可蕭鸞不是個老實人，早就有爭奪帝位的野心。如今上天垂憐，讓他碰上一個只知道玩樂的新皇帝，這個機會他當然不會錯過！於是，僅過一年多，他就殺掉蕭昭業，改立其弟蕭昭文爲帝。但蕭昭文明顯也只是個過渡，果然，過不了多久他再次出手，廢蕭昭文爲海陵王，自立爲帝。

蕭鸞即位後，由於自知皇位來得不合法，疑心很重，尤其對於先皇的子孫們頗多猜忌。剛開始，他只派人密切監視這些王子王孫們，後來覺得不過癮，就乾脆把他們全部殺掉。甚至連死掉的蕭昭業也沒放過，追貶他爲郁林王。

史書上說，蕭昭業死後，何婧英從此沒了下落。是殉情了呢？還是成爲蕭鸞的床上之物，或者流落民間過著樸素生活，又抑或跟胡太后一樣做了「雞」？這我們就不得而知了。

我們僅知道，這個生性風流的小美女，既不耽誤偷情，又不影響跟丈夫的感情，可謂牆內紅旗不倒，牆外彩旗飄飄，實爲當下某些被小三、髮妻鬧得狼狽不堪的失敗人士之楷模。

第21章

魏靈太后——相思只為楊白花

靈太后完全把楊白花當做心中的白馬王子，可對方辜負了她，一個月黑風高的夜晚，這小子投靠南朝梁國——叛逃了。

魏靈太后姓胡名仙眞，是南北朝時期北魏司徒胡國珍之女，宣武帝元恪的老婆。靈太后是她死後的謚號，宣武帝活著的時候，她只是一個妃嬪，等宣武帝掛了，她的兒子元詡即位，才尊他爲太后。

和所有的約定俗成一樣，靈太后出生時也有天生異象。據記載，她出生時滿屋紅光，她老爸不知緣由，就找了個術士相了一卦，結果對方說：「賢女有大貴之表，方爲天地母，生天地主。」

意思很明確，就是說這孩子將來得做皇后，並會生出下一任皇帝。

隨著靈太后慢慢長大，這種不平凡漸漸顯現出來。儘管她生得如花似玉，愛好卻十分特別。別家小姐都在研究刺繡之類的針線活時，她卻喜歡射箭，而且射術十分精湛，據說，她能射中針眼。這也許有點誇張，但說明她技藝的高超。

等完全長成一個亭亭玉立的大姑娘時，人家都在忙著對鏡梳妝、情竇初開，可我們的靈太后卻削光滿頭秀髮，進尼姑庵當了尼姑。

也許你會猜測這是因爲她失戀了，受到致命打擊，所以看破紅塵出家去。

呵呵！其實眞相是人家喜歡上佛教，而且幹一行愛一行，她在當時的佛教界算是嶄露頭角的新秀，不僅精通佛經教義，還擅長講學，總能把佛經講得妙趣橫生、無限誘人，搞得當時的許多女子都被忽悠得步其後塵。

怎麼樣？有個性吧！有才華吧！

如果靈太后一直在廟裡做她的尼姑，那中國歷史上頂多只是多了一位美貌傾城的滅絕師太，而不是才貌雙絕的大女人。但歷史安排給她的角色是後者，前者僅僅是她走向太后寶座的必要途徑罷了。

爲什麼說是必要途徑呢？因爲正是這尼姑的身份，讓她遇到宣武帝，進而獲得對方的青睞。

這聽起來是不是有點牛頭不對馬嘴？

別急，當時的情況是這樣的：南北朝時期是一個佛教盛行的黃金時代，大多數皇帝都信奉佛教，並不遺餘力地推廣，這個宣武帝也沒免俗。

宣武帝平日的愛好也是讀讀佛經，並聽佛教高人教誨。可他有一個怪癖，就是不大喜歡和尚，所以，有幸給他教誨的只有尼姑了。

這一天，佛教界新秀靈太后，有幸被宣武帝召進宮裡給他上課。這課上著上著就走味了，宣武帝的眼睛本該在佛經上面，可是一直沒有離開過靈太后，而且眼神是直的。

沒等教誨完畢，宣武帝就給靈太后提出一個很有建設性的建議：「我覺得妳做我的老婆，比做尼姑更有前途，過來侍奉我吧！別再跟著佛祖混了。」

君命難違，尼姑靈太后從此變成貴妃靈太后。

為了讓預言成真，歷史就在這一刻為靈太后的人生拐了一個必要的彎。從此以後，靈太后徹底告別佛教界，轉型做她的皇妃。

非凡之人，必有非凡之舉。靈太后這樣非凡中的非凡，做事就更加不同凡響了。進宮後，她第一件令人驚異的事，就是決定給宣武帝生一個兒子。

這原本是人之常情，幾乎歷代妃嬪的第一追求都是如此，但事實上，這個「歷代妃嬪」並不包含漢武帝之後到靈太后之前的這個時期。

怎麼這麼說呢？因為當時的妃嬪天天燒香祈禱：「千萬別生男孩！千萬別生男孩！」她們不會有病吧？當然不是！至於緣由，這要從另一個牛B人物漢武帝說起。

漢武帝開啓了一項新規矩：不管哪個妃嬪的兒子被立為皇位繼承人，這個妃嬪一定要賜死。

為什麼這麼殘酷呢？因為他是個智慧和偏執完美結合的皇帝，從前朝呂后專權的例子中得到一個教訓：做太后的沒一個好東西！極易弄得外戚專權，尤其是小皇帝年幼的時候，這種情況更為嚴重。

於是，漢武帝立下太子以後，第一件事就是把太子他娘賜死。這個事件後來成為傳統被繼承下來，南北朝時期更發展到極致，因此，就出現了上面提起的事件。

明知道自己可能會因為生男孩而被賜死，那靈太后為什麼堅持要生男孩呢？她的思維是：「都他娘的不生男孩，那誰去繼承皇位呢？我不入地獄誰入地獄？爲了全人類，就讓我胡仙眞做犧牲者吧！」

結果呢？她眞的如願生了個男孩，這男孩也如願繼承了皇位，就是孝明帝元詡。那她有沒有被賜死？當然沒！請你用電視連續劇思維想一下，女主角怎麼可能在一開始就掛了，那還有啥戲可唱啊？

也許是靈太后的英勇舉動感動了宣武帝，也許是宣武帝想到當初自己母親慘死的情景，頓生憐憫之心，因此決定破除陳規。

總之，靈太后不但沒死，還加倍獲得宣武帝的寵愛，這個女中豪傑開啓了一個新時代。自此，漢武帝創建的陋習，就被徹底革除了。

西元五一五年正月，宣武帝駕崩，靈太后的兒子元詡順理成章地繼承大統，是謂孝明帝。由於孝明帝即位時尚未成人，所以實際上由靈太后執掌大權，當然，背後的靠山就是靈太后的老爸——司徒胡國珍。

太后攝政，當然會有反抗的力量，第一個跳出來的便是宣武帝的皇后高氏。這個高氏很有一番憂國憂民的正統情結，看到靈太后攝政，內心產生了極深的憂慮，決定密謀發動政變，把對方趕下台。

可消息走漏，靈太后的老爸胡國珍聞訊後，當即調兵遣將，先下手爲強，把高氏抓來，打入冷宮軟禁，並把她的支持者一一解決，殺的殺，流放的流放，幫女兒穩定局面。

接下來，靈太后又任命自己的侄子胡虔爲御林軍統領，負責皇宮的保衛事宜，又翦除異己，讓自己的親信執掌大權。透過一系列的果敢政策之後，局面總算是穩住了，再也沒有反對者出來犯亂。

從此，靈太后開始了她長達十三年之久的攝政生涯。由於生來聰明伶俐，沒有什麼能難得倒她，裁決政事、駕馭群臣、解決風雲變幻的國際糾紛，她都順手拈來，把整個國家打理得井井有條。

人在沒有什麼煩憂時，就會想娛樂娛樂，隨著政局的無波無瀾、國泰民安，一直寡居的靈太后內心開始蕩漾，準備尋找自己的第二春。

第一個被靈太后相中的是楊白花，他是北魏名將楊大眼的兒子，生得和乃父一樣英武俊朗，而且頗具神采，極具魅力。

靈太后完全把楊白花當做心中的白馬王子，使盡所有招數，終於把他拿下，成了宮中的風流客。

這裡需要特別說明的是，靈太后對楊白花的感情不單只有肉慾那麼簡單，準確地說，這應該是她的初戀，一次眞正的發自內心的純潔感情。

可楊白花辜負了她，這個小子陪睡幾次之後，不僅沒被靈太后的眞情感化，反而覺得屈辱感越來越重，因爲他是個爺們、很有才華的男人，這樣的男人怎會甘於做女人的裙下之臣呢？可不陪又不行，沒辦法，一個月黑風高的夜晚，這小子逃離洛陽，投靠南朝梁國——算是叛逃了。

楊白花走後，靈太后頓時感到心裡沒著沒落的，差點得了花癡。但靈太后就是靈太后，沒過多久，就從失戀的痛苦中走了出來，重振雌風。爲了紀念這段感情，她還寫了一首動人的歌詞，並讓歌伶譜上曲，日夜吟唱，歌名叫做《楊白花歌》。

陽春三月，楊柳齊作花；
春風一夜入閨闥，楊花飄蕩落南家；
含情出戶腳無力，拾得楊花淚沾臆；
秋去春來雙燕子，願含楊花入巢裡。

楊白花的背叛，讓靈太后自此不再相信愛情，從一個心理上的豆蔻少女，迅速成爲一個寵辱不驚的少婦。從此，她正式進入了自己的淫亂生涯，男人之於她，只是玩物。

這些玩物中，最著名的是魁梧偉岸的清河王元懌。元懌是宣武帝的弟弟，也就是靈太后的小叔，不僅長得一表人才，而且爲人堅毅果決，很有能力。

靈太后看上他後，就利用自己手中的資源，授以重位，然後日夜召其入宮，名爲商議國事，實乃飲酒作樂。一開始的時候，元懌還極力規避，但在一次酒醉後，終於被靈太后強姦，從此成了她的床幃常客。

墮入淫亂的靈太后，對國家大事不再像以前一樣用心，開始以得過且過、及時行樂的方式執政。慢慢的，北魏朝政一片污濁，國內矛盾叢生而起。

當時，奢靡之風盛行，靈太后整日飲宴遊樂，花費驚人，而且她出手闊綽，常賞賜親信大量財物。例如高陽王元雍擁有男僕六千人、妓女五百個，隨便吃一頓飯就要花費數萬錢；河間王元琛也不落於後，爲了與元雍比富，竟然用銀槽餵馬，用奇珍的瑪瑙碗、水晶盅、赤玉壺宴飲賓客。

吏部尙書元輝更勝一籌，充分利用手中的權力，明目張膽地賣官鬻爵，開價大郡二千匹、次郡一千匹、下郡五百匹，其他官職也同樣碼明標價，童叟無欺，時人乾脆將吏部稱爲「市曹」。

腐敗的朝政激起朝野內外的強烈不滿，西元五二〇年，手握兵權的皇族子弟元叉趁機發動政變，殺掉政敵元懌，並強迫孝明帝將靈太后軟禁北宮。然後，他和高陽王元雍一起輔政，塡補靈太后的權力眞空。

但僅僅一年之後，孝順的孝明帝思母心切，趁著元叉離京出差的機會，將母親釋放，並在西苑大宴群臣，就這樣，靈太后重新獲得了自由。

重新獲得自由的靈太后，並沒有因此卸甲歸田，而是在暗地裡積極活動，以圖東山再起。經過充足的準備之後，她重新攝政，重執政權後的第一件事就是殺掉元叉，報復當年被擒之仇。

但是，靈太后並沒有吸取之前的教訓，幫兒子勵精圖治，而是駕著北魏這輛破車朝懸崖一路狂奔。

西元五二〇年至五二八年之間，各地農民起義頻頻爆發，前往鎮壓的軍隊多次遭到慘敗，北魏政權處於風雨飄搖之中。

此時，孝明帝元詡年齡漸長，對於北魏的政治形勢十分憂慮，同時對其母的所作所為十分不滿，決定親政。可此時的靈太后已被權力徹底異化，察覺到兒子意欲親政的意圖後，失去權力的恐懼感從心底升起，直至浸滿全身。

這使靈太后下定決心，絕對不能再次失去權力，即使是交給自己的親生兒子也不行。於是，她大力提拔自己的私黨親信，並尋找藉口翦除孝明帝的親信，母子間的關係徹底決裂。

終於，孝明帝忍無可忍，西元五二八年，發密詔命鎮守晉陽的大將爾朱榮率兵入京勤王，剷除靈太后的勢力。不料，密詔被靈太后的親信截獲，靈太后看後大怒，一不做二不休，毒殺了自己的親生兒子。然後，她扶立臨挑王元寶輝之子元釗繼位，此時的元釗只有三歲，大權當然繼續由她掌握。

孝明帝被毒殺的消息傳出後，天下震驚、朝野激憤。駐紮在晉陽（今山西省太原市）的爾朱榮以「爲孝明帝報仇」爲口號，率大軍南下，進逼洛陽。靈太后得知消息後，調集大軍與之決戰，結果被打敗。

轉眼間，爾朱榮的大軍已直逼洛陽城下，此時北魏軍隊人心渙散，洛陽東北門戶河橋守將看寡不敵衆，率兵降了對方，如此一來，京城便已無險可守。

靈太后見大勢已去，放棄抵抗，命令後宮嬪妃和她一起到永寧寺出家爲尼，希望以此保全性命。但爾朱榮入主洛陽後的第一件事，就是將她和幼帝元釗扔進黃河，讓他們雙雙溺死。

就這樣，執掌大權十三年之後，偉大的靈太后終於在戀戀不捨中交出權力，同時也交出了性命。

在河水沒過她頭頂的一刹那，也許一個乾淨的聲音，會在她的內心響起：「陽春三月，楊柳齊作花……」

第 22 章

宣華、容華二夫人——父子兩代的戰利品

宣華夫人嚇呆了，等她反應過來時，衣服已被褪去大半。她羞恨交加，捂著胸部直奔進楊堅的病榻旁，留下楊廣癡癡地在原地發呆，彷彿剛才的一切都不是他做的。

宣華夫人是隋文帝楊堅的寵妃，姓陳，是大名鼎鼎、臭名昭彰的陳後主之妹。

本來，金枝玉葉的陳公主應該過著養尊處優的順心日子，無奈陳後主是個不成器的玩意，導致陳國不戰而敗，被隋朝一舉拿下，成了亡國之君，這個陳公主也成了戰利品被送往隋朝，充實隋文帝的後宮。

隋文帝楊堅是隋朝的開國皇帝，老爸楊忠是西魏和北周的大將軍，北周武帝時被封爲隋國公。楊忠死後，楊堅承襲父親的爵位，勢力日漸擴大，西元五八一年，北周皇帝被迫下台，將皇位禪讓給了他，他登基後，定國號爲大隋。

隋朝建立之初，南方還有兩個政權——後梁和陳。楊堅稱帝後勵精圖治，以一統天下爲己任。經過六年的準備，先於西元五八七年滅掉後梁，又於五八八年任命自己的兒子晉王楊廣爲兵馬大元帥，率領五十萬大軍征伐陳國。

此時陳國的國君陳後主還在想著韻腳、做著詩，歡喜地過著花天酒地的生活。當邊防告急的文書如雪片般飛到都城建康的時候，他才如夢初醒，慌忙召集大臣商討對策。

君臣討論了一番，最後得出的結論卻是：「有長江天塹做屏障，隋朝軍隊就是天兵天將也攻不過來，沒事！沒事！可以繼續飲酒作詩。」

結果，西元五八九年正月初一，隋軍藉著大霧掩護，兵分兩路，悄悄渡過長江，從天而降，圍住健康城，此刻陳國的君臣都還在酣睡。

陳後主一覺醒來，看到隋軍兵臨城下，嚇得褲子都尿濕了，他哪見過這陣勢啊？十幾萬陳軍倉促迎戰，但由於平日裡啷當慣了，根本沒什麼戰鬥力，一觸即潰，再加上部分守將投降，僅僅二十多天，隋軍便進入健康城，活捉陳後主，俘虜大批女眷，宣華、容華兩夫人就在其中。

滅掉陳國後，隋文帝一統天下，結束自西晉末年以來近三百年的分裂局面，可謂居功甚偉。

儘管隋文帝在國事上如此威武，但日常生活中是著名的「妻管嚴」。他的老婆獨孤皇后把他治得服服貼貼，而且她最大的特點就是善妒，一旦跟哪個女人有一腿，那他估計就得跪洗衣板，而那個獲寵幸的女人也會不得好死。

正因如此，獨孤皇后死掉之前，楊堅只能眼睜睜地看著美貌如花的陳公主和一票美女，卻不敢妄動。他能做的就是把她們全部養在後宮，然後耐心地等他老婆死掉。

幸好，獨孤皇后不負所望，果然在楊堅之前死了。

獨孤皇后一死，楊堅有如猛虎出籠，幾乎夜夜不歸，幸遍後宮所有佳麗。最後，透過自己的實踐，從中選出兩個極品賜以封號，長伴左右。這兩個極品，一個就是陳公主，被封爲宣華夫人，另一個是蔡氏，封爲容華夫人。

得此二女，隋文帝心滿意足，加上年事已高，精力不得分散，所以便專心行樂，把國家大事全交給太子楊廣處理。

楊廣就是後來的隋煬帝，是隋文帝跟獨孤皇后的二兒子。按古代立長不立幼的慣例，太子本該是老大楊勇，一剛開始也的確是他。

可這楊廣不是個省油的燈，看太子之位沒有自己的份，就使盡渾身解數討好自己的老媽，竭力裝出一副孝順、老實、有能力、會辦事的四好青年模樣。

人一老就容易糊塗，本來就容易糊塗的女人一老，更是糊塗到不行。於是，在楊廣賣力表演之下，獨孤皇后對他越看越順眼，對大兒子則是越來越不待見。

後來，到了火候差不多的時候，楊廣就上演了一齣苦肉計——自己刺自己一劍，然後嫁禍給楊勇，說是他派人來刺殺的。糊裡糊塗的獨孤皇后信以爲眞，立即下了廢楊勇立楊廣的決心。

前面我們提過，隋文帝是個怕老婆的妻管嚴，老婆做的決定，他連半個「不」字都不敢講，就這樣，楊廣取代他大哥，登上太子的寶座。

楊廣知道自己這個太子是怎麼弄來的，非常沒有安全感，生怕被父皇廢掉。於是，他大力結交滿朝大臣、皇族，甚至太監，而隋文帝爲了安心享樂，早早就把大權交出，這樣一來，整個大隋朝幾乎就是他的天下。

西元六〇四年，縱慾過度的隋文帝因爲體力不支病倒，而且病得不輕。最得寵的宣華、容華二夫人一直侍立床前。這一天，隋文帝的病情略微好轉了一些，看著兩位愛妃憔悴的模樣，心裡其實是相當欣慰的。

說了幾句體己話之後，宣華夫人突然有了尿意，就告退出去上廁所。不巧的是，隋朝宮內的廁所不多，宮女數量又太多，一時沒找到空位，就在一邊耐心地等著。

這一等不要緊，正好被前來探視父皇病情的楊廣看到。楊廣垂涎她也不是一天兩天的事情了，當年他帶兵拿下陳國都城時，第一眼看見她就呆了。

可因爲有老爸在，他不敢擅用，只能眼睜睜地看著如花似玉的宣華夫人被年老體衰的老爸霸占。

可現在今非昔比，他不但掌握了大權，而且老爸也快病死了。想到這裡，一直以來強力壓抑的情緒一股腦地爆發出來，楊廣徑直奔到宣華夫人身邊，伸手撕扯人家的衣衫，嘴裡還像阿Q一樣嘟囔：「我想和妳睡覺。」

金枝玉葉的宣華夫人嚇呆了，等她反應過來，衣服已被褪去大半。她羞恨交加，捂著胸部直奔進楊堅寢宮的病榻旁，留下楊廣癡癡地在原地發呆，彷彿剛才的一切都不是他做的。

聽到宣華夫人控訴的楊堅，氣得口吐三口鮮血，差點直接升天。待緩過來之後，便竭盡全力叫嚷著：「我要廢了這個孽子！」並命令太監召大臣過來。

但是整個隋宮幾乎都是楊廣的親信，這個太監沒有去通知大臣，而是直接向主子彙報了此事。聽到這個消息後，楊廣才意識到問題的嚴重性，權衡片刻後，這個心狠手辣的哥們把心一橫，做了一個斬草除根的決定。

他找來自己的死黨楊素，楊素又找來自己的親信張衡。然後，他和太監走進隋文帝的寢宮，並把宣華夫人和容華夫人轟出去。片刻之後，寢宮內傳出消息：老皇帝駕崩了。楊廣隨即繼位，是謂隋煬帝。

關於隋文帝楊堅的死，歷史上一直充滿爭議，雖然《隋唐演義》等演義小說，以及一些野史都稱楊廣為篡位弒父，但正史上並沒有記載。不過，正史也沒有給出一個確切的答案，反而故意留下了令人遐思的空間，暗示楊堅為楊廣所殺。

反正，不管怎麼樣，楊堅是死了，而且是非常符合楊廣心願，及時地死了。

得到老皇帝的死訊後，宣華夫人當場就懵了，再想想當天發生的事情，知道自己不會有好日子過了。她百腸糾結地坐在自己的床榻旁，等待新皇帝對自己的處置。

晚飯時分，結果來了，一個小太監送來一個盒子。宣華夫人心想，大概是三尺白綾吧！於是，她回臥室換上嶄新的衣服，化了新妝，準備漂漂亮亮地赴死，可打開盒子一看，我靠！居然是一對同心結。

這意思很明白了，身旁的侍女們立即跪下向她祝賀，她的心裡卻有著一股說不出的滋味——高興？難過？彷彿都不是，又彷彿都是。

當天晚上，楊廣爬上了宣華夫人的床。第二晚，他又爬上容華夫人的床。自此，楊廣不但繼承了皇位，也順便接管他父親最寵愛的兩個女人。

與獨孤皇后一樣，楊廣的老婆蕭皇后也不是個省油的燈。楊廣的所作所爲完全逃不出她的法眼，一天晚上，久等丈夫不至的她醋勁大發，第二天便和他攤牌——若不把宣華、容華二女趕走，就會把這一切醜事公諸於衆。

萬般能耐的楊廣，面對家裡的河東獅也無計可施，只得在宮外弄了一個小別墅，金屋藏嬌，彷彿包二奶一樣，背著妻子偷偷幽會。

又過了一些時日，楊廣實在難耐相思之苦，千方百計地遊說自己的老婆，在保證蕭皇后永遠是首發，宣華、容華二女只是替補的前提下，終於獲準把二女迎回皇宮。

但因爲出身貴族，羞恥心特別嚴重，難以忍受同侍父子二人恥辱的宣華夫人一直鬱鬱寡歡，身體狀況十分不好，病病懨懨過了一年後，就撒手人寰了，年僅僅二十九歲。

宣華夫人死了以後，楊廣非常悲傷，三日不能上朝。等略微恢復之後，又做了一首《神傷賦》，以表相思之情。由此可見，他對宣華夫人的感情是非常純眞的，是我們這些俗人誤解他一千多年。

同學們，爲你們的下流懺悔吧！

第23章

蕭皇后——一生桃花伴君王

太宗皇帝本來是對蕭皇后有想法的，可此時的她已經太老了，於是他發出了一聲「恨不相逢未嫁時」，然後像對待自己並未得手的初戀情人一樣，把她養在唐宮之中。

蕭皇后姓蕭名滘，是隋煬帝楊廣的老婆，楊廣還是晉王的時候，這個女人就是他的正牌王妃。

據說，蕭皇后生得面若桃花且聰明伶俐，很得楊廣和他老媽獨孤皇后喜愛。

蕭皇后的老爸叫蕭巋，原是梁朝的皇族，梁朝解散之後，他就帶著自己的部隊上山打游擊，最後占領荊州、襄陽等地，儼然成爲一個有地盤有部隊的小軍閥。

當時，正是群雄並起、群魔亂舞的時代，小小的蕭巋要想立於不敗之地，必須找個強大的靠山，聰明的他把目光投向已佔據大半壁江山的隋朝。於是，在前往長安的大路上，經常能看到蕭巋裝滿進貢物的大車。

禮多人不怪，何況隋文帝楊堅本來就非常喜歡這個聰明的梁朝後裔。於是，在獨孤皇后授意下，楊堅決定跟蕭巋聯姻，要從蕭巋的女兒中，給二兒子楊廣選個媳婦。

求之不得啊！這可把蕭巋樂瘋了。

但是隋朝那時候，人們還比較迷信，要結婚先得算算生辰八字。結果，蕭巋把他三個女兒的生辰八字一報，跟楊廣都不合適。這可怎麼辦呢？難道近在咫尺的富貴就讓它這樣溜了？

這時，蕭巋想到他還有個小女兒，正在鄉下寄養著呢！於是趕緊把她弄回來，一算生辰八字，嘿！正合適！

這個童年並不走運的小女兒，就是日後大名鼎鼎的蕭皇后。

你肯定很納悶，這個本該是千金小姐的小女兒，爲什麼會被寄養在鄉下呢？

這又是封建迷信惹的禍。

當年，蕭皇后出生時，正好有一個得道高僧路過，蕭巋便請這個老和尚給女兒相了一面。結果老和尚以專家的口吻，毫不質疑地說：「貴千金天生獨命，不僅剋父母，而且剋兄弟姐妹，必須送給別人撫養。」就這樣，剛出生沒多久的蕭皇后被送到鄉下，展開一段別開生面的童年。

天生的貴族氣質，再加上鄉間生活的洗禮，小小的蕭皇后早已出落得高貴典雅、善解人意、知書達理，很惹人疼愛，連一向刻薄的獨孤皇后都對她十分憐惜。十三歲那年，蕭皇后和二十五歲的楊廣成親，成了晉王妃。

西元六〇四年，老皇帝隋文帝楊堅掛了，楊廣即位，是謂隋煬帝。蕭皇后也被冊封爲后，這年，她剛好三十五歲。

楊廣登基後，再也不用像以前那樣，隱忍自己的慾望低調行事。這些年，身爲皇儲的如履薄冰，已經受讓他夠了，如今順利坐上龍椅，終於可以隨心所欲了。

首先要做的，就是把先皇的寵妃宣華夫人弄到床上，這可是讓他垂涎已久的大美人。很簡單，一道諭旨，別無選擇的宣華夫人也就半推半就的到手了。

自從有了宣華夫人，楊廣的天空萬里烏雲，整日沉浸在夢想變成現實的亢奮中。至於同樣美貌的蕭皇后，早就在楊廣那裡超過保鮮期，於是，她像一件不再時尙的衣服，被楊廣掛在陳舊的衣櫃裡，看也不看一眼。

一邊是夜夜歡歌、顛鸞倒鳳，一邊是寂寞深宮、徹夜難眠。蕭皇后靜靜地忍耐一些時日之後，憤怒了。

她怒氣衝衝地來到宣華夫人的寢宮，當著楊廣的面把她臭罵一頓，然後把她趕出皇宮，安置在一處郊區的別墅裡。

奇怪的是，楊廣在整個過程中居然沒能阻止，由此可見，這個蕭皇后絕對不是一般的女人，至少從婆婆獨孤皇后那裡學到有用的御夫之術。

同時，也可以由此推測出，其實楊廣並非無情無義的大惡棍，他之所以能忍受蕭皇后的如此妄爲，應該是念在二十多年的夫妻情分上吧？

蕭皇后原本以爲趕走宣華夫人，楊廣就會重新回到她的床上。無奈的是，楊廣卻採取非暴力不合作的冷戰態度，既不懲罰蕭皇后，但也不搭理她，而且脾氣越來越暴躁。

如此持續了一段時間後，蕭皇后意識到自己錯了。

她趕得走宣華夫人的人，卻趕不走她的心，楊廣迷戀的，似乎不僅是對方的身體，他倆之間，莫非還有傳說中的愛情？

於是，蕭皇后絕望了。她默默派人把宣華夫人重新接回宮裡，親手交給楊廣，然後回到自己的寢宮，孤自一人舔舐自己的寂寞與哀愁。

此時，她只有三十五歲，如狼似虎的年紀啊！她渴望一個男人。有人需求就有人提供，這是市場規律。映入蕭皇后眼簾的，是一個叫宇文化及的男人。他是御林軍中的軍官，平日的工作是保衛整個後宮的安全，由於工作上的便利，可以合法接近蕭皇后。

面對這上天恩賜的禮物，蕭皇后自然沒有讓他跑掉。某個月黑風高之夜，當楊廣正在宣華夫人的宮裡享受人間極樂時，蕭皇后把宇文化及拉到自己的大床上。

這一晚，蕭皇后好比久旱逢甘霖，也好比乾柴遇烈火，滿足至極。自此，她終於順利解決自己的孤獨與寂寞。

隋煬帝的生活越來越糜爛，天下災難頻發，民不聊生，但貪玩的他卻依然任性地勞民傷財，徵集民夫開鑿大運河，以滿足他遊江南的嗜好。

哪裡有壓迫，哪裡就有反抗，天下人心開始浮動。這個時候，只要有人登高一呼，天下人便會積極響應。

宇文化及做了這個登高一呼的人，他和自己的兄長宇文智及帶頭造反，打進皇宮，可憐的隋煬帝楊廣，在混亂中被以前的臣下找了一條絲襪給縊殺了。

殺了楊廣，宇文化及掌管大隋朝的江山，同時也順理成章地接管了蕭皇后，就這樣，她成了宇文化及的小老婆。

可是，江山就像路上的錢包，你可以撿，我也可以撿，何況是亂世的江山？不到一年，宇文化及便被另一個軍閥竇建德殺了。

竇建德早就知道蕭皇后的美名，如今一見，頓時被她身上散發出來的高貴氣質征服。他一刻也沒耽誤，直接把她弄到床上，就這樣，她又成了竇建德的小老婆。

此時，中原混戰，李淵在長安稱帝，建立大唐，而在混戰的空隙中，北方的突厥人迅速壯大。突厥番王的其中一個愛妃，正是蕭皇后的小姑，也就是隋煬帝楊廣的妹妹。她打聽到嫂子的遭遇，就說服番王，把蕭皇后從竇建德手裡討過去。

竇建德不敢招惹突厥人，只好乖乖地把人送過去。於是，蕭皇后像貨物一樣，又被轉手到突厥藩王的手中。

番王這輩子沒見過幾個漂亮女人，一見蕭皇后，就被她風韻猶存的氣質打動了，立馬收她做了愛妃，從此姑嫂二人共事一夫。

沒多久，老番王死了，按突厥的傳統，新番王必須繼承老番王的妻妾，蕭皇后又成了新番王的愛妃，據說，新番王對已年近半百的蕭皇后依然寵愛有加。

十年後，唐朝大將李靖率兵擊敗突厥人，把他們趕到鳥不拉屎的大漠以北，順便把蕭皇后接回中原，此時，蕭皇后已經是半老徐娘了。

唐太宗李世民年輕時，也曾暗戀過蕭皇后，見到本人時，發現她依舊名不虛傳。為了給她接風，還令人辦了一場豪華奢侈的夜宴。

據說，太宗皇帝本來對蕭皇后是有些想法的，無奈此時的她已經太老了，於是他發出了一聲「恨不相逢未嫁時」，然後像對待自己沒得手的初戀情人一樣，把她養在唐宮之中。

在唐宮度過十八年時光後，這個像牲口被賣來賣去的女人，終於走完自己的人生。

第24章

高陽公主——我被愛情撞了一下腰

一個忘記自己是高貴的公主，一個忘記冰冷的清規戒律，兩顆孤獨的心以光速融合在一起。這個時候房遺愛在幹什麼呢？據說他在給屋裡的兩人站崗放哨。

西元六四九年，正是大唐貞觀年間。

這年冬天，長安城裡發生一件小小的盜竊案。本來，雞鳴狗盜的事天天都有，根本沒有資格載入史冊，但這次不同，因爲辦案民警從小偷的家裡搜出一件珍寶——一個鑲滿寶石的女式玉枕。

這讓原以爲只是小案子的辦案人員興奮不已，因爲據他們的經驗，這東西一看就是宮裡的東西。

敢偷宮裡的東西，這怎麼得了？偷尋常百姓家裡，跟偷皇帝家的東西性質是大大不同的。當審訊人員把這個區別告訴倒楣的小偷的時，他嚇得尿褲子了，連忙戰戰兢兢地申辯道：「我沒有進宮盜竊，一是因爲沒那個膽，二是我的盜竊技術沒到達那個水平，這枕頭是從一個叫辯機的和尚那裡偷來的。」

聽到小偷的申辯，辦案人員哈哈大笑，他們認定這孫子在扯謊，因爲按照正常的邏輯，從和尚那裡偷點香爐、袈裟、舍利子之類的東西還可以理解，偷一個價值連城的宮內寶貝，而且還是女用的，這怎麼可能？

於是，他們決定上刑。

小偷被抓也不是一次兩次了，每次都乖乖認供，沒嘗過什麼大刑，一看這架勢，哪裡承受得了啊？在褲子又被尿濕一次以後，連忙大喊：「長官若是不信，把那和尚弄過來問問就知道眞相了。」同時，他還把辯機和尚的工作單位，以及宿舍門牌號碼統統報了出來。

這下換辦案人員迷茫了，難道這小子說的是眞的？那就太掃興了，原以爲抓了條大魚呢，還指望這升官呢！

不過，難道那辯機和尚是個隱藏的大盜？這玉枕是他偷的？想到這，破案心切的民警立即趕往辯機的單位，把他請進審訊室。

一開始，辯機和尚對於玉枕的來歷含糊其辭，編造數個理由想蒙混過關，但出家人顯然不善於打誑語，加上審訊人員個個英明神武，不斷地恫嚇：「你若再不配合辦案，我們就認定你是江洋大盜，直接定你的罪，把你拉出去，咔嚓！」同時，做了個嚇人的抹脖子動作。

辯機向來不殺生，也比較害怕被殺，看到如此血腥的暗示，心理防線頓時崩潰，默念一遍阿彌陀佛後，就一五一十全招了。

原來，這枕頭是當朝皇帝的金枝玉葉高陽公主贈送的！

案情一瞬間變得更加撲朔迷離，審訊人員興奮得兩眼發光，憑著他們專業的直覺，乘勝追擊地問道：「那公主爲什會贈送你如此珍貴且曖昧的東西呢？」

早就心理崩潰的辯機徹底失去反抗的力量，頹廢地告訴民警他是高陽公主的地下情人。靠，居然有意外收穫啊！

不過，此事關係重大，他們立即上報給上級，上級不敢處理此事，就又上報給上級的上級，如此一路下去，最後上報到最高層的上級——唐太宗李世民那裡。

可想而知，李世民勃然大怒，經過親自審訊，得知此事的確屬實後，更加怒不可遏。事情的最終結局是，辯機和尚被腰斬，高陽公主的醜聞傳遍大街小巷。

用了這麼長的一個故事來作爲文章的開頭，好像有點過分，但這也恰好說明這件事的重要性。因爲，不瞭解這件事，就無法弄清楚高陽公主的一生傳奇。

高陽公主是誰？她的一生又充滿怎麼樣的傳奇色彩，下面就讓我們從頭開始，按部就班慢慢道來。

高陽公主是唐太宗的第十七女，很得太宗喜愛。跟大部分的公主一樣，她氣質高傲、長相頗美，而在個性上，則是典型的文藝女青年的派頭——內斂又喜歡獨樹一幟，有自己獨特且根深柢固的審美標準，渴望完美、浪漫的愛情。

總之，她是一個脫離凡俗的理想主義者。

我們都知道，當理想主義者是比較痛苦的，因爲現實生活不可能是童話，百分之百的完美是不存在的，即使偶爾可以享受夢想實現的快感，可大多時候，卻要忍受「不如意者十有八九」的事實。即使貴爲公主，也難逃這該死的規則。

高陽公主遇到的第一次挫折，來自她的第一件人生大事——婚姻。

按常理來說，身爲金枝玉葉，在選擇男人方面，應該會是：「老娘看上誰就是誰！」但事實並非如此，歷史上大多數生在皇家的公主們，根本無權掌握自己的命運，得在家國天下的大牌坊面前，淪落爲政治工具。

和前輩相比，高陽公主沒有這麼慘，至少無須遠嫁鳥不拉屎的番邦。不過，她卻沒有權力按自己的意志去自由戀愛。

她的老爸唐太宗早就給她物色好夫婿，叫做房遺愛，是大功臣房玄齡的兒子。

關於這起婚姻，我們可以這麼理解：一是，唐太宗爲了顯示自己對功臣的厚愛，從而把高陽當做禮物賜給房家；二是，唐太宗爲了鞏固李家的江山，主動與權臣聯姻，以保江山。不管怎麼理解，它都有一股奇怪的味道——政治婚姻。

這對女文青性格的高陽公主來說，簡直是致命性的打擊。她喜歡溫文爾雅的白馬王子，要帥、要懂詩文、要解風情，還要上得廳堂，下得廚房，抽空還得講點好玩的段子，把她逗得花枝亂顫。

但遺憾的是，房遺愛顯然不是這種類型的男人。他大字識得不是很多，沒有文學情懷，也沒有細膩的情感，更不會講段子討好女人，他有的是一身強健的肌肉，和力拔山河的勇猛。

高陽公主對此非常失望，與她理想中的夫君相比，這差距何止十萬八千里？簡直是南轅北轍，總之是十二萬分的不靠譜。

可皇帝老爸的金口玉言，她怎敢違背？

於是，在憂傷與失落中，女文青高陽公主嫁給功夫小子房遺愛，這起婚姻的背面寫著五個大字：與愛情無關。

與愛情無關的後果就是，自從洞房之夜後，新郎倌房遺愛就再也沒被允許進過妻子的香閨。也就是說，他們從新婚的第二天就開始分居了，這效率可真夠高的。

對於這一切，傻小子房遺愛毫無辦法，唯有自卑，同時採取了最笨的也是最無效的辦法來討好高陽公主，那就是：迎合。毫無保留的、死心塌地的迎合，只要是她喜歡的，他都無條件支持。

我們知道，這正好犯了女文青的大忌。結果就是，高陽公主不但沒有回心轉意，反而愈發瞧不起這個窩窩囊囊、毫無個性的男人。

婚姻的不如意，讓高陽公主暫時把對於完美愛情的渴望隱藏在心底，同時化悲憤爲力量，瘋狂迷上狩獵這一古老的貴族遊戲。

房遺愛當然大力支持。

一天，高陽公主照例換上運動服，在房遺愛陪同下，外出打獵。就在這次狩獵中，她遇到一個令她渾身觸電的男人，也就是上文提到的辯機和尚。

當時，辯機和尚正在樹林裡的一座草屋內苦修，屋門是開著的，當高陽公主遠遠的看到那個正在迷思苦想的帥和尚時，一種叫做一見鍾情的感覺撲面而來。

她知道，愛情來了！

然後，她進入草屋。接著，她摒退左右，再來，她關上房門。最後，一個忘記自己是高貴的公主，一個忘記冰冷的清規戒律，兩顆孤獨的心以光速融合在一起，當然，同時融合的還有他們的肉體。

這個時候房遺愛在幹什麼呢？

據說，他在給屋裡的兩人站崗放哨。

現實真是幽默啊！而且還是黑色的。

從此以後，高傲的高陽公主找到自己的愛情歸宿，與小和尚辯機建立起長遠的地下情關係。

不得不承認，辯機和尚的確是個人才，在與高陽公主享受紅塵之歡的同時，也沒耽誤自己的修行。

西元六四五年，大唐舉行全國性考試，選拔九名最優秀的和尚，跟隨玄奘大師進行翻譯佛經的工作（沒錯！玄奘大師就是《西遊記》裡那個可愛的帥哥唐僧）。這是一個高難度的選拔考試，全國只選九名，比當今選拔院士還要苛刻。但在這麼苛刻的選拔中，辯機和尚上榜了，而且還是九名和尚中最年輕的一位。眞是年輕有爲啊！難怪眼光比天高的高陽公主會看上他。

這是個讓高陽公主備感自豪的喜事，但問題又來了，進入翻譯院的辯機從此要住進玄奘指定的集體宿舍，不能隨便外出。這樣一來，兩人就必須分開一段時間了。

至於要分開多久，那就難說了，少則一兩年，多則三五年，全看翻譯工作的進度。多情自古傷離別啊！但爲了情郎的事業，高陽公主毅然選擇暫時離開，待到他功成名就之時再相聚。臨別時，她拿出自己最喜愛的玉枕送給他，含情脈脈地說：「你睡覺的時候，摟著它就等於摟著我了。」

說完，便目送辯機轉身而去，消失在不遠處的翻譯學院的大門內。

一晃眼四年過去，譯經的工作還未結束，高陽公主望穿秋水，沒想到，等來的卻是辯機被腰斬的消息。

那是西元六四九年的冬天，也就是文章開頭寫到的那個故事。

事發後，高陽公主徹底失去太宗的寵愛，她也恨透這個斬斷她情絲的皇帝老爸。從此之後，她告別愛情，也告別自己的文青時代，一腳跨入放蕩不羈的蕩婦生涯。

辯機死後，爲了重溫昔日的感覺，高陽繼續對和尙情有獨鍾。她派人四處尋找年輕俊俏的和尙，一旦看上眼，便肆意與他們尋歡作樂。

她希望能從中找到辯機的替代品，但事實證明，這一切都是徒勞，除了短暫的肉慾之外，她得到的只是更深厚的空虛和憂傷。

辯機是無法取代的，因爲他們交合的不單只有肉體，還有靈魂以及愛情。而這愛情只有一次，僅來自於辯機，別人給不了。

高陽公主幾乎瘋了，變得歇斯底里，玩膩了和尙，就派人四處搜尋帥氣的道士。當然啦！那些和尙們做不到的，道士也無能爲力。結果依舊只有肉慾沒有感情，玩的只有墮落。最後，連肉慾都厭倦的高陽公主，爲了打發空虛的精神，轉而玩起更有難度的事情——造反。

此時，太宗已死，高宗李治繼位。

非常無厘頭的是，高陽公主把對太宗的恨轉嫁到自己的哥哥身上，大概在她看來，李治是太宗選定的接班人，反對他，就是間接反對太宗。

爲了把李治趕下台，高陽公主暗地裡聯合幾個對他不滿的公主、駙馬密謀發動政變，想要改立跟自己關係不錯的叔叔李元景爲帝。

但她的運氣顯然不太好，沒等將計劃付諸行動，房遺愛的大哥房遺直就聽到消息，並報告李治。

謀反在歷朝歷代都是殺無赦的大罪，西元六五三年冬天，高陽公主被賜死，她那可憐的、名義上的駙馬房遺愛也被處斬，陪她共赴黃泉——這是否能算是這個可憐男子最後的「迎合」呢？

第 25 章

武則天——我的溫柔你們永遠不懂

二張入侍後，武則天已年滿七十三歲。她這麼做，應該是在向眾人炫耀：「既然男子為帝可以有成群的嬪妃，女人登基也應該有侍奉的男寵。」

她是中國五千年歷史上唯一的女皇帝，也是後世爭論不休，狠毒淫蕩與英明神武的混合體，她是一個極爲複雜的女人——身份複雜、經歷複雜、個性複雜。

這個女人，叫武則天。

武則天生於西元六二三年，其父武士彠是唐高祖李淵的開國功臣，歷任井鉞將軍右廂衛、工部尙書，封應國公。其母楊氏是隋朝宗室宰相楊達之女，有很高的文化素養，四十二歲嫁武士彠爲繼室，生有三女，武則天是次女。

按血統來說，武則天出生名門望族，是一個純正的貴族。

和大多數非凡之人不同，她出生時並沒有什麼天文奇觀，但這並不影響她命中注定是個牛B的人物，因爲她有一副大富大貴的面相。

據說，唐代著名的術士——唐太宗的御用風水卜算顧問袁天罡先生曾經發現利州（就是武則天的出生地）方向有王氣，於是順著那個方向一路狂奔，正好路過武府，而且被武士彠撞到。

武士彠早就對他景仰已久，知道他善長相面，便邀至府上，給家裡人相上一面。當時武則天尙在強褓中，穿著男孩服裝。

袁天罡看後便說：「龍瞳鳳頸，富貴之極。」反覆細看以後，又說：「可惜是個男孩，若是女子當爲天子。」

武士彠聽後，心中大驚，繼而竊喜不已。

待略微長大，武則天不同凡響的一面便漸漸顯露出來。她聰慧敏俐，極善表達，膽識超人。父親深感她是可造人才，就教她讀書識字，使她通曉世理。

到十三、四歲時，她已博覽群書、博聞強記，詩詞歌賦也都奠定一定的基礎，而且長於書法，字態卓爾不群，極具王者之氣。

西元六三七年，十四歲的武則天因爲長相俊美、氣質高雅，被唐太宗收入後宮，封爲「才人」，入宮之後，太宗親自賜號「媚娘」。

在一個偶然的機會，她結識當時的太子李治，並且把對方迷得神魂顛倒。只是李治礙於她是父親的女人，沒敢下手。

這份情愫，爲武則天日後的命運埋下了深深的伏筆，她的人生也開始朝著袁天罡預言的方向前進。大唐朝的江山，正在等著她去顛覆，而在這個通往巔峰的路途中，必定有數不清的荊棘與坎坷等待著她。

西元六四九年，太宗李世民駕崩，太子李治即位，是謂唐高宗。太宗駕崩後，按照當時的規矩，有生育的妃嬪要打入冷宮，空守一盞孤燈度日，而未曾有生育的則一律削髮爲尼。武則天屬於後者，被發往感業寺爲尼。

剛剛即位的李治，對武則天的感情有增無減，很想爲對方走個後門，把她留在身邊。

但太宗在駕崩前，為他留下長孫無忌等四位權高位重的顧命大臣，李治知道自己剛剛即位，屁股還沒坐穩，若是這時提出不合禮法的要求，肯定會被那四位大爺踢屁股。於是，他只能眼睜睜地看著武則天被送進感業寺。

隨著時間推移，身邊並不缺少女人的李治漸漸把武則天給忘了。

尼姑的生活是寂寞而枯燥的，這根本不適合心思活泛、性格活潑好動的武則天。可是，沒辦法，倒楣的她只好一天天地混日子。在混日子的過程中，遇上另一個和她一樣廝混的人，名叫馮小寶。

馮小寶是白馬寺的小和尚，白馬寺就在感業寺附近。由於兩人都經常去同一口水井打水，一回生，二回熟，彼此便熟絡了起來。熟絡了以後，兩人就經常靠坐在一起談談人生、聊聊理想，談著談著，關係也越發曖昧。

而此時，皇宮之內，一場醋海翻騰的后妃爭鬥正如火如荼地上演著。參賽者是身份尊貴的王皇后，和恃寵而驕的蕭淑妃。

當時，蕭淑妃不但給李治生了一個寶貝兒子，而且幾乎夜夜專寵，霸占著他的身子，讓後宮眾佳麗好生嫉妒。可憐的王皇后不但連個女兒都沒製造出來，又很不得李治的歡心，時刻都在為自己的皇后之位擔心受怕。

恰好，李治在這個時期的某一天，按照祖宗的規矩去感業寺祭祖。一直苦無出頭之日的武則天，則想盡辦法朝他投了飽含風情與哀怨的一瞥，這一瞥恰好落入對方的眼裡。一瞬間，塵封的往事被觸動了，李治想起那個讓他初生情愫的武才人。當天晚上，他在感業寺就寢，陪寢的，當然就是武則天。

那一夜，武則天使出渾身解數，李治如飲甘飴。從那之後，他再也放不下這個先皇的女人了，一直想辦法要把她弄進宮，只是礙於倫理綱常的忌諱，沒找到合適的時機。

這個時候，平常並不聰明的王皇后，扮演起一個聰明反被聰明誤的角色，幫助李治圓了這個夢，同時也把武則天送上那條輝煌與荊棘並生的單行道。

王皇后當時的想法是這樣的：既然皇上專寵蕭淑妃，那弄個讓皇上神魂顛倒的女人進來，滅滅她的威風，又可以討得皇上的歡心，可謂一舉兩得。

結果證明，可憐的王皇后實屬飲鴆止渴，根本不知道她弄回來的這個女人比蕭淑妃狠上一萬倍，這麼做無疑是自掘墳墓。

可不管怎麼樣，武則天還是回來了，低調又野心勃勃地回來了。

她一回來，就像主角一樣，在談笑風生之中霸佔整個舞台的中心。蕭淑妃馬上失寵了，這讓王皇后很開心，但她並沒有太多時間去開心，不久後，武則天就以掐死自己女兒的手段陷害她，使她身敗名裂，被打入冷宮。接著，武則天取而代之，並把被砍了手腳的蕭淑妃與王皇后，放進酒缸，稱爲「醉骨」。

再接著，她又向一直反對自己的重臣褚遂良、長孫無忌發動攻勢，弄得他們不是被貶，就是自殺，連他們的親信也剷除殆盡。

登上皇后寶座的武則天，開始積極參與政事，恰好這時李治的身體不大好，便直接把審批奏摺的權力給了她，這段經歷，也爲她日後親理朝政奠定堅實的基礎。

待到李治駕崩，武則天的兒子即位，掌權的卻是她。結果，她立一個廢一個，廢一個立一個，卻老感覺兒子們的水平不行，個個都是庸才。最後，她乾脆把他們全都廢了，自己坐上龍椅，改國號爲大周。

這一年是西元六九〇年，當了女皇的武則天，利用自己的一系列手段，任用酷吏、剷除異己、選用賢能、培植親信，將大周江山治理得井井有條、社會和諧，經濟發展良好，人民安居樂業，可以算是一位頗有成就的帝王。

後世對於武則天的詬病，無非是其殘忍惡毒和淫亂後宮。不過，前者其實是長期以來的階級鬥爭逼迫她的。試想，一個弱女子長期處於一堆大男人的反對之中，唯一能做的就是變得堅強，然後進行反擊。至於後者，其實也是一個女人的正常需要罷了，何況人家還是一代女皇。

下面就來說說武則天包養的那些面首們。

武則天的面首主要有薛懷義、沈南蓼及張易之、張昌宗兄弟。當然，這是記錄在案的，也是比較有故事的幾個，至於其餘的一夜情，那就無從考據了。

第一個是薛懷義，他其實就是前面提到的小和尚馮小寶，薛懷義是其藝名。在武則天委身感業寺的時候，由於同是孤獨寂寞失落之人，就與馮小寶在打水的過程中暗生情愫，算是勾搭上了。那時候，武媚娘總是搶著去挑水，藉機和馮小寶相會。

武則天當了皇后以後，立刻讓薛懷義當洛陽名剎白馬寺的主持。高宗死後，她就讓薛懷義隨便出入後宮，兩人算是患難鴛鴦，擁有著許多共同的美好記憶，感情基礎比較深。

再者，薛懷義是個很聰明，也會討女人歡心的帥哥，很得武則天的愛惜。與薛懷義的侍寢同步進行的，是他的加官晉爵平步青雲。他先是因督建萬象神宮有功，被擢拔爲正三品左武衛大將軍，封梁國公，後來還多次擔任大總管，統領軍隊，遠征突厥。

可喜新厭舊是人的天性，隨著彼此越來越熟悉，武則天漸漸對他失去新鮮感。於是，御醫沈南蓼成了她的新寵。薛懷義出於嫉妒，一把火燒掉了耗資千萬的萬象神宮，武則天卻不予追究。但後他日益驕橫，終於引起武則天的厭惡，指使人將其暗殺。

薛懷義死後，已過中年的沈南蓼雖然溫和有禮，卻身心虛弱，滿足不了武則天的需求。七十多歲的她又陷入寂寥煩悶之中，喜怒無常、脾氣暴躁。

恰在此時，武則天孝順的女兒太平公主給她送來了兩個尤物——張易之兄弟。這兩個二十歲左右的美少年，原本是太平公主的面首，可看到自己的皇帝老媽寂寞煩躁，就忍疼割愛，把這兩個寶貝獻出來。

張易之兄弟不但聰明伶俐、通曉音律，而且精力旺盛，更有侍寢的本領，把武則天服伺候得舒舒服服、身心愉悅。

武則天馬上給了二人加官四品，從此二張宛若王侯，每天隨武則天早朝，待其聽政完畢，就在後宮陪侍。兩因此恃寵而驕，不僅在後宮恣意專橫，而且結黨營私干預朝政，引起眾怒。

終於，在西元七〇五年，宰相張柬之等人趁武則天重病，策動「宮廷政變」，殺掉二張，她也在病榻上被「請」下御座，讓位給自己的兒子李顯，是謂唐中宗。

一個月後，中宗恢復國號爲「唐」，武則天的「大周」政權至此終結。同年十二月，重病中的武則天溘然長逝，享年八十二歲，遺詔：「去帝號，稱則天大聖皇后。」

武則天死後葬在乾陵，陵前立有一塊無字石碑。對於「無字碑」，後人有多種解釋，但我想，大概是她不知道如何給自己做蓋棺定論，於是將是非功過留給後人去評述吧！

一直以來，武則天淫亂後宮一直是後世史官咒罵她的主要把柄。其實，冷靜分析她的男寵問題，可從兩個角度來看：一是從她是個「人」，一個普通女人的角度；二是從她是個政治家，一個女皇的角度。

作爲一個女人，她需要男人滿足她，但這個需要她永不滿足。

作爲一個女皇，一個精明的政治家，她畜養男寵主要是爲了顯示女皇的威權。

二張入侍後，武則天已七十三歲，就算生活優裕、養生得宜，服用春藥也難使一個老嫗返老還童。她這麼做應該是在向眾人炫耀：「既然男子爲帝可以有成群的嬪妃，女人登基也應該有侍奉的男寵。」

因此，誰也沒有資格在這個問題上過多糾纏，即使不是爲了「性慾」，只是想擁有幾個可以安慰寂寞、紓解老來憂愁的年輕異性，對於貴爲天子的武則天來說，也是可以理解的。

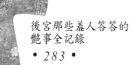

第 26 章

太平公主——巾幗不讓鬚眉的「花花公主」

太平公主對此顯然並不滿足，把魔爪悄悄伸向那些才色兼備的大臣們。據史書記載，與她有苟且關係的大臣起碼有三個。

太平公主是個很有故事的女人。

與她的名號「太平」恰恰相反，這個女人的一生斑斕多彩、波瀾壯闊，十分不平靜。眾所周知，太平公主有個彪悍的老媽武則天。俗話說，有其父必有其子，同理，有其母也必有其女。

武則天曾說過：「太平公主『類己』。」這裡面應該包含兩層意思，一是長相，二是個性。

從太平公主日後的行事風格來看，她的確從母親那裡遺傳了許多東西，其中最明顯的不是長相，而是性格裡的那些不安分的基因。

個性決定命運，不安分的個性，往往會帶來不尋常的人生。不管這人生是悲劇，抑或喜劇，總之不可能平淡無奇。

太平公主不尋常的人生，從她八歲那年就早早拉開帷幕，這其實有一點殘酷。這一年，她被表哥賀蘭敏之給姦污了，案發地點在她外婆家。

賀蘭敏之是個劣跡斑斑的慣犯。從前，他就和自己的外婆（也就是太平公主的外婆楊氏私通。再之前，他還姦污了太子李弘未來的太子妃楊氏（另一個楊氏）。

對於這個畜生一般的外甥，武則天開始是隱忍的，但知道他姦污了自己最寵愛的小女兒時，她的底線就被突破了。

在盛怒之下，她下令將賀蘭敏之發配到遠在天涯的雷州（今廣東省雷州市）。等他走到韶州的時候，派人用韁繩將他勒死，算是稍解心頭之恨。

但這個不幸的事件，在太平公主的心裡留下揮之不去的陰影，也可以看做她日後放蕩生涯的起點。

在太平公主十四、五歲的時候，她出嫁了。駙馬叫薛紹，是她姑姑城陽公主的兒子。這門婚事是她的父皇唐高宗李治選定的，但最初的意向卻來自太平公主本人。

據記載，有一次太平公主穿上武官的服飾，在父母（唐高宗和武則天）面前跳舞。父母笑著問她：「妳又不是武官，爲什麼要穿武官的服裝呢？」

她回答說：「將它賜給駙馬可以嗎？」

這是少女懷春的信號！對男女之事向來敏銳的唐高宗，立刻捕捉到女兒的信號，於是「帝識其意，擇薛紹尙之」。

嫁給薛紹後，太平公主十分稱心如意。這段時間，她賢慧溫柔，沒有留下任何不良記錄，還爲薛紹生下兩男兩女。

但這段美好的姻緣只維持了七年。

西元六八八年，薛紹被牽連進一起謀反的大案子，結果被「杖一百，餓死於獄」。

這是太平公主受到的第二次打擊，也是一個分水嶺，從此以後，她完全變成另外一個人。

西元六九〇年，武則天正緊鑼密鼓地籌備廢帝登基的事宜，為了在李、武之間建立一條感情的紐帶，將太平公主嫁給自己的堂侄武攸暨。

武攸暨性格「沉謹和厚，於時無忤」，用今天的話來說就是「沉穩有餘，活潑不足」，是個有點悶的懦弱之人，這顯然不符合太平公主的胃口。

同年，武則天以「周」代「唐」，正式稱帝。所以，這次婚姻一點都不純潔，裡裡外外都透著一股政治聯姻的味道。

改嫁老實人武攸暨後，太平公主再也沒有耐性做賢妻良母了，潛伏在她內心的野性噴發而出。這段期間，她大肆包養男寵，並與朝臣通姦，完全把丈夫當成橡皮人和空氣。而懦弱的武攸暨對此唯有一聲嘆息，無可奈何。

在太平公主的男寵中，最著名的當屬張昌宗。

張昌宗是定州義豐（今河北安國）人，在家排行老六，因為長相貌似潘安，人稱蓮花六郎。當時，放縱的太平公主正四處搜集帥哥，他就成了入網之魚。

太平公主一試，果然名不虛傳，遂留作頭牌面首，對他極其寵愛。後來，她看到老媽武則天因找不到稱心如意的男寵鬱鬱不樂，便孝順地把他獻出去。

其實，她的本意只是借母親玩個兩天，等母親玩膩了，再把這個尤物收回來。可沒想到，武則天對他一見鍾情，且一發而不可收拾。以至於最後把他的哥哥張易之也一併收到帳下。

這大大出乎了太平公主的預料，但她對張昌宗明顯念念不忘。於是，武則天基於對女兒的愛，經常把女兒召進宮裡，三人一起激戰。

但太平公主對此顯然不滿足，把魔爪悄悄伸向那些才色兼備的大臣們。據史書記載，與太平公主有苟且關係的大臣起碼有三個。

第一個是胡僧惠範。

這個惠範和尚十分具有政治頭腦，善於結交權貴。在他的結交生涯中，最得意的大概就是結交到太平公主的床上。與太平公主有了這層關係後，他立即被封為所在寺廟的住持，並獲封三品大吏，可謂賺了個盆滿缽滿，整個人爽歪了。

第二個是宰相崔湜。

和張昌宗一樣，崔湜也生得十分漂亮。但這個小子對自己比較狠，為了巴結領導，穩固自己的地位，居然把自己的妻子和兩個女兒一塊送去侍候太子，他自己也沒閒著，馬不停蹄地趕去「私侍太平公主」，真是一個忠心不二的好臣子啊！

第三個是司禮丞高戩。

很遺憾，關於這個高戳，史書上記載的太少，只有《資治通鑑》上略微提到，他是「太平公主之所愛也」。僅只一句，眞相大白矣。

當然，太平公主並不是個只知道淫樂的笨蛋，她頭腦精明、手腕老練，且繼承乃母的個性和政治細胞，在唐朝許多重大歷史事件中，發揮舉足輕重的作用。

她第一次登上政治舞台，是在西元七〇五年的一次政變裡。

話說在武則天大周王朝末期，張宗昌兄弟恃寵而驕，越來越囂張，不但插手朝政，還不把連衆多王公大臣放在眼裡。

神龍元年（西元七〇五年），宰相張柬之與太平公主合謀發動政變，聯合右羽林衛大將軍李多祚起兵誅殺二張。這麼強大的陣容，結果當然可想而知，二張瞬時殞命。

本來，事情到此應該完美結束了，但張柬之覺得不大過癮，於是打鐵趁熱，順便把武則天趕下台，讓中宗李顯取而代之，恢復李家的大唐江山。

這就出乎太平公主的意料了。

本來，這次政變只是衝著二張去的，但中途突然指向自己的老媽武則天，這讓她有點爲難，但這是當時的大勢所趨，超出她的控制範圍。幸好，他們只是半勸半逼地把武則天趕下台，並沒有多做爲難，也算聊以自慰了。

不過，這裡還有一個疑問：二張是太平公主獻上的，應該算是她的嫡系。爲什麼她要如此積極地參與政變呢？僅僅因爲二張太猖狂嗎？

顯然不是！根據記載，張昌宗誣陷大臣高戩，把他送進監獄，差點折磨致死。前面我們提到，高戩是太平公主的情人，顯然，這才是最主要的原因。

小試牛刀之後，太平公主的政治熱情空前高漲，並開始建立自己的勢力集團，積極參政議政。

但中宗的女兒（即太平公主的親侄女）安樂公主也不是個省油的燈，也正招兵買馬，想與自己的老媽——彪悍的韋皇后一起重溫奶奶武則天的女皇之路。

因此，雙方產生很大的利益衝突，且情勢緊張，大有一觸即發之勢。

景龍四年，韋皇后與安樂公主按捺不住，決定先下手爲強。於是，二人合謀毒殺唐中宗，接著，韋皇后立自己的小兒子李重茂爲皇帝，自己臨朝攝政。

這樣還沒完，她得隴望蜀，想密謀害死兒子，再除掉太平公主等李家勢力，以圓自己的女皇夢。

太平公主一看，出手的時候到了。於是聯合侄子李隆基發動政變，幹掉韋后和安樂公主，將哥哥李旦扶上帝位，是謂唐睿宗。

在這次政變中，太平公主發揮了最主要的作用，乾淨俐落地清除了外戚勢力，保住李家的江山，居功甚偉。

唐睿宗即位後，根基並不堅固，一方面，妹妹太平公主勢力龐大，隨時準備取而代之，重走女皇之路。另一方面，自己的兒子太子李隆基也蠢蠢欲動，想儘早登基，以免讓姑姑搶先一步。這兩方的利益衝突越來越激烈，唐睿宗只有無可奈何的份。

西元七一二年八月，煩透了的睿宗被迫傳位於李隆基，自己退位當太上皇，改元先天。對於這個結果，太平公主很受傷。爲了表達自己的不滿，第二年，即西元七一三年，她首先動手，密謀以羽林兵從北面、以南衙兵從南面起兵廢掉李隆基，一圓自己的女皇夢。

無奈老天不幫她，這個消息被李隆基竊聽到，李隆基當機立斷，搶先一步，聯合郭元振、王毛仲、高力士等人，誘殺左、右羽林將軍，然後迅速除掉參與陰謀的其他大臣，劍鋒直逼太平公主。

太平公主一看大勢已去，倉皇逃入南山佛寺，想逃過此劫，以圖日後東山再起，無奈這次老天還是不幫她，三天後，她被逮住了。

押回府邸後，她立即被李隆基賜死，用三尺白綾結束自己折騰的一生。

第 27 章

韋皇后——一次失敗的模仿秀

如果僅有武三思一人也就罷了，好歹也算是門望族。據書記載，韋后淫蕩成性，除武三思外，宮中還養了三個美男子。

世界上從來不缺怕老婆的男人，這類男人之中，也不乏幾個丟盡皇家顏面的窩囊皇帝。但像唐中宗李顯那樣，怕老婆怕到極致的，可以說是前無古人，後無來者。

不管什麼事，把它做到極致之後，都可以算是一種藝術。就某種意義上來說，李顯是個藝術家，一個偉大的行爲藝術家。

李顯的老婆姓韋，是個彪悍聰慧的角色，在她面前，李顯經常像個遲鈍的孩子一樣幼稚又好笑。

說起來，李顯也是個可憐的男人，不但有一個強勢的老媽——武則天，還有一個彪悍的老婆——韋皇后。從少年至青年，這個塑造性格的關鍵時期，他都活在女人的陰影之下，造就了懦弱的性格，並決定了怕老婆的命運。

李顯是武則天的三兒子，曾被立爲太子，他的大哥李弘和二哥李賢也都擔任過這個職位，但沒他命好，都被親娘給半路拉下來。

李顯之所以能熬到登基，並不是他比他的哥哥有能耐，而是因爲武則天換煩了。按照王菲的邏輯，反正太子都是王八蛋，不如找個沒想法不搞事的去當。

有時候，不選擇就是最好的選擇，於是，在武則天的老公唐高宗李治掛了以後，他就接班了。

當上皇后的韋氏，也開始積極地參政議政。她首先要做的，就是要求李顯提拔她老爸韋玄貞做豫州刺史。李顯怕老婆嘛！當然是言聽計從。

可是人心不足蛇呑象，沒多久，韋后又得寸進尺，想讓李顯提拔她老爸當宰相。這樣一來，就有朝中大臣不高興了，有人向李顯進言說：「這不靠譜啊！你老丈人本來就是基層幹部，突然調進中央，估計很難適應吧？這就好比讓一個小村長做總理，有點趕鴨子上架的意思啊！」

沒想到，平時在老婆面前沒脾氣的李顯卻突然火了，把進言的大臣罵了個狗血淋頭，並且叫囂：「天下是老子的，我就是把龍椅讓給我老丈人，你管的著嗎你？」

當然，這個大臣也不是省油的燈，從李顯那裡出來後，直接奔老佛爺武則天那裡，把李顯剛才說的話複製貼上。

武則天一聽，勃然大怒：「靠！這倒楣孩子怎麼傻B至此啊？這還得了！」

這裡需要交代的情況是，當時的武則天雖然成了皇太后，但實政大權卻仍然牢牢地攥在手中。說白了，唐中宗不過只是個好看的擺設而已，小事倒也罷了，眞要有什麼大事，還得她說了算。

於是，武則天秀口一開，就把中宗貶爲廬陵王，發配到偏遠的房州，另立四兒子李旦爲帝，即睿宗，自己依舊總攬朝綱。

在房州時，李顯成天過著提心吊膽的日子，老害怕自己的老媽會在哪一天突然賜他一壺小酒，或者白綾三尺，把他給了結掉——這正是他的兩位哥哥的下場。

因此，他時常陷入絕望之中，患了嚴重的憂鬱症，經常思考著要自殺。的確，與死比起來，不知道什麼時候會死，才是更加痛苦的。

與李顯的疲軟相比，韋后表現得比較堅強，每當丈夫陷入絕望之中，嚷著要自殺時，都是她給他力量和信心的。

她經常語重心長地對他說：「不要害怕嘛！不是還有我在嗎？不要整天想著自殺的事，若是你自殺了，可你媽卻從來沒想過要殺你，那你不就虧大了？好死不如歹活，順其自然，聽天由命吧！勇敢點。」

在韋后鼓勵下，李顯找回活下去的勇氣。一天，他感激地握住妻子的手，十分誠懇地立誓道：「異時若復得見天日，唯汝所欲，不相禁止。」

這種話本是發自內心的承諾，不料日後卻成爲韋后的秘密武器，使得他復位後，竟對猖狂淫亂的妻子無言以對。

就在李顯爲「活著，還是死去」這個問題做思想鬥爭的同時，大唐江山發生了一件大事——武則天廢掉唐睿宗，自立爲神聖皇帝，拋掉一切繁瑣俗套，直接做了女皇。

幾年後，武則天慢慢衰老，她的統治也招來越來越多反對。西元六九八年，在宰相狄仁傑力勸下，她派人把中宗和韋后從房州接回洛陽，復立爲皇太子。

五年後，武則天臥病之際，張柬之、桓彥範、敬輝、袁恕己、崔玄暐等五位大臣，率軍逼她讓位給太子李顯。就這樣，中宗在遠離龍椅二十年後，又重新坐上那個位置，韋后也恢復皇后的身份。

自覺青春荒蕪的中宗，重登皇位之後，沒有勵精圖治，而是開始近乎瘋狂地享受奢侈的帝王生活，似乎是想對自己這些年的痛苦有個交代。

這種補償和報復的複雜心理，正好成全野心勃勃的韋后。往後每次上朝，她都會坐在中宗身後的帷幔中，如同當年高宗李治和武則天一樣。

大臣桓彥范曾上書勸諫，但李顯不予採納，韋后便開始大肆干預朝政。為了擴張自己的勢力，她開始籠絡人才，這些人才當中，當時大權在握的武三思就是其中之一。

武三思是武則天的侄子，長得儀表堂堂、風流倜儻。如此男色，再加上政治需要，韋后自然很快就把他弄到床上，甚至公然在大白天把他召進宮內嬉戲。

對於這件醜事，中宗不可能不知道，但他只有睜一隻眼，閉一隻眼，因為當初在落難時，他曾經對韋后說過：「異時若復得見天日，唯汝所欲，不相禁止。」

另外，幾乎被架空的中宗，實在鬥不過性格彪悍的韋后，所以，只好忍了。

如果僅有武三思一人也就罷了，好歹也算名門望族。但不堪的是，連馬夫、伙夫這樣的賤人都能給中宗戴綠帽，真是把李氏祖宗的臉都丟光了。

據書記載，韋后淫蕩成性，除武三思外，她在宮中還養了三個美男子。一個是楊均，原是一個廚子，韋后見他少年英俊，便把他調入宮中侍候自己，他還因此得了官銜。另一個是馬秦客，是個御醫，一次偶然進宮替韋后治療感冒，只因眉目長得清秀，從此以後，韋后有病沒病都會把他傳進宮來伺侍。最後一個是葉靜，馬販出身，善玩馬技，某年元宵節在燈會上表演，被韋后看中。這三個人都做了韋后的幕賓，追隨著韋后，不離左右，忠心耿耿。中宗對這一切裝作沒看見，眞的做到「不相禁止」的承諾。

都這樣了，也該滿足了。可韋后夢想遠大，一直崇拜自己的婆婆武則天，想效仿她，也做個女皇帝。

不久，韋后和自己的女兒安樂公主合謀毒死丈夫，想立李重茂做太子，由韋后主持朝政，像武則天一樣逐漸向女皇之路。但還沒實行計劃，李旦的兒子李隆基和太平公主就搶先發動政變，除掉這對母女。

歷史往往是相似的，但並不是輕易就能複製的。韋后模仿婆婆的舉動，最終以命喪黃泉告終。這個彪悍、淫蕩的女人，在被殺殞命的一剎那，肯定不明白這是爲什麼。不明白就對了，因爲它的名字叫歷史。

第28章

安樂公主——命運的寵兒，野心的葬品

突然間，她聽到府內一陣騷動，正想問個究竟，冰涼的刀刃已經架在脖子上。一轉眼工夫，利刃揮動，一顆美麗的頭顱脫離軀體，劃出一道簡潔的弧線，飛落在地上。

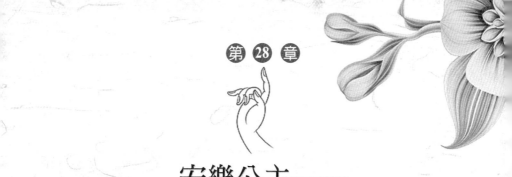

安樂公主是個大有來頭的牛人。她是武則天的孫女、韋皇后的親閨女、太平公主的親侄女。

與如此彪悍的三個女人有如此親近的血緣關係，我們用腳趾頭隨便思考一下，也能猜得到，她肯定也不是一盞省油的燈。

安樂公主的小名叫「裹兒』，提到這個名字，還得引出一段心酸的往事。

西元六八五年，正是一代女皇武則天雄姿英發的時代。這一年，唐中宗李顯因為工作不力，被老媽弄下龍椅，貶放房州。

房州比較荒涼，連個住所都沒有，於是，李顯一家只好先到均州借住，就在前往均州的路上，李顯的妻子韋氏誕下一名女嬰，也就是日後的安樂公主。

安樂公主生不逢時，降生時，正是李顯最為狼狽落魄的時候，甚至連一個襁褓也沒來得及準備。看著凍得渾身發抖的小女兒，李顯只得脫下身上的棉衣，將她裹起來，因此，安樂公主便有了這個乳名「裹兒」。

此情此景，想想的確令人心酸，堂堂一國公主，居然比平民百姓還不如啊！

「裹兒」的童年並不美好，但這種不美好，僅僅持續了十三年。

在她十三歲那年，唐朝的政治生態發生劇變，武則天在狄仁傑等大臣的勸說下，下定決心，要把江山還給李家。在這個背景下，倒楣的李顯時來運轉，被迎回皇宮，重新當起接班人。

在李顯的子女中，聰穎活潑的「裹兒」最受武則天喜愛，當即被封爲安樂公主，並常伴她老人家左右。當時，武三思（武則天的親侄子）的兒子武崇訓亦很受武則天的寵愛，因此經常進宮玩耍。

這個武崇訓不是個什麼好鳥，紈褲子弟的壞毛病一樣沒少。進宮後，看到一個個標緻水靈的美女，內心頓時此起彼伏、十分衝動。重要的是，他將這衝動轉化爲行動，和許多宮女幹下齷齪的勾當。

不久後，他又與比自己小一歲的表妹安樂公主混在一起，至於是誰先主動的，我們不得而知，我們知道的是，這兩人都不是安分的人兒。

宮內人多口雜，沒多久，這事就傳到了武則天的耳朵裡。她哭笑不得，一邊是自己的侄孫子，一邊是自己的親孫女，怎麼辦呢？最令她頭疼的是，這倆孩子都是她的心肝寶貝，她不想傷害到任何一個。

最終，她想了一個萬全之策，既然生米已經煮成熟飯，那就成全他倆吧！就這樣，安樂公主被許配給武崇訓。

事實證明，武則天的決定是英明的，也是即時的，成親六個月之後，安樂公主便誕下一名男嬰。

不久後，武則天退位，李顯重新坐上龍椅，立兒子李重俊為太子。這裡需要說明的是，李重俊並非韋后所生，這也為日後的宮廷風雲埋下深深的伏筆。

李顯復位後，彪悍的韋后如沐春風，恰好，李顯是個性格懦弱、體格也孱弱的主兒，這樣一來，曾經與他共患過難而又野心勃勃的她，就慢慢掌握實際的權柄。

這個情景，和當年的李治與武則天之間的關係，有異曲同工之妙。

自己的老爸老媽當上帝國的老大，一向受寵的安樂公主可謂苦盡甘來、如魚得水了。

這個時期，她經常做的一件事就是：拿一張空白的詔書，然後黏上李顯的簽名蓋章，拿回家之後再填上任命官員的文字，以此向想升官的人兜售。

不管你是屠夫酒肆之徒，還是下人奴婢，只要銀子給得足，都可以按價給官，可謂明碼標價、童叟無欺。朝廷大事，竟然如此兒戲，簡直荒唐！但沒辦法，誰讓她攤上一個對她非常溺愛，而且一腦袋漿糊的皇帝老爸呢？

錢撈得越來越多，但安樂公主慢慢對它失去了興趣，於是把興趣轉移到男女之事上。

話說武崇訓有個堂弟叫做武延秀，這個人曾經做過駐突厥大使，口才卓越、長相英俊，還能歌善舞，尤其擅長胡舞。從突厥歸國之後，他經常進出駙馬府，找堂兄武崇訓把酒言歡。身為嫂子的安樂公主也不迴避，經常參與他們的話題。

如此天長日久，一來二去，武延秀對天姿國色的安樂公主產生了興趣，便專心致志地開始細緻的勾搭工作。而安樂公主呢？早就對夫君武崇訓產生審美疲勞，看著威武英俊而且多才多藝、蜜語甜言的小叔子，自然也是心嚮往之。

兩人一拍即合，便在背地裡結下風流私情，終日在府中打情罵俏，闔府上下只有武崇訓不知情。正當安樂公主苦惱如何爲偷情掃除武崇訓這個障礙時，一個適時的事件，幫了她的大忙。

製造這個事件的人，叫李重俊，也就是前面提到的中宗李顯的太子。

李重俊並不是韋后所生，因此雖然貴爲太子，地位卻不高，經常受到韋后、安樂公主的羞辱和責難，沒辦法，誰讓他攤上一個無能的老爸呢？

可我們知道，人的忍耐是有限度的。隨著爆發界點的逼近，李重俊越來越覺得忍無可忍，他要報復！

但他不敢輕易動韋后和安樂公主，恰好，當時韋后與武三思有一腿。於是，他便以此爲契機，發動政變，想先殺了武三思，再幹掉韋后、安樂公主。

結果是，前者成功了，他殺了武三思，連武崇訓都死在刀下，但後者失敗了，最後他死在韋后的刀下。

政變結束後，安樂公主欣喜若狂。因爲李重俊陰差陽錯地替她剪除武崇訓，從此，她可以明目張膽地和武延秀廝混了。發展到後來，二人幾乎如夫妻一般同吃同睡、同進同出。中宗得知此事以後，無可奈何地長嘆一聲，為了保住皇家的臉面，乾脆把安樂公主改嫁給武延秀。對於安樂公主來說，真是太令人欣慰了。

誰知，先前安樂公主能從偷情之中享受到難以言喻的刺激，一旦二人的關係合法，反倒沒了興致。韋后似乎看透了女兒的心理，有一天，突然對女兒說道：「妳是不是對武延秀厭倦了啊？反正閒著也是閒著，不如借給我用用吧！」

安樂公主向來十分大方，何況這要求是自己的母親提出來的，當即應允。於是，武延秀就被弄到韋后的大床上。

有時候，韋后覺得二人樂有些單調，便童心大發，邀請安樂公主前來，一塊玩刺激的三P大戰。那場面，真是白光閃閃、肉香瀰漫啊！

按常理來說，日子過到這個份兒上，當事人也該知足常樂了。

遺憾的是，韋后和安樂公主並不這麼認為，她們有更高的追求，具體點說，就是韋皇后想做女皇帝，安樂公主想要做「皇太女」。

什麼是皇太女呢？就是女版的皇太子。

這追求很有挑戰性！起碼，中宗這關就不好過。再其次，要過他的兄弟姐妹，比如相王李旦、女強人太平公主等勢力也比較棘手。

但追求有多大，折騰就有多大，儘管有難度，她娘倆還是想試試。實踐是檢驗眞理的唯一標準嘛！

於是，她們決定先掃除中宗這個障礙。怎麼掃除呢？韋后她們的方法比較狠——幹掉他。具體的實施辦法非常傳統，就是投毒。

話說李顯有一個癖好，嗜食大餅，尤其喜歡吃韋后做的大餅。我猜測，這個嗜好大概來自於當年淪落房州的拮据生活。

韋后當然深知李顯的這一癖好，有一天晚上，她親手烹製大餅數張，內置劇毒，派宮女給李顯送過去。

當時，李顯正在批閱奏摺，心累體疲，食欲正旺，看到大餅端上來，馬上不顧君王姿態，狼吞虎嚥地嚼嚥起來，不一會兒，就消滅掉八九張。

飽腹之後，李顯十分滿足，一邊剔牙，一邊回味大餅的美好。不幸的是，這也是他最後一次吃大餅了。僅僅過了片刻，他就覺得腹中絞痛，難以自已，在殿堂之上打起滾來。沒過多久，就不治身亡，榮登極樂世界了。

李顯死後，韋后與安樂公主一陣竊喜，這下離自己的女皇之夢又邁進了堅實的一步。

韋后顧忌李氏的勢力，所以不敢一步到位、榮登大寶，她聰明地採取迂迴戰術，名義上立年幼的李重茂繼位，實際上卻是她自己臨朝聽政。

掌權後，她們幹的第一件事，就是把宮內御林軍的領導權交給韋氏子弟，然後開始謀劃翦除李旦和太平公主的事宜。

這邊磨刀霍霍，李旦那方也沒閒著。李旦有個能力超群的兒子李隆基，眼見著人爲刀俎我爲魚肉，搶身而出，與姑姑太平公主謀劃一番，決定先發制人。

西元七一〇年七月，在太平公主的運籌帷幄下，李隆基率領自己的嫡系部隊殺進內宮，一舉殲滅韋氏家族。韋后倉皇逃脫，逃到半路被騎兵追上，迅即人頭落地。

這一切發生時，安樂公主並不知情，還跟往日一樣，做著自己的女皇夢，樂呵呵地坐在梳妝檯前對鏡貼花黃。

突然之間，她聽到府內一陣騷動，正想問個究竟，冰涼的刀刃已經架在脖子上。一轉眼工夫，利刃揮動，一顆美麗的頭顱脫離軀體，劃出一道簡潔的弧線，飛落在地上。

安樂公主死後，她的人頭被掛在竹竿上示衆，與之並排的另一根竹竿上，則掛著韋后的人頭。

許多年後，史家這樣述說當年的往事：她們，死於跟能力不相匹配的野心。

第29章

楊貴妃——我生命中的三個男人

話說，一次雲雨之後，安祿山居然把乾媽的乳房給抓傷了，這可如何是好？於是楊貴妃急中生智，設計了一款內衣，正好遮住雙乳，據說這就是現代胸罩的原型。

大唐是一個雄性荷爾蒙與詩情畫意並存的朝代，既有殘酷至極的玄武門之變，也有李白這樣的浪漫主義詩仙，看起來有點違和，但事實確實如此。

比如楊貴肥，啊不！楊貴妃，這個被列入中國四大美人的尤物，其實是個身材臃腫的胖妞（據稱，其身高一百六十四公分，體重六十九公斤，即使唐朝以肥為美，也得有個限度吧），而且還有狐臭。

還有，這個被唐玄宗引爲知己、視作「解語花」的貴妃，原來竟是他的兒媳婦。再來，這個被安祿山認作乾媽的女人，竟然跟乾兒子行苟且之事。最後，這個被玄宗寵了一輩子的女人，也是死在他的金口之下（不管是不是自願，命令都是他下的）。夠違和了吧！接下來，就讓我們看看楊美人傳奇的一生。

楊貴妃名玉環，出身名門，她的祖父楊汪是隋朝的吏部尙書，唐初被李世民所殺，父楊玄琰是蜀州（四川崇慶）司戶，叔父楊玄珪曾任河南府土曹。

楊玉環的童年是在四川度過的，十歲左右父親去世，被送到洛陽的三叔楊玄璬家寄養。雖然幼年喪父，但她在少女時期並沒有受到什麼委屈，優厚的生活條件和官宦世家的貴族出身，賦予她雍容華貴的氣質。到豆蔻年華之時，她已經出落得十分迷人，貌美羞花、性格溫婉，更要命的是她精通音律、極善歌舞，綜合素質非常強。

開元二十二年（西元七三四年）七月，唐玄宗的女兒咸宜公主在洛陽舉行婚禮，作爲閨中密友的楊玉環應邀前往。在婚宴上，咸陽公主的胞弟壽王李瑁對她一見鍾情，經過一陣苦追終於拿下。婚後，兩人一直恩愛和美。

但這種和美僅維持了五年，原因是壽王的老爸唐玄宗這個第三者插手了。

前面說過，唐朝是一個有著「違和」氣質的朝代，老子搶兒子的媳婦，也沒什麼大不了的，甚至沒有人提出異議，包括那些平日裡以衛道之士自居，呆板迂腐的老臣們。

可憐的壽王，在這種氛圍下，只好眼睜睜地看著自己的老爸給自己戴綠帽子。

但這畢竟不是一件光彩的事，所以，聰明的玄宗還是做了一些迂迴的工作。他打著爲自己的母親竇太后薦福的旗號，下了一道詔令，命楊玉環出家，並賜道號「太眞」。就這樣，楊玉環名正言順地搬出壽王府，住進玄宗備好的太眞宮——從此，二人就可以舒舒服服地裡面偷情了。

但這只是權宜之計，天寶四年（西元七四五年），爲了防止兒子一直惦記著自己的媳婦，玄宗就令壽王娶左衛中郎將韋昭訓的女兒爲妃，然後迫不及待地將楊玉環迎回宮裡，正式冊封爲貴妃。由於玄宗自廢掉王皇后之後，就再未立后，楊貴妃的級別其實相當於皇后了。

玄宗見到楊玉環第一眼時，已經五十六歲了，說老也不算太老，但也絕對算不上年輕。楊玉環當時只有二十二歲，正是風情萬種的花樣年華。

那麼，是一種什麼力量讓相差三十四歲的男女一見鍾情，並且愛得如癡如醉呢？對玄宗來說，僅是因爲楊玉環的美貌迷住他嗎？據我揣測，閱女無數的藝術中年唐玄宗不至於如此淺薄。

對楊玉環來說，莫非是玄宗的帝位以及由此產生的榮華富貴吸引了她？我想她應該也不至於如此庸俗。

那到底是爲什麼呢？

這得從兩人的興趣愛好說起。前面提到過，楊貴妃「善歌舞，通音律」，按現代的說法，就是什麼恰恰、街舞、華爾茲，古典的現代的，她都無一不精。什麼笛子、鋼琴、吉他、琵琶，她也無一不通。

而唐玄宗喜歡什麼呢？這位被後世尊爲戲劇祖師爺的哥們恰好也喜歡這個，甚至專門找人訓練了一批歌伶、舞女養在一個叫「梨園」的地方，供她玩樂欣賞。

人與人就怕臭味相投，一旦相投，那就只能海枯石爛了。

初見之時，當玄宗把他精心創作的《霓裳羽衣曲》拿出來讓玉環演奏，對方瞬間參透曲中所蘊含的情感，然後準確且到位地把它完美地演繹出來這一下，就把玄宗驚住了，頓時將之引爲知己，並且不顧因興奮而滿面紅光的老臉，見人就說：「朕得楊貴妃，如得至寶也！」

楊貴妃只是嬌羞地一笑，然後投以風情萬種的一瞥。那一瞬間，我相信玄宗會有一種觸電的震顫。

就這樣，兩顆心天衣無縫地珠聯璧合了。

在玄宗的心裡，楊貴妃是完美的。一次，二人在衆人的簇擁下一塊去御花園賞蓮花，看著那素雅脫塵的出水芙蓉，衆人皆不吝讚譽之詞，渲染蓮花的美麗，唯有玄宗笑而不語。衆人不解，趕緊閉嘴，靜等他發言。

只見玄宗深情款款地把目光投向身邊的楊貴妃，然後驕傲地說：「蓮花雖美，卻不解人意，哪如我的貴妃招人稀罕，她簡直就是朕的『解語花』啊！」

從此以後，「解語花」便被用來形容極美且善解人意的美女。

楊貴妃得寵後，可謂「一人得道，雞犬升天」。她有三位姐姐，皆是國色天香，也被玄宗召入宮中，封爲韓國夫人、秦國夫人、虢國夫人，每月各贈脂粉費十萬錢。

她的兄弟也都當了高官，甚至連做古惑仔的遠房兄弟楊釗，也因善於鑽營，被賜名國忠，身兼支部郎中等十餘職，操縱朝政。楊家一族的男人，娶了兩位公主、兩位郡主，玄宗還親爲楊氏御撰和徹書家廟碑。

這種局面嚴重刺激到當時的老百姓，以至於弄得大家「不重生男重生女」，搞得男女比例嚴重失調，婚嫁時，女的是一夫難求，而男的可以百裡挑一，放眼望去，女光棍漫山遍野，好不壯觀。

儘管楊貴妃如此專寵，但女人就是女人，不忘三不五時跟玄宗耍耍小脾氣。通常玄宗只把她當成小可愛，一笑而過，但有些時候，也會禁不住頭疼不已，甚至動怒。

話說在玄宗搞上楊貴妃之前，還有一個比較寵愛的女人梅妃。跟楊貴妃相比，梅妃顯然屬於不同的類型。打個比方，梅妃像一株梅花，清雅高潔；楊玉環如一株牡丹，豐腴嬌艷。這兩人一瘦一肥、一雅一媚、一靜一動。

儘管楊貴妃的美讓唐玄宗著迷，甚至把所有的心思都轉移到她身上，漸漸冷落梅妃，但這並不表示他沒有偶爾審美疲勞的時候，每當這時候，就會到梅妃那裡去調劑一下。

這本來屬於正常業務，可楊貴妃恃寵而驕，居然醋海翻騰，跟玄宗一哭二鬧三上吊，最不可思議的是，當玄宗不找她睡覺時，她竟然膽大包天地跑去捉姦。

這還得了？於是，玄宗惱羞成怒，直接把她打發回娘家，但楊貴妃也不懼他，回娘家就回娘家，看最後哪個龜兒子馬不停蹄地來接姑奶奶回去！

正如楊貴妃所想，玄宗這個龜兒子的確是個賤骨頭，楊貴妃才回娘家沒多久，就不堪思念，派特使把她接回宮中，據說接了三次才接回來。

這樣的小插曲偶有發生，就像生活的調味劑一樣，不但無傷大雅，反而使玄宗對楊貴妃的愛愈益深厚。但女人就是女人，一旦過分嬌慣，便能上房揭瓦。自恃完全征服唐玄宗的楊貴妃，也有越來越牛B的氣勢，甚至有些厭倦這個老頭子，就在此時，一個猛男進入了她的視野。

天寶中年，屢立邊功、深得玄宗寵信的范陽節度使安祿山回長安彙報工作，玄宗龍顏大悅，遂讓楊貴妃認他當乾兒子。

既然當了乾兒子，那就可以自由出入乾媽的臥室了。一來二去，美女英雄，便背著玄宗發生苟且之事。

話說，一次雲雨之後，由於安祿山是一介武夫，不甚溫柔，居然把乾媽的乳房給抓傷了。這可如何是好？一旦讓玄宗看到，那可就暴露了啊！於是楊貴妃急中生智，設計了一款內衣，正好遮住雙乳，據說這就是現代胸罩的原型。

安祿山原本是回來彙報工作的，彙報結束，儘管戀戀不捨，還是得回到自己的工作崗位。回到邊塞後，大概是久久無法忘懷乾媽的身影，於是，衝冠一怒為紅顏，西元七五五年十一月，這小子居然造反了！大軍直逼長安城，在安祿山心裡，大概應該是：「直逼楊玉環！直逼我乾媽！」

呵呵，說安祿山為了楊貴妃而發動叛亂，只是開個小小的玩笑。或者說，這只是個附加的原因，那真正的主因是什麼呢？

玄宗時，由於大唐邊境屢受北方少數民族侵擾，所以在邊境設立藩鎮，任命節度使，令他們率兵鎮守邊境，這些節度使權力很大，掌控當地軍政大權，幾乎相當於半獨立的藩王。

更重要的是，他們的軍力日漸強大，而深受玄宗重用的安祿山一人兼任平盧、范陽、河東三鎮節度使，擁兵二十萬。當時中央兵力不滿八萬，這就形成外重內輕的軍事格局，地方節度使大有凌駕於中央之勢。

安祿山向來就有不臣之心，只是他很善於僞裝，把玄宗哄得團團轉，對他寵信有加。沒想到，他的受寵引來宰相楊國忠的嫉妒。楊國忠是楊貴妃的族兄，爲人奸猾，善於鑽營，靠著與楊貴妃的裙帶關係，一路扶搖直上，直至宰相之位。

安祿山向來不把楊國忠放在眼裡，認爲他除了逢迎拍馬之外別無長處，遇見他時，眼裡經常充滿不屑。

楊國忠是個心胸狹窄而又敏感的人，安祿山的態度讓他心生暗恨，對他的受寵又加深了一層恨意。

於是，楊國忠經常在玄宗耳邊說安祿山的壞話，看對方一直無動於衷，最後來了個狠的——舉報安祿山謀反。

這下玄宗可坐不住了，急召安祿山進京，以試其忠心。

安祿山進京後，收到楊貴妃的密信，知道此次被召的原因，哈哈一笑，拿出自己超強的演技，在玄宗面前大力展現自己的赤誠之心。結果，玄宗認定對方忠心耿耿，謀反之事完全是子虛烏有，便把他放了回去，還讓他升官。

安祿山回去後，認爲奪取江山的時機已經成熟，二話不說，立即集結兵力發動叛亂。他的宣傳口號是「奉密詔討伐楊國忠」。

當玄宗得知安祿山眞的造反時，龍顏大怒，立即任命安西節度使封常清兼任范陽、平盧節度使，阻截叛軍，接著又任命他的第六皇子榮王爲元帥、右金吾大將軍高仙芝爲副元帥東征。

但由於安祿山手中的部隊實力太雄厚，沒多久，潼關失守，長安危在旦夕。玄宗沒辦法，只好跑路，領著自己的小弟們和女人們一路倉皇入川。

被人趕著跑路，是一件讓人很惱火的事情，人一旦惱火，那就需要宣洩。朝誰宣洩呢？楊國忠這孫子是安祿山造反的直接誘因，而楊貴妃這娘們似乎也脫不了關係。因此，在玄宗和他的隨從們逃到馬嵬坡（今陝西省興平縣西）時，軍隊譁變，逼玄宗誅殺楊國忠，並賜死楊貴妃。

「殺楊國忠沒問題，可楊貴妃能不能留著？」我們假設當時玄宗提出了這樣的哀求。

「不行，堅決不行！」我們也可以設想憤怒的兵將們堅定的聲音。

沒辦法，愛情誠可貴，生命價更高，爲了自保，玄宗無奈之下只好忍痛給楊貴妃三尺白綾，賜她自盡。

臨死前，她是否會朝玄宗投以哀怨且不屑的一瞥，啐口痰罵道：「呸！你個懦夫，祿山比你強多了」？

一代絕色，就此隕落，貴妃死時，年方三十八歲。

第30章

小周后——人生長恨水長東

話說趙光義早就知道小周后的美名，當上皇帝後，每當命婦入宮參拜皇后的時候，就要把她強行留在宮中好幾天，逼著她先是陪宴侍酒，後又強擁她入帳侍寢。

古語曰：「男怕入錯行，女怕嫁錯郎。」要詮釋這兩句話，大名鼎鼎的南唐後主李煜，和他那傾國傾城的妻子小周后就是最典型的例子。

李煜風流倜儻，天縱奇才，寫得一手勾人心神的好詞，如果讓他隨心所欲地做個詞人，大概會和柳永一樣整天醉臥花叢，豐富多彩地過一輩子，可歷史偏偏把他推到一個他不擅長的領域——當皇帝。結果，他詞塡著塡著就把國家給塡亡了，成了亡國之君，一邊塡詞一邊戴綠帽，生不如死。

小周后擁有傾國之姿，能歌善舞，若讓她嫁個實惠點的男人，大概也會幸福一輩子，過著自認爲很有品味的小資生活。但不幸的是，她遇到了李煜，還成了他的皇后，結果成了亡國之婦，寄人籬下、受人凌辱，爲了自己的男人，還得忍辱偷生。

總之，這兩位的一生，可以用一個詞概括：錯亂。

世界上沒有無緣無故的錯亂。要解開這錯亂之謎，咱們得從頭慢慢說起。

小周后是李煜的第二個皇后，他的第一個皇后叫大周后，小周后是大周后的妹妹。親妹妹？是的！

當皇帝的，都有些比較特別的嗜好。有些皇帝就是喜歡姐妹花，比如偉大的舜帝擁有娥皇、女英姐妹，漢成帝則弄來趙飛燕、趙合德姐妹。李煜的嗜好同上，於是就有了大周后小周后。

但需要澄清的一點是，人家李煜比較專一（至少表面上如此，文青不都這樣嗎），他是在大周后掛了以後，才把小周后扶上后位。當然了，事實上是大周后還沒死，他就已和還沒有成爲小周后的妹妹暗渡陳倉了。

當年，同樣沉魚落雁的大周后身患重病，躺在病榻上哼哼哈嘿，眼看快不行了。面對此種情況，比較人性的做法就是把她的親人弄過來，互相再看幾眼，讓彼此更加難受一番，也算不留遺憾。

李煜也沒有免俗，就派人把大周后的老媽跟老妹接進了宮（為什麼沒接她老爸？廢話，老家總得留個看門的）。一老一小接過去後，互看了一眼，大周后的老媽就回去了。奇怪的是，小周后卻被留了下來。

按官方的說法，她是留下來照顧姐姐的，可大家知道，官方的說法自古以來既弱智又虛假。用腳趾頭想一想，宮裡的丫鬟那麼多，她想照顧還輪不上咧！再說，真要照顧，爲什麼更熟練的老媽子沒留下，偏偏留一個十五歲的小丫頭呢？

我陰暗地想了一下，兩位周后的老媽大概是這麼想的：「我這大閨女快不行了，她要一死，李煜必然得另立新后，到時候我這個丈母娘，就要成前丈母娘了。」

在中國，不管什麼職位，一加上個「前」，檔次立即就低了，比如，「前妻」、「前女友」、「前市長」……是不是？既然如此，爲了別加這個「前」，就只有把自己的二閨女頂上了，前仆後繼，死而後已嘛！

嗯哼，你猜對了，她是留下小周后來接班的，通俗點說，小周后留下來的任務不是照顧大周后，而是勾引皇姐夫李煜。常言道，小姨子的一半是姐夫的嘛！如此安排倒也頗合常理。

李煜確實也很配合。

十五歲的小周后正處風華正茂之時，活潑、可愛，渾身洋溢著青春的氣息。這讓李煜回想起大周后剛入宮時的情景。此時的大周后，因大病已久，早就容顏憔悴、風華不再，而他偏偏對別的妃嬪沒有太大興致。恰巧在這個時候，小周后適時的出現，在李煜的眼裡，她根本就是幾年前的大周后。於是，懷著對妻子無盡的愛，他就把小姨子當成最佳替代品。

爲了表達自己的情意，李煜使出渾身解數，塡了一首新詞《菩薩蠻》：

蓬萊院閉天台女，畫堂晝寢無人語。

抛枕翠雲光，繡衣聞異香。

潛來珠瑣動，恨覺銀屏夢。

臉慢笑盈盈，相看無限情。

然後，他派宮女把這首詞送給小周后。小周后儘管年齡尚小，不大解男女之事，但她畢竟是個才女，一瞬間便明白姐夫的心意。

而她自己呢？其實她一直羨慕姐姐能夠找到李煜這樣既有權有錢，又帥又有才的如意郎君，只是她出於傳統的禮教束縛，本能地認為不應該和自己的姐姐搶老公，但我們可以猜想，她的心裡是鍾意對方的。

情書發出之後，李煜一直在等小周后的回信，可小周后並沒有給他一個明確的答覆。但這也恰好證明：小周后沒有拒絕李煜的愛。

為什麼呢？談過戀愛、送過情書的人都知道，如果人家對你沒興趣，收到情書後要嘛直接撕毀，要嘛回信拒絕。而杳無音信的結果通常代表兩層意思：要嘛是她還在考慮，要嘛就是人家害羞。

李煜做為一個情場老手，當然明白這個道理，因此試探完畢後，就決定動手了。

那天，李煜派宮女把小周后召進御苑的紅羅小亭。紅羅小亭是他在御苑群花中修的一個小亭，罩以紅羅，飾以玳瑁象牙，十分華麗，亭內空間狹小，內置一張雙人床，整個空間瀰漫著一股曖昧的氣息。

寫到這裡，你大概猜到了，這亭子的功能其實和曹操的銅雀台差不多，幹嘛用的？藏嬌唄！

小周后進亭之後，滿臉嬌羞，這證明她應該知道此行的工作任務了。等在那裡的李煜早就亢奮不已。在他的溫情密語下，在她的半推半就中，一邊是氣喘如牛，一邊是嬌喘微微，兩人完成了一次神聖而爽歪歪的房事。

我們知道，李煜是個風流才子，搞定自己的小姨子後，心中得意非凡，於是胸中就文采湧動，便乘興填了填了一首《菩薩蠻》，把自己和小姨子的私情，盡情描寫了出來。其詞寫道：

花明月黯籠輕霧，今宵好向郎邊去。
衩襪步香階，手提金縷鞋。
畫堂南畔見，一向偎人顫。
奴為出來難，教郎恣意憐。

這闋詞填得十分香艷，很撩人心弦。

我們都知道，女人天生是八卦動物，女人聚集的地方，八卦緋聞更是高速流傳。不久後，兩人的私情就伴著這首香艷無比的詞，在宮內流傳開來了。然後，事情傳到大周后的耳朵裡，深深地刺傷了她的心。她本已病入膏肓，經此一氣，疾病愈加嚴重，沒過幾天，便撒手人寰、駕鶴西歸了。

大周后一走，小周后就更明目張膽的和李煜廝混起來，那空缺的后位看來也非她莫屬，正好遂了她老媽的心願。

本來，大周后一死，過個一年半載，略微表示一下哀痛之意，李煜就可以和小周后成婚，把她扶上后位。但不巧的是，第二年，李煜的老媽居然也死了。

這樣一來，等三年孝期一滿，已是四年過去。直至開寶元年（九六八年），李煜才結束「無照駕駛」的生活，和小周后舉行了大婚，把她扶上后位。

但小周后嫁給李煜的時候，南唐國勢早已江河日下。

南唐是五代十國時期的十國之一，由烈祖李昪於西元九三七年建立，首都定在金陵（今江蘇南京）。最盛時曾占有三十五州，包括今江西全省及安徽、江蘇、福建和湖北、湖南等省的一部分，而且經濟發達，文化繁榮，使得江淮地區在五代亂世中「比年豐稔，兵食有餘」。

李煜是李昪的孫子，與自己的爺爺和老爸相比，明顯缺乏治國才能。

娶了小周后之後，李煜更是對國事徹底失去興趣，專心致志地沉浸於紙醉金迷中。小周后顯然也不是一個合格的皇后，她大概從來沒有勸過丈夫，反而推波助瀾，兩人可謂珠聯璧合——奶奶的，都是敗家的玩意！

據說，小周后喜歡綠色，所穿的時裝，均為青碧（李煜也不嫌審美疲勞）。閉上眼睛想一想，艷妝高髻、青碧衣裝，裙裾飄揚、逸韻風生。我們知道，在偉大的中國，有個偉大的傳統，就是上行下效。妃嬪宮女見小周后穿綠衣服，便紛紛效仿，爭穿碧色衣裳。但她們嫌外間所染的碧色不純正，便親自動手染絹帛。

話說有一個粗心的宮女，染成了一匹絹，曬在苑內，夜裡卻忘了收取，結果被露水沾濕。可無心插柳柳成蔭，第二天一看，沾了露水的顏色卻分外鮮明，李煜與小周后見了都覺得好。此後妃嬪宮女，都以露水染碧爲衣，李煜還爲這種綠衣服起了一個好聽的名字，叫做「天水碧」。

小周后還有一個愛好，那就是焚香。可南唐後宮的防火意識比較強，在安寢時，帳中嚴禁焚香，以防失火。那怎麼辦呢？

她想了一個辦法：用鵝梨蒸沉香，置於帳中。沉香遇熱氣，其香散發出來，又因爲沾著人的汗氣，香味氣會變得微甜，沁人肺腑、令人心醉。她給它取了一個名字，叫「帳中香」。據說，這種香味還有催情的作用。

除此之外，李煜與小周后還專心研究，將茶乳做成片，製出各種香茗，烹煮起來清芬撲鼻。李煜還將外夷出產的芳香食品統統彙集起來，或烹爲餚饌，或製成餅餌，或煎做羹湯，多至九十二種，皆是芬芳襲人、入口清香。

同時，李煜經常命御廚將新製食品配合齊全，備下盛筵，召宗室大臣入宮赴筵，名爲「內香筵」。而且夜間不點蠟燭，宮殿懸掛著夜明珠，到了晚上，夜明珠放出的光如同白晝。

如此精緻奢華的小資生活，的確令人嚮往。可如果一個國君整天只知道玩弄小資情調，那就離亡國不遠了，尤其是睡榻旁邊站立著一頭猛虎的時候。

果然，開寶八年（西元九七五年），宋太祖大手一揮，宋軍南下伐唐。後唐軍隊節節敗退，這年十一月，宋軍兵臨金陵城下。

李煜一看人家打進家門了，眼一閉，心一橫——投降，於是南唐滅亡。

第二年正月，李煜被宋太祖趙匡胤封為「違命侯」，小周后封為鄭國夫人，雙雙軟禁於汴梁城裡，九個月後，宋太祖去世，趙光義登基，李煜被改封為「隴西郡公」。

亡國之君的日子是淒苦的，如果他能做到像劉禪那樣樂不思蜀，那也就罷了，儘管無能弱智，至少心理上不會承受太大的痛苦。

可李煜是個文青性格的人，根本做不到「既來之則安之」，只會一遍遍回想以前的生活，體會巨大的心理落差帶來的巨大的痛苦。

如果他能像勾踐那樣胸懷大志，臥薪嘗膽，那也還罷了，但他顯然也不是那種人。左也不是，右也不是，那就只好委屈自己了。而另外一件事，則更雪上加霜，讓自尊心強烈的李煜徹底被屈辱撕裂。

話說趙光義早就知道小周后的美名，當上皇帝後，每當命婦入宮參拜皇后的時候，就把她強行留在宮中好幾天，逼著她先是陪宴侍酒，後又強擁她入帳侍寢。

小周后對李煜一往情深，怎肯被那個長得又黑又肥的宋太宗玷污自己的清白之軀？於是拼死抵抗，但一個弱女子怎敵得過一介武夫，於是，太宗霸王硬上弓。更有甚者，他因怕小周后的不配合降低自己的快感指數，就讓一群宮女助陣，有人按手，有人拽腳，而他則在衆宮女面前，舒舒服服地強幸梨花帶雨的小周后。

如此數次。每當從宋宮中被放回府邸時，小周后總是放聲痛哭，大罵李煜之聲遠聞於牆外。而對於這一切，優柔寡斷的李煜除了逃避和忍耐，再沒有別的辦法。他躲著不敢見妻子，只會一首又一首地塡寫思念故國的詞曲。

你也許會問了：「不堪受辱的小周后爲何不自殺呢？」

我猜測，大概宋太宗如此恐嚇她：「妳若不從或者自殺，我就弄死妳家李煜。」而愛李煜至深的小周后，爲了丈夫的安危，只好委屈自己。

也許你又問了：「那李煜爲什麼不自殺呢？」

廢話！他要是有死的勇氣，當初就不會投降了。

太平興國三年（西元九七八年）七夕之夜，這天是李煜的四十二歲生日，他寫下了著名的《虞美人》：「春花秋月何時了，往事知多少，小樓昨夜又東風，故國不堪回首月明中。雕欄玉砌應猶在，只是朱顏改。問君還有幾多愁？恰似一江春水向東流。」

還有一闋《浪淘沙》：「簾外雨潺潺，春意闌珊，羅衾不耐五更寒。夢裡不知身是客，一晌貪歡。獨自莫憑欄，無限江山，別時容易見時難。流水落花春去也，天上人間。」

這兩闋詞立即被密探報到宋太宗那裡，詞中對故國無盡的思戀終於讓宋太宗勃然大怒，認爲不能留他在世上，立即派兒子趙元佐以賀壽之名，送一壺毒酒過去。

這毒藥名叫「牽機藥」，據說是宋太宗特意爲李煜所製。毒發之時肢體抽搐，身子頭首相接做牽引織機動作數十次，極度痛苦。

死後，李煜被追封爲「吳王」，葬洛陽邙山，剛下葬不久，拒絕入宮的小周后也自殺身亡。一縷香魂，就此玉殞。

「人生長恨水長東」，嗚呼哀哉，該死的李後主，可憐的小周后。

第31章

李師師——史上最牛的妓女

當夜，李師師使出渾身解數，把宋徽宗伺候得骨肉皆酥。待到天色微明，宋徽宗辭離去，離別時，他解下自己的龍鳳鮫綃絲帶，送給對方，並約定：「後會有期。」

這是一個「雞鴨成群」的年代，隨便走在一條街上，幾乎都能看到那些亮著粉紅色燈光的小型娼館。在今天，那些有點姿色，或者姿色皆無的女人，只要她們願意，誰都可以從事這個日進斗金的職業。

從「革命不分貴賤」的角度來看，我們沒有權利鄙視人家，天賦人權自由擇業嘛！但若是拿她們跟她們的前輩比較一下，咱就有鄙視她們的權利了。

爲啥呢？因爲她們太沒技術涵養了，甚至連賣弄風情都沒學會，就敢掛牌營業，眞是對娼妓這一古老行業的侮辱。眞該感謝人民，感謝這個對某些方面嚴防死守，而對某些方面卻寬容到氾濫的社會，給了她們如此寶貴的就業機會。

她們的前輩不是這樣的！比如，在宋朝，一個不精通琴棋書畫的女人，連最低級妓女的從業資格都沒有，那時候的妓女，放到今天，個個都能進娛樂圈發展。你不信嗎？來，翠花，上李師師！

李師師是中國娼妓業的品牌人物。人氣雖經千年而不衰，粉絲前仆後繼，綿延不息。她的一生，是具有顛覆意義的一生，是草根和民間大敗貴族與學院派的一生。

爲什麼這麼說呢？因爲她雖爲妓女，卻憑著一身色藝，擊敗宋徽宗的三宮六院，獨獲專寵，把宋徽宗這個貨迷得五迷三道，不知南北。怎麼樣？美得很吧？

後排那個戴眼鏡的兄弟可能要問了：「李師師究竟何許人也，竟掌握如此高的技藝？」不急，咱發揚狗仔精神，從她那心酸的童年慢慢說起。

李師師是宋朝人，出生於當時首都汴梁城內一個富庶的家庭，他老爸叫王寅，開了一個規模不小的染坊，拿在今天，也算是中產階級了。

李師師是個奇怪的孩子，據說她出生時一聲都沒哭，按命理的說法，這樣的孩子命都比較硬。果然，出生不久，她老媽就駕鶴西去了，人家都說，那是被她剋死的。

死了老媽，對於一個嬰兒來說，就相當於斷糧了。王寅又是個有精神潔癖的人，堅決不給女兒找奶媽，彷彿吃了別人的乳汁就會破壞他家風水似的。

那時候也沒有進入「每天一斤奶，強壯中國人」的牛奶時代，甚至連三鹿奶粉都沒有。好在王寅的生物知識比較豐富，知道植物蛋白的營養絲毫不遜色，還不含膽固醇，所以整天磨豆漿，以豆漿代替母乳，硬是把李師師餵到斷奶。

孩子三歲那年，他被街坊鄰居親戚們「李師師命硬」的論調給弄煩了，為了止住那些八婆的嘴，就採納她們的建議，把李師師寄名到寺廟，表示從此這個孩子就是佛祖的人了，與自己再無瓜葛，要「剋」也是去「剋」佛祖，不干他的事。

舉行儀式的時候，當老和尚的大手摸過李師師的頭頂，這個沒哭過的孩子突然嚎啕大哭，眼淚橫飛。

把人家的孩子弄哭了，這老和尚還高興地一面拈鬚，一面故作高深地說：「這孩子有慧根啊！命裡合該是佛祖的人。」

衆人聽到這話，紛紛鬆了一口氣，並視李師師爲奇人。

話說李師師名義上出家了，那些關心這家人的熱心人，也替她老爸王寅鬆了一口氣：再也不用擔心挨「剋」了。

但佛祖太不仗義了，或者說李師師的「剋」功太強大。在她四歲那年，他那開染坊的老爸也出事了！原因是他接了宮廷的一筆訂單，但卻沒有按時交貨，換做別人，交點違約金就是了。但宮廷就是宮廷，一點都不按規矩辦事，直接把他弄進大牢。中產階級的王寅哪受過這苦啊？精神上一受委屈，肉體上再一折磨，身子骨沒扛住，就撇下四歲的閨女，一命嗚呼了。

王寅走了，而且糊塗得連銀行卡的密碼都沒有留下。他留下的產業也被朝廷充公，所以，四歲的李師師從中產階級家庭的千金，一下子變成赤貧的孤兒。

大師魯迅說過：「有誰從小康之家墜入困頓的麼？我以爲在這途路中，大概可以看見世人的眞面目。」

其實，那是因爲魯迅命不好，沒遇到好人。相較之下，李師師就幸運多了。她老爸一死，就有個好心人收養她——這個人就是開妓院的李老鴇。現在你知道李師師爲什麼叫李師師，而不叫王師師了吧？

你可以說李老鴇一開始的動機就不純，名為做善事，實則在為妓院儲備人才。這話當然合理，但在客觀上，是否可以說正是她為李師師選擇了一條最合適的星光大道呢？這就叫戰略眼光！

李師師自己也很爭氣，越長越漂亮，而且聰慧異常，在李老鴇悉心培養下，琴棋書畫樣樣精通，歌舞風情也很專業。到十三歲那年，終於取得上崗資格證書，正式掛牌營業，不出三年，迅速竄紅，成為汴梁城的頭牌，文人雅士、富商巨賈、王公貴族皆趨之若鶩。

著名的大學士秦少游與李師師談完琴棋書畫，聽罷她的專場演唱會，又上完床後，禁不住心曠神怡，欣然留詩一首，以讚其美妙絕倫：

遠山眉黛長，細柳腰肢裊。
妝罷立春風，一笑千金少。
歸去鳳城時，說與青樓道。
遍看潁川花，不似師師好。

那時候，如果你是個有身份的人，若沒有和李師師暢談過人生、共度過良宵，你出門都不好意思跟人家打招呼。而如果你還是個沒身份的人，正在朝有身份的人群裡挺進，當別人問到你的理想時，你若不這樣回答：「我的理想就是和李師師聊聊人生、談談理想，再睡個覺。」你也不好意思標榜自己是個有志青年。

李師師儼然成了身份地位的參照物。當時，有多少因自身能力不足，在黑道白道皆無出頭之日，對人生徹底絕望，進而懷抱李師師寫眞集上吊、割腕、跳樓、呑食安眠藥自殺的頹廢青年啊！

踩著這些累累白骨，李師師的名氣越來越大。

這時候，她進入了一個人的視野，這個人叫趙佶，是當時的國家元首，人稱宋徽宗。宋徽宗是宋朝的第八任皇帝，西元一一〇〇年至一一二五年在位。本來皇位根本沒他什麼事，當初他的老爸傳位給他哥哥，也就是宋哲宗，但對方沒有兒子，於是駕崩以後，就把皇位傳給了他。

大家都知道，宋徽宗是史上著名的文青皇帝，除了治國不行之外，與治國無關的琴棋書畫樣樣牛B，縱觀中國五千年光榮史，大約只有南唐後主李煜跟他有得拼。

文青大都喜歡吟風弄月，而且結交一堆紅顏知己，說白了就是好色，咱們當然不能要求人家宋徽宗免俗。

一日，宋徽宗在從最寵愛的貴妃床上醒來之後，突然產生一種莫名的情愫：他有點厭世了。爲啥？因爲他覺得這後宮三千佳麗索然無味。

宋徽宗的倦色，被他最寵幸的臣子高俅看在眼裡、記在心裡。老闆的煩惱就是自己的煩惱，作爲下屬，爲領導排憂解難是分內之事。

於是，這個號稱宋徽宗肚子裡的蛔蟲的高俅，經過一番思索，終於找到老闆的病根，同時也找到了解藥。

於是，在高俅極力慫恿下，宋徽宗對外宣布：「朕要出去微服出巡，體察民情」。其實，他當了多年皇帝，都不知道「微服出巡」這四個字的意思是什麼，但他還是微服進了李師師的閨房。

宋徽宗一見李師師，頓時驚呆了，眞是高手在民間啊！後宮佳麗，皆狗屎也。但他是個文青，悶騷的水平較高，所以並不猴急，而是靜靜地欣賞著對方。

李師師見來者相貌高貴、氣質脫俗，非等閒之輩，自然也不敢怠慢。

當然，李師師也認識高俅，因爲他是這裡的常客。但是，世事洞明、人情練達的她發現有點不大對勁。高俅何等人也？一人之下，萬人之上也。可他竟對身邊這個自稱趙乙的人畢恭畢敬。那這個趙乙……思緒流轉間，她已猜出了七八分。

她吃了一驚，但繼而放鬆下來，款款地走到琴前，爲宋徽宗唱了一曲《萬里春》：

千紅萬翠，簇定清明天。為憐他種種清香，好難為不醉。

我愛深如你？我心在個人心裡。便相看老卻春風，莫無些歡意。

李師師的歌喉琴藝，在汴梁城從未遇過對手。聽了她柔綿婉約的彈唱，宋徽宗如癡如醉，彷彿墜入夢中，同時，看著她迷人的輕佻微逗、眉目傳情，早已忘記自己是個皇帝，便與她談情說愛起來。

當夜，李師師使出渾身解數，把宋徽宗伺候得骨肉皆酥，簡直爽到天上去了。待到天色微明，宋徽宗因爲要按時早朝，只好告辭離去。離別時，他有萬般不捨，於是解下自己的龍鳳鮫綃絲帶，送給對方，並約定：「後會有期。」

從此，宋徽宗成了李師師的常客。

本來，全天下的女人都是皇帝的，皇帝擁有合法強姦權，想睡誰就睡誰。但宋朝人觀念比較迂腐，認爲皇帝嫖妓是不太光彩的事，所以宋徽宗一直微服而來，微服而去。

但紙畢竟包不住火，沒多久，李師師的閨房就沒幾個人敢進去了。爲啥？你試想，有幾個人敢豁出性命跟皇帝搶女人啊？所以，在宋徽宗的淫威下，李師師以前的老相好都退避三舍，她儼然成了被金屋藏嬌的一流「二奶」。

也許你會問：「宋徽宗既然如此喜歡她，爲什麼不把她弄進宮裡封個妃子啥的呢？辦事還方便。」

但你再想一下，野慣了的李師師會嚮往深宮內院的呆板生活嗎？以她的智慧和性格，怎麼會答應宋徽宗如此愚蠢的請求呢？

也許你又會問了：「怎麼是請求呢？他直接下旨不就完了嗎？」哦！您把宋徽宗當成李逵了吧？人家是文青，素質比較高，懂得憐香惜玉，追求精神享受也遠遠超過肉慾。這個答案可以敷衍過去嗎？

反正，不管怎麼說，李師師寧做自由自在的交際花，也不做金絲籠裡的帝王妃。儘管這樣，她心裡依然有些許的不快。只做一個男人的女人，對她來說是很沒勁的一件事情，哪怕這個男人是高高在上的皇帝。於是，她開始釋放紅杏出牆（其實也不算）的信號了。

有情人自是心有靈犀一點通，信號發出之後，有兩個舊相好終於按捺不住啦！所謂牡丹花下死，做鬼也風流，管他什麼狗屁宋徽宗李徽宗呢？

這兩位勇士，一文一武，文的叫周邦彥，武的叫賈奕。

先說賈奕。

賈奕是李師師的老情人，勇武有力，且身居武功員外郎之職。要說這個人膽子確實不小，換做別的閒雲野鶴也就罷了，他可是體制內的精英啊！天天在宋徽宗的手底下混飯吃，但這更能看出他和李師師的情深意濃。

話說那天賈奕外出郊遊，正好遇到同樣外出郊遊的李師師（千萬別相信這是巧合），兩人四目一對，情不自禁、通體燥熱，於是攜手回家飲酒作樂，纏綿一宿。

如此這般也就罷了，人總該注意點分寸，好歹給自己的皇帝上司留點面子。可這個賈奕不愧爲大宋朝第一勇士，心直筆快，居然藉著酒意，吃起老闆的醋，激憤中塡了一首名爲《南鄉子》的詞：

閒步小樓前，見個佳人貌似仙；暗想聖情渾似夢，追歡執手，蘭房恣意，一夜說盟言。滿掬沉檀噴瑞煙，報導早朝歸去晚回鑾，留下鮫綃當宿錢。

如此八卦領導的私生活，那還得了？

更不幸的是，這首詞居然流傳開來，最終流傳到宋徽宗的手上。這位皇帝哥哥一看，頓時妒火中燒，於是也藉著酒意，在激憤中下令將賈奕斬首。

好在賈奕有個不怕死的好朋友——諫官張天覺。張兄聽到這個消息後，立即兩肋插刀，趕到朝堂，冒死對徽宗進言道：「皇上治國應以仁德爲重，今爲一娼婦輕施刑誅，豈能使天下人心服？」

宋徽宗骨子裡是文人，做事一直都優柔寡斷，再加上老底被人揭了，只好赦免賈奕，把他貶到瓊州（今海南島）做司戶參軍，並命令他永遠不許再入汴梁城一步，以此來斷絕他和李師師的聯繫。可憐的賈奕，從此就流亡海外啦！

說完賈奕，就要說周邦彥了。

周邦彥何許人也？

當時的大才子，也是李師師內心最中意的一個嫖客。

話說有一次宋徽宗宣稱龍體有恙，無法正常幹活，連續幾日沒到李師師這裡簽到。聰明的周邦彥就趁著這個空兒，填補了空白。

可聖意難測，正當二人結束調情，準備上床時，宋徽宗突然駕到。這下周邦彥急了，匆忙中躲避不及，便委身藏在床下。

宋徽宗突然駕臨，難道是性慾突發？不，人家是來給李師師送橘子的。

幾個橘子，至於嗎？太至於了！宋朝不比現在，超市遍地有，什麼南方的北方的進口的水果，可以隨便選購。那時候，宋徽宗想吃個橘子，須快馬加鞭從南方運到汴梁。不理解的同學，可參閱名句「一騎紅塵妃子笑，無人知是荔枝來」。

宋徽宗不但送橘子，還親手剝橘子。待他剝完橘子，李師師吃完橘子，兩人又調情片刻，宋徽宗便起身告辭。這正合李師師的心意，但爲了掩飾自己的內心，她假意挽留道：「現已三更，馬滑霜濃，龍體要緊。」

宋徽宗是個非常注意身體的人，有病的時候堅決杜絕房事，所以最後還是走了。

這時候，可憐的周邦彥狼狽地從床底爬出來，心中醋海翻騰、感慨不已。情到之處，居然也即興填了一首酸溜溜的詞：

并刀如水，吳鹽勝雪，纖手破新橙。錦幄初溫，獸煙不斷，相對坐調笙。低聲問：向誰行宿？城上已三更，馬滑霜濃，不如休去，直是少人行。

不巧的是，李師師太喜歡這首詞了，後來宋徽宗痊癒後來這裡宴飲，她一時忘情，竟把它唱了出來。宋徽宗連忙問作者是誰？李師師大約喝得有點高了，就沒過腦子地隨口說道：「是大才子周邦彥呢！」還滿臉的崇拜之情。

宋徽宗立刻就明白：原來那天周邦彥藏在屋裡啊！於是臉色驟變，沒過幾天就找了個藉口，要把他趕出汴梁城。

對於這個結局，李師師心裡十分愧疚，畢竟禍是她闖的，為了表達自己的內疚之情，也為了留下自己最後一個老相好，決定向宋徽宗求情。

她求情的方式比較特別——唱歌。

唱的是周邦彥譜的一首《蘭陵王》：

柳蔭直，煙裡絲絲弄碧，隋堤上，曾見幾番拂水，飄綿送行色。登臨望故國，誰識京華倦客，長亭路、年去歲來，應折柔條過千尺。

閒尋舊蹤跡，又酒趁哀弦，燈照離席。梨花榆火催寒食，愁一箭風快，半篙波暖，回頭迢遞便數驛，望人在天北。

淒惻，恨堆積，漸別浦縈回，津堠岑寂，斜陽冉冉春無極，念月榭攜手，露橋聞笛。沈思前事，似夢裡，淚暗滴。

聽了如此淒婉的哀歌，宋徽宗的文青特色又顯現出來了——他心軟了，並開始懷疑自己的決定是不是太過嚴厲了？

不到一根煙的工夫，朝三暮四的宋徽宗在憂鬱地懷疑完人生之後，馬上派人把周邦彥召回來，並人盡其才，封了他一個大晟樂正的官，專門負責流行音樂的推廣工作。

據說，後來徽宗還和他成了好朋友（這對情敵真他媽的好玩）。

日子繼續流逝著，李師師也繼續不痛也不快樂地做宋徽宗的編外二奶。可平靜的日子最終被不解風情的金兵給打破了。一一二七年，入侵的金兵把徽宗與欽宗虜到北國，李師師從此下落不明。

第 32 章

蕭燕燕——
左手江山，右手情人

戰正酣時，突然，一個不長眼叫胡裡室的傢伙用力過猛，把韓哥給撞落馬下。讓眾人意想不到的是，蕭太后居然因此勃然大怒，硬是給胡裡室判了死刑——斬首。

相較於漢族，少數民族更加充滿人性，因爲他們生來就與天地自然相處，幾乎不曾受到孔子這廝的儒家思想污染。

衝著這份「原生態」，我很喜歡少數民族。

比如那個曾經把大宋朝嚇得屁滾尿流的大遼太后蕭燕燕，就是我少年時的夢中情人。當然了，我對她的好感最初來自於電視劇《楊家將》中，飾演她的那個女演員，但讀了幾本破史書後，對她的敬仰變得猶如滔滔江水連綿不絕，又好比黃河氾濫，一發而不可收拾。

寫自己的偶像，普通人會雙手發抖；寫自己的情人，普通人會心跳加速。我此時的感覺，就是兩者的混合體，總之，我得先矯情地告訴你：「這一刻，我誠惶誠恐。」

廢話完畢。

歷史的幕布拉開，燈光、音響、Music！有請大遼太后——蕭燕燕。

蕭燕燕名綽，字燕燕，生於西元九五三年，是遼景宗耶律賢的皇后，北院樞密使兼北府宰相蕭思溫的閨女。

遼國是五代十國、北宋時期，以契丹族爲主體建立的王朝。遼國原名契丹，後因居於遼河上游之故，遂稱「遼」。西元九〇七年，遼太祖耶律阿保機統一契丹各部稱汗，國號「契丹」，九四七年正式定國號爲「遼」。

在遼國，「蕭」氏是個尊貴的姓氏，因爲蕭家專門負責出產「皇后」。自從耶律阿保機開始，到蕭燕燕出生時，遼國已傳了四位帝王，四位皇后皆出自蕭家。「天下皇后出蕭家」，這幾乎成了朝野上下秘而不宣的「潛規則」。

這麼說吧！在遼國，一提起「耶律」，就會立即聯想到「皇帝」，一提到「蕭」，就會立即聯想到「皇后」。這完全是下意識的，就像由「狗不理」聯想到「包子」一樣理所當然。

蕭燕燕出身於如此世家，相當於從出生開始，就自動升級爲皇后候選人。不過，既是候選人，那就得接受考驗。

第一關當然是她老爸蕭思溫，蕭燕燕得在他面前擊敗自己的姐妹們。

蕭思溫的考題比較有個性，他在一個漫天風沙的傍晚，裝作漫不經心地讓三個女兒去打掃院子裡的垃圾。

結果，年齡最小的蕭燕燕打掃得最乾淨。就憑這一點，她贏得了父親的讚許：「此女必能爲蕭家立下大業。」也就是說，老爸這關算是過了。

有人也許會問（其實是我想問），蕭思溫這是選皇后還是選清潔工人啊？即使古語云：「一屋不掃，何以掃天下」，但也不能掃一下就定了啊！至少來個五局三勝什麼的，不是貌似更加合理？

這個問題很好，但也很弱智。蕭思溫難道不懂嗎？其實，無意間流露出來的才是人的本貞，若貞的要弄個什麼五局三勝，那貞的就是招聘清潔工人啦！

過了蕭思溫這關之後，皇帝那關相對來說反而比較容易。爲啥？因爲蕭思溫對當時的遼景宗有擁立之功，算是他的恩人兼心腹，況且蕭燕燕又是遠近聞名、聰慧過人的小美女，所以，當蕭思溫向對方提起嫁女之事時，遼景宗立刻樂呵呵地答應。

就這樣，蕭燕燕成了遼景宗的女人。

遼景宗名爲耶律賢，是遼世宗的次子，其母爲蕭氏。遼世宗時，一些貴族發動宮廷政變，身爲王子的他差點被殺，後來幸而得救，遼世宗也平定局面，結束政變。西元九六九年，耶律賢被推舉爲帝。

蕭燕燕入宮以後，憑著自己出衆的綜合素質，輕而易舉就俘獲遼景宗的龍心。僅僅用了三個月的試用期，她就正式轉正，被冊封爲皇后，這一年，她才剛滿十六歲。

三年後，她就爲景宗誕下一名龍子，也就是後來的遼聖宗耶律隆緒。景宗眼看著自己有了接班人，心裡更是高興，對蕭燕燕更是加倍寵愛，幾乎到了專寵的地步。

如果按照正常的劇情發展下去，蕭燕燕最多只是個賢慧而得寵的皇后，至多像唐太宗的長孫皇后那樣傳於後世，貞是這樣的話，也許她會安逸地過一輩子。

可蜘蛛人的叔叔告訴我們：「能力越大，責任也就越大。」蕭燕燕自小就是個能力出衆的人物，老天當然不會放過她，得讓她承擔更大的責任。

不好意思，這是該死的宿命論了。事實上是，她的男人遼景宗需要她承擔更大的責任。遼景宗並不是個不理朝政、一心玩樂的墮落皇帝，相反的，他是個有志青年。但不幸的是，他心有餘而力不足。

爲什麼呢？

因爲病。

遼景宗打小患有一種類似羊癇瘋的疾病，他不發奮圖強則罷，一發奮就犯病，病起來就四肢抽搐、口吐白沫，生活不能自理。

生活都不能自理了，那朝政當然更理不了了。沒辦法，只能找個替他掌控局面的人，這人必須是他絕對信任的，還得是有能力的，找誰好呢？

兄弟？不行！那些王爺們個個都對自己的皇位虎視眈眈，找他們，簡直等同於讓大好江山羊入虎口。大臣？也不行！他們的身份決定他們只能是輔佐者，不可能代替他發號施令。

選來選去，到最後他覺得還是自己的老婆最可靠，於是，蕭燕燕在從事皇后這個正職的同時，也開始兼職做皇帝的工作。

一開始，景宗覺得這只是個權宜之計，屬於沒有辦法中的辦法。可過了一段時間，他突然發現，人家蕭燕燕把他的大好江山打理得有條不紊、光芒萬丈，在許多事情的處理上，甚至比他高明。

景宗放心了！同時也對自己的身體徹底地死心了，他開始全面放權，自己退居二線，總攬大政方針和革命路線，剩下地全都交給蕭燕燕去做。

蕭燕燕也沒讓他失望，天才般的悟性，讓這個原本對政治不甚了解的女人，迅速成長爲一個能獨當一面的政治家。

這下，景宗徹底地放心了。到最後，他把一個皇帝所能給予的最高嘉許給了妻子，召來史官，說道：「從今往後，凡記錄皇后說的話，也可以稱『朕』。」

這個獎勵更像一個委婉的告示，相當於昭告天下：大遼有兩個皇帝，且兩者具有平起平坐的地位。

大概在冥冥中，眞的是天無二日、國無二君，遼景宗破壞了這個規則，但上天執意維護它——乾亨四年九月（西元九八二年），遼景宗病逝，相當於讓他下崗了。

景宗留下遺詔：「梁王隆緒嗣位，軍國大事聽皇后命。」

蕭燕燕知道，遺詔只是一張不値錢的紙，那些手握兵權的王爺們，個個都對皇位垂涎三尺、蠢蠢欲動，再說大遼一向有不按遺詔辦事的傳統，要想確實讓兒子坐穩龍椅，她必須找到堅定可靠的盟友。

於是，在一個風雨陰晦的夜晚，她召來最可能成爲盟友的兩個人——大臣耶律斜軫和韓德讓。

耶律斜軫是遼世宗的同族兄弟，景宗在位時他深得器重，受命節制西南面諸軍，並被封爲南院大王，後任西南面招討使。其權勢威赫，在貴族中極有威望。

韓德讓是漢族人，唐朝末年，其祖父韓知古被掠至遼國爲奴，後官至中書令。父韓匡嗣官居南京（今北京）留守，封燕王，後因與宋軍作戰失敗，遙授晉昌節度使，降爲秦王。韓德讓自幼受家庭影響和父輩薰陶，智略過人，深明治國道理，也是遼景宗時的重臣。

蕭燕燕知道，若要執掌遼國的政權，沒有這二人支持，是萬萬不可能的。

當晚，她右手牽著十二歲的兒子，右手抹著眼淚，淒淒慘慘戚戚又楚楚動人地說道：「我娘倆該怎麼辦呢？」

一個二十九歲美麗少婦的眼淚是很有殺傷力的，何況這個少婦還是尊貴的皇太后。頓時，兩位股肱之臣只覺下體一股熱血洶湧而上，抱著一顆英雄救美的心，當場盟誓：「只要妳信任我們，就沒有什麼可擔心的！」

得，不費吹灰之力，盟友搞定了。

更重要的是，蕭太后確實比較有眼光，她選定的這兩個盟友不但忠誠，而且的確能幹，三下五除二，就把諸位王爺給唬住了，沒有一個敢輕舉妄動。就這樣，遼國順利完成了皇權更替，這一年，是西元九八二年。

從此，蕭燕燕開始以「皇太后」的身份放手治理國家。

雖然這時的遼帝是她的兒子耶律隆緒，但一個十二歲的孩子能懂得什麼呢？她才是眞正的大遼「皇帝」。儘管宗室們仍然有些不軌之心，但朝中各族臣工都對這位年輕太后「明達治道，聞善必從，兼習知軍政」的才能欽佩得五體投地——她得到了治下臣工「多得其死力」的忠心。

因此，大遼正式進入「蕭太后」時代。

在耶律斜軫和韓德讓全力輔佐下，已經全方位掌權的蕭太后放開手腳，進行一系列改革，諸如釋放奴隸、獎勵農耕，厲行廉潔、治理冤獄、推行《唐律》等，使得原本就不羸弱的大遼進一步走向興盛。

此時此刻，放眼望去，大遼一片和諧盛世。

但蕭太后的頭腦是清醒的，她知道，之所以出現這樣的大好局面，與耶律斜軫、韓德讓二人的鼎力相助是分不開的。爲了表彰二人的功績，也爲了讓這盛世堅持下去，她必須給他們適當的恩典。

於是，統和元年八月，在蕭太后的安排下，遼聖宗耶律隆緒當衆與耶律斜軫交換弓矢鞍馬，結爲生死之交，這就是金庸小說中的「安答」，也就是我們通常所說的拜把兄弟。和皇帝成了兄弟，這恩賜算是非常巨大的。

那韓德讓呢？他得到的更多。蕭太后直接把自己賜了他——也就是說，韓德讓成了皇帝的繼父。

當然，礙於某些不成文的避諱，兩人並沒有登記領證、舉行婚禮，基本上屬於無證上路，但他們的確成了實際上的夫妻，連蕭太后的兒子也默認這個事實，並在老媽的教導下，對待韓德讓如同對待自己的生父。

蕭太后對待韓德讓也是一心一意、體貼備至，爲了不讓他分心，她還親自賜了一壺毒酒，把韓夫人給鴆殺了。

如此鳩占鵲巢，不怕人家背地裡罵娘嗎？

蕭太后的回答是：「不怕，因爲我是一個敢愛敢恨的人。」

當年，一個宮廷侍衛喝醉酒，大談特談太后和韓德讓的緋聞，但她只是微微一笑，把侍衛「杖責」了事，可見其內心之「身正不怕影子歪」。

關於蕭太后和韓德讓之間的夫妻生活，史書上並沒有留下隻言詞組，但從一些小事情中，我們可以旁敲側擊地推斷出二人情深深雨濛濛。

據說，蕭太后是個鐵桿的「球迷」——當然，不是足球橄欖球，也不是籃球、棒球、網球、高爾夫球，而是馬球。她最大的愛好就是坐在包廂裡欣賞球賽。

有一次，業餘愛好者韓德讓爲了博得紅顏一笑，也拿桿上馬，替補上場，加入馬球大戰。戰正酣時，突然，一個不長眼叫胡裡室的傢伙用力過猛，把韓哥給撞落馬下。

本來，裁判吹個犯規，至多給張黃牌，也就過去了，但令衆人意想不到的是，蕭太后居然因此勃然大怒，硬是給胡裡室判了死刑——斬首，弄得群臣面面相覷，不知所措。此時若猜度他們的心理，應該是被嫉妒塡滿的。

儘管此舉有點小題大做，也不合體育精神，但由此，可窺見蕭太后的「護夫」心切。如此情深意濃，可謂只羨鴛鴦不羨仙了。

但生活從來不能完美，有一個小問題也煩擾著這對無證夫妻，那就是韓德讓的戶口問題——他是個漢人。

這在契丹人的眼裡，這是很讓人瞧不起的，就像城市戶口瞧不起城鎭戶口，而城鎭戶口又瞧不起農村戶口一樣。

怎麼辦呢？蕭太后自有辦法。

統和二十二年（西元一〇〇四年），蕭太后大筆一揮，賜韓德讓改姓耶律，改名德昌，徙封晉王。不久，她又下詔韓德讓「出宮籍，隸橫帳季父房後」，賜名耶律隆運。

什麼是「橫帳」呢？就是遼國開國之主耶律阿保機的嫡系子孫，是大遼皇室中最尊貴的人，這樣，再也沒人敢在戶口問題上說長道短了。

這下，韓德讓眞是賺大發了！

從此，他更加盡心盡力地替蕭太后母子賣命。

人家這邊婦唱夫隨著勵精圖治，和諧得不得了，不遠的宋朝那邊卻意淫出一個笑話。和所有弱智的笑話一樣，它起源於幾個傻B。

話說雄州（河北雄縣）知州賀令圖及其父岳州刺史賀懷浦等人，通過同樣傻B的諜報人員，打聽到蕭太后的風流韻事。

這讓他們如獲至寶，迅速聯同文思使薛繼昭等人向宋太宗進言：「如今契丹主年幼，國事決於其母。而其母與韓德讓不清不楚傷風敗俗，定然招來國人痛恨，遼國肯定內亂，這正是對遼用兵的大好時機。」

宋太宗名叫趙匡義，二十二歲時，參與過陳橋兵變，擁立其兄趙匡胤爲帝，並參與太祖統一四方的大業。

宋太宗一向比較英明，但意外的是，他在聽了衆人的彙報後，也突發性傻B，信以爲眞，於雍熙三年（遼統和四年，西元九八六年）三月，一聲令下，驅趕幾萬大軍北上伐遼，此即歷史上的「雍熙北伐」。

本來井水不犯河水，爲什麼宋太宗非要伐遼呢？是他的大國沙文主義在作祟嗎？

不是！世界上沒有無緣無故的愛恨，同理，世界上也沒有無緣無故的征伐。遼宋兩國之間一直存在一個歷史遺留問題，那就是後晉皇帝石敬塘割讓給遼國的燕雲十六州歸屬問題。

此事關係到領土主權問題，不能隨便妥協，而且，這片土地不但人口密集、經濟發達、範圍遼闊，還是交通樞紐、戰略要地，所以雙方互不讓步。

這的確是個難題。宋朝認爲：「這屬於前朝簽訂的賣國條約，我們堅決不承認，所以應該收回！」

而遼國認爲：「你們漢人怎麼這麼不講信用？給我們就是給我們了，豈能說要回去就要回去？你泱泱大國，不是以誠信爲本嗎？」

理念不同、立場不同，便無法溝通。既然這樣，那麼，就用槍桿子溝通吧！於是，宋太宗決定先下手爲強。

一開始，雄赳赳氣昂昂的宋軍兵分三路，浩浩蕩蕩，取得了一些勝利，但不幸的是，隨著戰事的深入，局勢開始扭轉，最終，宋軍大敗而歸。

宋軍因此元氣大傷，從此以後，遼國化被動爲主動，而宋朝卻改主動爲被動，對遼國多以防禦爲主，戰略進攻變成戰略防守。遼國從此占了上風，成爲壓在宋朝頭上的一塊巨石。

而促成此戰的兩個傻B——賀令圖父子，在白白葬送幾萬大宋將士的性命之後，也於當年十二月死在遼將耶律休哥的刀下。

這一仗，讓大遼摸清宋朝的底牌：原來是這麼個不中用的玩意！看清這一點，勇武的蕭太后就有恃無恐了，心想：「來而不往非禮也，以前你大宋老來打我，現在，我也該主動打你一次！」

於是乎，遼聖宗統和二十二年（宋真宗景德元年，西元一〇〇四年）深秋閏九月，蕭太后左手牽著遼聖宗、右手挽著韓德讓，率二十萬精銳之師揮兵南下，向大宋還禮去了。結果，遼軍勢如破竹，宋軍一瀉千里，僅僅兩個月的工夫，這二十萬人馬就乾坤大挪移般攻到澶州（今河南濮陽），距北宋都城開封僅一河之隔。

消息傳到開封城，朝廷一片驚慌，此時，老皇帝趙匡義早就掛了，在位的是他那能文不能武的兒子宋眞宗趙恆。此子沒有先皇的半分勇猛，驚恐之下完全不知所措。

皇帝不行，有幾個有能耐的臣子也行啊！可正應了那句俗話：「兵熊熊一個，將熊熊一窩。」放眼滿朝文武，文弱書生當道，這眞是秀才遇上兵，未戰膽先破，大概只能撒腿跑路了。

經過一輪緊急磋商，這些軟蛋拿出的方案果然不出所料——遷都。

好在，就在這關鍵時刻，宰相寇準大喝一聲，站出來，發揮自己能把死人說活的絕世口才，力排眾議，堅決要求宋眞宗發揚先祖的鐵血精神，避免右傾投降主義的錯誤，以硬碰硬、以戰止戰。

最後，他還連哄帶騙的把幾乎尿褲子的宋眞宗忽悠上戰場——官方說法叫御駕親征，實際上就是到前線上露個臉，讓廣大官兵們以爲自己不是一個人在戰鬥，從而激發出潛伏在內心深處的炮灰精神。

沒想到這招還眞管用！一看到親愛的皇帝陛下駕到，宋軍彷彿打了興奮劑一般，頃刻間士氣大振，立即打了一個勝仗，把人家蕭燕燕的親兄弟大將蕭撻凜都給射殺了。

如果在勝利的餘威下，宋軍趁熱打鐵，那結果很可能是一個勝利連著一個勝利，什麼燕雲十六州，拿回來肯定不在話下。

連蕭太后自己都幾乎相信這點了，所以，她突然有點厭倦，產生和談的意向。恰在這個時候，一直膽戰心驚的宋眞宗給她送來她想要的東西——和談。

本來，宰相寇準和大將楊延昭都主張乘勝追擊，趁機收復燕雲十六州，但宋眞宗實在怕得厲害。更要命的是，這次他堅決不聽從別人的建議，鐵了心議和，並且賤兮兮地對談和使節曹利用說：「只要蕭太后答應退兵，不割地，就算給一百萬金帛也不成問題。」

人家畢竟是皇帝，那啥，彪悍的寇準也沒辦法，只好議和了。

經過一番交涉，和談成功，著名的「澶淵之盟」就此簽訂。兩國商定：「宋遼約爲兄弟之國，遼聖宗耶律隆緒稱宋眞宗趙恆爲兄，趙恆則稱皇太后爲叔母。維持宋遼之間舊有的疆界。北宋每年給遼國『歲幣』銀十萬兩、絹二十萬匹。」

這個條約中，最關鍵的一點就是：「維持宋遼之間舊有的疆界。」意思很明白，燕雲十六州「合法」地歸屬遼國，大宋要想收回它，已是遙不可及的夢想了。

「澶淵之盟」簽訂之後，正式形成了遼宋南北對峙、互不打擾的局面，此後一百二十年間，兩者再未發生過大的戰事。這是蕭燕燕一生最著名的傑作之一。

替兒子解決完內憂外患的蕭太后，有些累了，也該歇歇了。

統和二十七年（西元一〇〇九年）十一月，她爲遼聖宗舉行契丹傳統的「柴冊禮」，將皇權正式交還給自己的兒子，結束幾十年的「攝政女皇」生涯，去南京（今北京）安享晚年。這一年，她五十七歲。

但天不作美，也大概蕭太后是個勞累命，閒不下來，就在南行的途中，她染上疾病，十二月初病逝於行宮。

遼聖宗大慟，爲母親上謚號「聖神宣獻皇后」，隆重安葬於遼乾陵。

蕭太后之死對晚年的韓德讓打擊很大——本來可以安享的退休生活，一下子就沒了。他從此抑鬱寡歡，一年後便重病不起，儘管聖宗和皇后盡心服侍，每天爲他端湯送藥，無奈天意難違、回天乏術。統和二十九年（西元一〇一一）三月初，他與世長辭，享年七十一歲。

遼聖宗爲韓德讓舉行了隆重的葬禮，跟蕭太后一個規格，更難能可貴的是，雖爲臣子，但他破天荒地進了皇陵，被安葬在蕭太后的陵旁。

一生神武如蕭燕燕，生前身後，可謂無憾，是謂完美。

第 33 章

蕭觀音——一首艷詞引發的血案

擔當音樂陪練的趙惟一，最後就陪練到蕭觀音的床上去了。曾經鬱悶的蕭觀音，瞬間找到了生命的第二春，為了描述自己的情緒，她做了一首香艷的《十香詞》。

眾所周知，古代有一個不成文的規矩：女人讀書是可恥的！所謂女子無才便是德，讀書越多越反動。

這是赤裸裸的霸權和壓迫。

但，又有偉人說了：「哪裡有壓迫哪裡就有反抗。」於是，東方紅，太陽升，中國出了個李清照。

其實，同等段位的古代才女，遠遠不只李清照一人。只是因爲她性格外向，經常參加文人集會，曝光率比較高，所以占據大多數人的視線，被後生小子們頂禮膜拜。

而高手有時是供芸芸眾生用來視而不見的，他們像潛伏在暗夜的黑，存在又非存在著，比如，那個大遼國的才女皇后蕭觀音，有幾個人知道她？

你知道嗎？你不知道，我來告訴你。

蕭觀音，生於一〇四〇年，是遼道宗耶律洪基的皇后。和所有的蕭皇后一樣，她也出身於高幹家庭，老爸是樞密使蕭惠，姑姑則是欽哀皇后。

想當年，耶律洪基還是燕趙王的時候，她就嫁給了他，這一年，她才四歲。由於是青梅竹馬，所以二人的婚後生活十分和諧。

我們知道，契丹民族是個尚武的民族，不大重視文化知識的學習，但蕭觀音是個另類，她飽讀詩書，寫得一手好詩詞。

有一次，愛玩的耶律洪基帶她出去打獵，在歸來的宴會上，她突發詩興，隨口賦詩一首：「威風萬里壓南邦，東去能翻鴨綠江。靈怪大千俱破膽，哪叫猛虎不投降！」頓時語驚四座。

詩中飽藏的豪邁之氣，令遼國滿朝君臣無不嘆服，經過宣傳部門極力渲染，從此，遼國人都知道他們有一個會作詩的皇后。

其實作詩對於人家蕭觀音來說只是小菜一碟，她還談得一手好琵琶，那水平，放在今天來說，完全可以領取國務院特殊津貼。另外，她長得也漂亮，身材也好。總之，這麼說吧，她是個內外兼修的出色的女人。

更重要的是，她還給耶律洪基生了個兒子，沒多久就被狂喜不已的耶律洪基立爲太子——即耶律濬。

擁有如此完美的表現，再加上從小培養起的感情，蕭觀音在後宮中可說是一枝獨秀，最得皇帝的歡心，被時人稱爲耶律洪基的「紅顏知己」。做皇后做到這個份上，真是有面子啊！

但是（不好意思，我又得使用轉折了），有一個詞叫做物極必反，都走到頂峰上了，接下來只好走下坡路了。

蕭觀音和耶律洪基夫妻關係的下坡路，是從一次「進諫」開始的。

前面說過，耶律洪基是個貪玩的皇帝，老大不小了還童心未泯，最愛玩的遊戲就是打獵。

按常理來說，政事處理累了，出去打打獵放鬆放鬆身心也無可厚非，勞逸結合嘛！可要命的是，耶律洪基上癮了，什麼叫上癮呢？就是把打獵當成生活的主旋律，而原本重要的政事被撂在一旁，不聞不問。

他就像迷上線上遊戲而不顧學習的中學生一樣，深陷其中，任憑臣子們苦口婆心地勸誡，依然我行我素。

蕭觀音一看，這樣下去不行啊！還不把國給弄忘了啊？她把心一橫，決定越俎代庖，幹點大臣們才幹的事兒——進諫。

爲了鄭重起見，她甚至放棄口頭進諫，採用嚴肅的書面形式。於是，一封叫做《諫獵疏》的奏摺送到了耶律洪基的手中：「妾聞穆王遠駕，周德用衰；太康佚豫，夏社幾屋。此游佃之往戒，帝王之高抬貴手也。」

剛開始，耶律洪基還以爲是皇后新寫的詩詞，沒想到打開一看，竟然是這麼個玩意。當時，他正處在和打獵這項運動的熱戀時期，到了誰勸說就殺誰的地步，這封奏摺正好撞在他的興頭上。他心裡不高興了。

礙於皇后的面子，和以往濃烈的情意，他表面上表示納諫，要從善如流，其實心裡對她感到有點厭煩，從此逐漸疏遠起來。

眞是伴君如伴虎啊！原本多麼深厚的感情，就讓這麼一封破奏摺給弄出嫌隙了。看來皇帝眞是個神經質的職業，在我看來，這其實就是慣出來的毛病，你想啊！若是有個可以彈劾他下台的機構，他還敢如此任性、如此肆意妄爲嗎？

扯遠了，總不能要求那時候有參議院什麼的。所以，理解萬歲，言歸正傳。

話說蕭觀音被耶律洪基冷落之後，心中十分不解，然後驚詫，繼而悲從心起。爲了排解這悲傷，她作詞十首，題名《回心院》，並令宮中伶官趙惟一譜上曲子，自己整天抱著琵琶自彈自唱，以期獲得丈夫的回心轉意。

爲了讓大家享受一下蕭觀音的才情，現把十首詞抄錄於下：

第一首寫她督促宮人打掃宮殿：「掃深殿，閉久金鋪暗；游絲絡網塵作堆，積歲青苔厚階面。掃深殿，待君宴。」

第二首寫擦拭象牙床：「拂象床，憑夢借高唐；敲壞半邊知妾臥，恰當天處少輝光。拂象床，待君王。」

第三首寫更換香枕：「換香枕，一半無雲錦；為是秋來輾轉多，更有雙雙淚痕滲。換香枕，待君寢。」

第四首寫鋪陳錦被：「鋪繡被，羞殺鴛鴦對；猶憶當時叫合歡，而今獨覆相思魂。

鋪翠被，待君睡。」

第五首寫張掛繡帳：「裝鄉帳，金鉤未敢上；解卻四角夜光珠，不教照見愁模樣。裝繡帳，待君眠。」

第六首寫整理床褥：「疊錦茵，重重空自陳；只願身當白玉體，不願伊當薄命人。疊錦茵，待君臨。」

第七首寫鋪張瑤席：「展瑤席，花笑三韓碧；笑妾新鋪玉一床，從來婦歡不終夕。展瑤席，待君息。」

第八首寫剔亮銀燈：「剔銀燈，須知一樣明；偏使君來生彩暈，對妾故作青熒熒。剔銀燈，待君行。」

第九首寫點燃香爐：「熱熏爐，能將孤悶蘇；若道妾身多穢賤，自沾御香香徹膚。熱熏爐，待君娛。」

第十首寫彈奏鳴箏：「張鳴箏，恰恰語嬌鶯；一從彈作房中曲，常和窗前風雨聲。張鳴箏，待君聽。」

多麼橫豎都溢的才華啊！多麼惹人疼惜的濃情蜜意啊！可沒辦法，不管她怎麼彈唱，耶律洪基仍然不給面子——徹底冷落她。

與此同時，耶律洪基也越來越神經了。

他不但終日以狩獵宴飲為樂，荒廢國事，還別出心裁地發明以擲骰子任用大臣的獨家方式，可謂直接墮落至昏庸之君的檔次了。

此外，他還放著後宮佳麗不聞不問，專門打野食，最有力的證據就是他經常冒用蕭觀音的名義，把大臣李儼的老婆邢氏召進宮裡，供其淫樂。

被皇帝戴了綠帽子的李儼也是人中極品，不但不惱怒，還囑咐老婆一定要把皇帝伺候舒服，我靠！眞他媽的忠心不二的好臣子啊！

事情發展到如此地步，蕭觀音徹底絕望了。回想曾經的美好時光，她大概只能暗自感嘆：「我猜到了故事的開頭，但沒猜到故事的結尾。」

但日子還得過啊！

好在蕭觀音是個想得開的人，不但繼續把日子過下去，而且還決定過得精采，過得絢爛。可是，要達到這個目標，最缺的是男人的滋潤，試想，對於一個三十多歲的女人來說，沒有男人同床共枕，是一件多麼殘忍的事情啊？

終於，上天看不下去了，大手一揮，一個迷人的男人向她款款走來。

他就是趙惟一，那個為她的《回心院》譜曲的男人。

當時，若不是蕭觀音做了個《回心院》，想找人譜上最合適的曲子，她和趙惟一也許一輩子都不會有交集。事實是他們交集了，在我這個宿命論者看來，這就叫天意。

但他們兩個並不是一開始就有一腿的。我在前面交代過，蕭觀音找人譜曲的目的，是為了供人吟唱，以便引起耶律洪基的注意，從而回心轉意。所以，至少在譜曲後的一段時間內，蕭觀音還幽幽地等待丈夫的臨幸，並沒有紅杏出牆的打算。

可她等來的是耶律洪基的殘忍。既然如此，那就怪不得她自謀出路了。於是，近水樓台的趙惟一成了最佳選擇。

事情的經過是這樣的：當初，趙惟一擊敗遼宮內的所有伶人，在《回心院》譜曲海選中出線，所譜之曲被蕭觀音選用。選用後，他就經常被召進後宮，給皇后當陪練。

後來，時日一長，蕭觀音久久不見耶律洪基的身影，面前又守著一個跟自己志趣相投，又英俊秀雅的小白臉，心中難免會產生其他的想法。想法決定行動，於是，擔當音樂陪練的趙惟一，最後就陪練到床上去了。

曾經鬱悶的蕭觀音，終於找到生命的第二春，為了描述自己的情緒，她又做了一首香艷的《十香詞》：

第一香：髮香

青絲七尺長，挽作內家裝；不知眠枕上，倍覺綠雲香。

第二香：乳香

紅稍一幅強，輕攔白玉光；試開胸探敢，猶比顫酥香。

第三香：腮香

芙蓉失新艷，蓮花落故妝；兩般總堪比，可似粉腮香。

第四香：頸香

蝤蠐那足並，長須學鳳凰；昨宵歡臂上，應惹頸邊香。

第五香：吐氣香

和羹好滋味，送語出宮商；定知郎口內，含有暖甘香。

第六香：口脂香

非關兼酒氣，不是口脂芳；卻疑花解語，風送過來香。

第七香：玉手香

既摘上林蕊，還親御苑桑；歸來便攜手，纖纖春筍香。

第八香：金蓮香

鳳靴抛合縫，羅襪卸輕霜；誰將暖白玉，雕出軟鉤香。

第九香：裙內香

解帶色已顫，觸手心愈忙；那識羅裙內，消魂別有香。

第十香：滿身香

咳唾千花釀，肌膚百合裝；元非噉沉水，生得滿身香。

做完《十香詞》後，她覺得餘興未消，就又趁熱打鐵，寫了一首《懷古詩》：「宮中只數趙家妝，敗雨殘雲誤漢王。唯有知情一片月，曾窺飛燕入昭陽。」

詩中，蕭觀音將情人趙惟一的名字巧妙地嵌入其中，可見兩人之纏綿悱惻。

但好景不長，沒過多久，此事就洩漏了，洩漏的原因是蕭觀音得罪了兩個人。

一個是叫單登，是蕭觀音宮內的婢女，此女也擅長作曲，而且還能彈能唱，屬於原創型歌手，是趙惟一在遼宮內最具競爭力的對手。但由於她爲《回心院》譜的曲未被採用，對蕭觀音懷恨在心——她認爲皇后是因爲趙惟一長得帥，才用了他的曲子。

另一個叫耶律乙辛，是深得耶律洪基重用的權臣，身居北院樞密，勢震中外、傾動一時，全朝文武都很給他面子，但「唯后家不肯相下」。意思是說，唯有皇后蕭觀音不鳥他。因此，他就恨屋及烏，不但對皇后家的人充滿恨意，對她本人也十分不滿。

在共同的仇恨的驅使下，兩人同流了。單登藉工作之便，偷聽到蕭觀音跟趙惟一雲雨的全過程，並將之繪聲繪色地講述給了耶律乙辛。另外，她還炒了一份《十香詞》和《懷古詩》交給對方。

拿到這兩樣東西，耶律乙辛大喜，人證物證在手，基本勝券在握了。於是他趕緊磨墨蘸筆，寫了一份叫做《奏懿德皇后私伶官疏》的告狀奏章。

啥也別說了，我們可以猜到，當耶律洪基看到這封告密信後，他是怎樣的心情。尤其是看到纖毫畢現，堪稱黃色小說的細節描寫後，會怎樣地暴跳如雷。

於是，「上大怒，命張孝傑與乙辛窮治其獄。」最後的審判結果是，耶律洪基令蕭皇后自盡，趙惟一則被滿門抄斬。

蕭觀音自盡前，想起曾經的美好時光，想見耶律洪基最後一面，但沒有獲得批准。被如此絕情地對待，她出離憤怒了，因此詩興大發，遂作《絕命詞》一首：

嗟薄福兮多幸，羌作儷兮皇家。承昊穹兮下覆，近日月兮分華。托後鈎兮凝位，忽前星兮啟耀。雖釁累兮黃床，庶無罪兮宗廟。欲貫魚兮上進，乘陽德兮天飛。豈禍生兮無聯，蒙穢惡兮宮闈。將剖心兮自陳，冀回照兮白日。寧庶女兮多漸，遏飛霜兮下擊。顧子女兮哀頓，對左右兮摧傷。其西曜兮將墜，忽吾去兮椒房。呼天地兮慘悴，恨今古兮安極。知吾生兮必死，又焉愛兮旦夕！

寫完最後一個字，她將脖子伸進那個用白綾繫成的套子中，片刻之後，一縷香魂扶搖歸西。

這年，她只有三十六歲。

第34章

孝莊太后——愛情乎？政治乎？

順治元年十月，多爾袞被加封為叔父攝政王，並建碑記功；又過七個月，他晉升為皇叔父攝政王；再過三年半，竟晉為皇父攝政王，這在歷史上僅此一家，別無分店。

前幾年，湧起一股搶拍清朝歷史劇的潮流，一時之間，黃河之水天上來，正史、野史、戲說、架空，五花八門，泥沙俱下、氾濫成災。有一段時間裡，我甚至有時空錯亂的恍惚之感，彷彿看身邊的腦袋，也是一人拖著一條豬尾巴。

有了之前電視工作者對清史如此不辭辛苦地普及，那麼，現在我提到下面的這個人物——孝莊太后，你肯定不會陌生吧？

這簡直是肯定的。

我猜，如果哪個無聊的傢伙弄個古代名女人的人氣排行榜，這個孝莊太后絕對能進前五名，弄不好就是前三甲。

孝莊太后全名叫博爾濟吉特．布木布泰，是蒙古科爾沁部貝勒寨桑之女。當時，蒙古草原群雄並起，互相搶地盤的事情時常發生，與之相隨的必是殺戮和殘酷。經常出現的一個畫面就是：昨天晚上你還是部落之主，今天就可能身首異處、滿族遭屠。

在這麼複雜的環境中，要想好好地生存並且壯大，就需要智慧了。

孝莊的爺爺和老爸就是有智慧的人。他們很久之前就瞄上日漸強大的後金，於是拼命依附，結爲同盟，以求庇護。

當年，作爲同盟中弱勢的一方，爲了鞏固這個關係，孝莊的姑姑就被嫁給後金之主努爾哈赤的兒子皇太極。

但世界上沒有什麼一勞永逸的事，友好的情誼很容易被時間沖淡。於是，為了繼續鞏固得來不易的同盟，一六二五年，年僅十三歲的孝莊步姑姑的後塵，也被嫁給皇太極。

這就比較有意思了，後金的王子那麼多，為什麼偏偏要姑姪同嫁一夫呢？

大概人家孝莊他爺爺和他老爸都比較有眼光，看準皇太極是努爾哈赤的接班人。

嫁給皇太極後，孝莊被封為側福晉，很得他的寵愛。這段時期，她沒有什麼發揮才能的空間，日子過得比較平淡，除了伺候自己的男人，就是為自己的男人製造後代，先後有三個女兒和一個兒子被她送來人間。

女兒就不說了，但這個兒子卻是個活寶，名叫福臨，也就是後來不當皇帝當和尚的順治爺。

孝莊第一次獲得發揮自己政治才華的機會，是在皇太極死後的皇位爭奪戰中。

話說皇太極死得比較倉促，沒來得及立遺詔，連口頭遺囑也沒有。這樣一來，接班人問題就令人頭疼了。

當時，有實力競爭上崗的有兩個人，一個是皇太極的長子豪格；另一個就是皇太極年輕有為的兄弟多爾袞。豪格有兩黃旗鼎立相助，多爾袞手中握有兩白旗的兵權，幾乎勢均力敵，互不相讓。

於是，豪格跟多爾袞，成了擺在努爾哈赤的兒孫們面前最大的問題，如果這個問題處理不好，一場內訌也許在所難免。

就在這緊要關頭，優雅迷人的孝莊不動聲色地出場。這是她第一次登上政治舞台，結果大家都知道了，她的兒子福臨登上汗位。劍拔弩張的豪格和多爾袞白折騰了一場，完全是助人爲樂，爲人家做嫁衣裳。

一介女流的孝莊，是如何完成如此高難度的政治動作呢？

據史書記載，是因爲她籠絡了在皇族中資歷較老的代善（努爾哈赤的第二子，皇太極的哥哥）和極具實力的多爾袞。

那麼，問題又來了，她怎麼籠絡的呢？難道這哥倆是傻B嗎？輕而易舉就臣服於一介女流的謀略之下？

關於這個，史書上沒有記載，但我們可以淺薄地推測一下。

先說代善。皇太極死時，代善已經六十多歲了，在這場帝位爭奪戰中，他的心態非常平和，因爲他自知年老色衰，根本沒有繼承帝位的野心。可以這麼說，不管誰即位，他幾乎都可以接受，但他不能接受的是皇族內亂。

豪格和多爾袞的僵持不下，正將後金推向內亂的邊緣，所以，當風姿綽約的孝莊提出自己的解決方案——即讓置身於兩大勢力之外的福臨即位時，他內心至少是不會本能地去反對的，再加上對方尊貴的身份和出色的公關能力，曉之以情動之以理，最後再扣上個安定團結壓倒一切的大帽子，代善的鼎力相助就不難理解了。

但多爾袞就不同了，他是發起這場爭奪戰的兩大勢力之一。如果說代善是抱著「只要別內亂，誰都可以」的態度的話，那多爾袞的態度就應該是「捨我其誰」。

在這樣一種狀態下，孝莊怎麼可能輕而易舉就說服他放棄爭鬥，轉而將她的兒子捧上位呢？難道是多爾袞以大局為重嗎？那他當時不要爭奪不就行了嗎？又或者是他騎虎難下、進退為難嗎？這彷彿不是意氣風發的小王爺的作風。

那理由就只有一個，他是為了孝莊！一言以蔽之：愛江山，但更愛美人。

孝莊支付了自己的感情抑或加上身體，換來多爾袞的相助，如此說來，一切就順理成章了。

我甚至懷疑，這是孝莊跟多爾袞的密謀，讓本無心帝位的多爾袞出頭爭奪，壓下勢大力沉的豪格，然後她再帶著自己的福臨出場，以保證安定團結的大好局面的名義，四兩撥千斤，順利登上龍椅。

這僅僅是我的猜測，但我堅信它有極高的可能性。坐在後排的那個戴著一千度近視眼鏡的哥們可能要發話了：「你莫要胡說八道，正史根本沒有記載！」

正史？好純情的理由啊！

有句話說得好：「歷史是任人打扮的小姑娘。」既然它又是整容又是隆胸又是撲上兩斤白粉，早就不是本來的面目，那我爲什麼就不能有理有節地發揮想像，還原一下可能的事實呢？

唉，我總是意淫出一個假想的反對派，結果又弄得離題萬里了。抱歉抱歉！下面拉回來，繼續言歸正傳。

順治帝福臨即位後，作爲對多爾袞的酬謝，於順治元年正月封他爲攝政王。於是就出現了這麼個局面：前面是八歲順治帝坐在龍椅上，這是大清表面上的核心，而身後是女中豪傑孝莊運籌帷幄，這是大清隱身的謀略核心。外邊，則是多爾袞這個實幹派雙手托著這對孤兒寡母，也就是托著新誕生的順治王朝——這是大清實際上的執行核心。

二星拱月，三心合一，這眞是個夢幻組合。

多爾袞也眞給大清長臉，完成把福臨送上龍椅的工作後，又抓住千載難逢的機會，率清軍果斷入關，招降爲紅顏衝冠一怒的吳三桂，趕走在北京屁股都還沒坐熱的李自成，之後南征北戰、左突右殺，爲順治爺及孝莊太后，更替大清打下大大的江山，從此告別白水黑山，入主華麗中原。

這份功勞，何止是蓋主啊？簡直可以蓋天，可以天龍蓋地虎，寶塔鎮河妖。但在孝莊面前，他依然面不改色，忠心耿耿。爲何？

因爲他面對的是自己心愛的女人。

孝莊比他複雜的多，她得傾盡全力綁住他那顆不羈的心——順治元年十月，多爾袞被加封爲叔父攝政王，並建碑記功；又過七個月，他又晉爲皇叔父攝政王；再過三年半，竟晉爲皇父攝政王，這在歷史上僅此一家，別無分店。

我們來看一下這個名號：皇父攝政王，我靠！這意思不就是太上皇嗎？也正由於這個稱謂，後人便有孝莊下嫁多爾袞的猜測。

我當然支持這種猜測，退一步說，即使沒領結婚證，他們倆個依然可以暗渡陳倉，過著實質上的夫妻生活。這也許是綁住多爾袞的最佳方法，爲了江山穩固，智慧如孝莊，又怎麼會在乎所謂的狗屁名節呢？

事實證明，這個方法是有效的，多爾袞直到死，也沒有生出半點不臣之心。

但順治帝福臨顯然受到不小的刺激，把母親與皇叔父之間的這種關係當成了巨大的屈辱。所以，在多爾袞死後不到一百天，已經羽翼豐滿的他瘋狂地爆發，把積聚近十年的怨恨，如暴風驟雨般朝對方的屍體湧去：削爵、擢宗室、籍家產、罷廟享、斷其後嗣、掘墓、開棺、鞭屍——完全是一條龍式的懲罰。

當時在北京的義大利傳教士衛匡國，在《韃靼戰紀》中記載道：「順治帝福臨命令毀掉阿瑪王（多爾袞）華麗的陵墓，他們把屍體挖出來，用棍子打，又用鞭子抽，最後砍掉腦袋，暴屍示衆，他的雄偉壯麗的陵墓化爲塵土。」

當然，順治給這個懲罰找了一個最不容辯駁的藉口：「顯有悖逆之心」。可只要是個正常人，用腳趾頭稍微想一下就能明白，多爾袞要眞想造反，他順治還能活到洩恨的這一天嗎？

所以，還是他的曾孫乾隆帝說得好：這是「誣爲叛逆」。

於是，乾隆四十三年，可憐的多爾袞終於得以「平反」。

多爾袞死後受到如此不公的待遇，孝莊太后難道沒有爲自己的情人、恩人、感情複雜的人說句公道話嗎？

她沒有！也許，當多爾袞的墳墓被掘開，屍體被鞭時，她的內心是疼的，但她的確沒有阻止，她能說什麼呢？兒子受了那麼久的壓抑，也該讓他發洩發洩，不然，要是得了憂鬱症瘋了怎麼辦啊？

發洩後的順治的確舒爽了很多，沒有得憂鬱症，但他因爲受到長期的精神刺激，還是留下不小的後遺症。

後遺症的表現就是，他最後捨棄龍袍、遁入空門，將沉甸甸的大清留給只有八歲的兒子玄燁，還有一直爲他盡心盡力的母親。

順治的半路掉鍊子，給孝莊帶來不小的打擊，但這個女強人擁有鋼絲一樣的神經，很快就走出這件事的陰影，悉心培養、輔佐孫兒玄燁，造就一代明君康熙大帝。

康熙二十六年十二月二十五日（西元一六八八年一月二七日），七十五歲的孝莊太后崩於慈寧宮。

日後，孝莊太后被尊爲清朝的國母，這名副其實。她一生的功績，我們可從康熙帝的讚語中得窺一斑：「昔奉我皇祖太宗文皇帝讚宣內政，誕我皇考世祖章皇帝，顧復劬勞，受無疆休，大一統業。暨朕踐祚在沖齡，仰荷我聖祖母訓誨恩勤，以至成立」、「設無祖母太皇太后，斷不能敦有今日成立」。

孝莊死後，靈樞沒有被運往盛京與皇太極合葬，而是暫安在京東清東陵。據記載，這是她自己的遺願，一個耐人尋味的遺願。

第35章

慈禧——一代妖后的花花世界

她決定把孩子生下來，並送到她的妹夫醇王府中，做為醇親王的兒子養育，這位沒有親爹的兒子，也就是後來的光緒帝。

在中國，慈禧算是個家喻戶曉的公衆人物。她姓葉赫那拉，出身於滿洲鑲藍旗，其父名叫惠征，是個不起眼的小官。

咸豐二年（一八五二年），慈禧因長相秀美被選入皇宮，咸豐帝封其爲蘭貴人，後又冊封爲懿嬪。爲咸豐帝生了兒子以後，母憑子貴，被晉封爲懿貴妃，從此一路披荊斬棘，成爲大清朝的「無冕女皇」。

慈禧歷經咸豐、同治、光緒三帝，從「蘭貴人」至「懿貴妃」至「聖母皇太后」，再到死後的謚號「孝欽慈禧端佑康頤昭豫莊誠壽恭欽獻崇熙配天興聖顯皇后」，其尊榮實在是源遠流長，經久不息，可謂晚清政壇的常青樹。

她以一介女流之軀，把持晚清朝政長達近半個世紀，將無數英雄梟雄狗熊掌控於股掌之中，心思之深沉，手腕之穩、準、狠，實在令人嘆爲觀止。

關於她的功過是非，歷史早有定論，我就不贅述了。在這裡，我也就使一招稀鬆平常的太極八卦手，避重就輕，單把她的緋聞拖拽出來，好好爆炒一番。

據不完全統計，二十六歲就開始守寡的慈禧有五大情人，號稱老佛爺床幃之內的五大金剛。這五人中，上至王公貴族，下至酒店服務生，而且還中外合璧，眞是五彩繽紛，精采極了。下面，咱就一個個慢慢敘來。

NO.1：恭親王奕訢。

奕訢是咸豐帝同父異母的弟弟，也就是慈禧的小叔，是個能力出衆的人，文韜武略皆令人嘆服。

無奈他老爸道光帝老眼昏花，選了咸豐這個才器庸常的道德模範做接班人，搞得奕訢十分鬱悶。之後一直被壓制，鬱鬱不得志，直到咸豐在承德病逝，他才得以飛龍在天，與慈禧珠聯璧合，發動「辛酉政變」，除掉以肅順爲首的「八大輔臣」，迎來政治生涯的春天。

慈禧也從此與他結緣，開始了床上與床下的雙重合作。

但與慈禧相比，奕訢似乎總是稚嫩了一些，所以一次次被踹開，又一次次在緊要關頭被她納入懷中，幫她度過危機。如此往返數次，待到慈禧羽翼全豐之後，這個可憐的小叔就被自己的情人大嫂給徹底蹬了。

每次失寵之後，奕訢的苦惱大概只能用小瀋陽的一句名言來申訴了：「你說這是爲什麼呢？」

NO.2：大臣榮祿。

榮祿是個軍人，慈禧則深諳「槍桿子出政權」的道理，兩人的曖昧關係發展得頗爲順理成章。

榮祿也確實沒有令慈禧失望，在戊戌變法中，正是因爲有他這個堅實的後盾，慈禧才敢大膽地搞突擊，發動政變囚禁光緒帝，大肆捕殺維新志士，將一抹曙光打回至黎明前的黑暗之中。

後來，慈禧決定鎮壓義和團時，也正是這個榮祿鞍前馬後，不遺餘力。再後來，八國聯軍打進北京城，不要臉的她連夜脫逃，一路忠心護衛的，還是他。

僅僅因爲這些，還不是慈禧以身相許的全部理由。有小道消息說，當慈禧還不是慈禧，而只是一個妙齡少女時，曾經險被一群臭流氓給輪姦，而這個榮祿恰巧在關鍵時刻，準時出現在事發地點，將流氓打跑，上演一齣英雄救美的好戲。自此，慈禧便與他建立了有一腿的關係。

如果說奕訢是慈禧不時之需的止癢藥，那榮祿便是她一刻也不能離開的護心丸了。

NO.3：古董商老白。

光緒八年，慈禧的床上迎來一位新客人。此人姓白，是琉璃廠知名的古董商人。

某日，慈禧的貼身太監李蓮英去琉璃廠掃貨時，不經意間掃了這位白爺一眼，便目測出此人一定是老佛爺喜歡的類型。

於是，他把老白綁進宮裡，獻給了慈禧。慈禧一看，果然是個風流倜儻且別具韻味的一級面首啊！當即內心騷動，忍不住試用。一試，我靠！果然不同凡響啊！既好看又好用，眞是用過了都說棒。

碰上這樣的極品，慈禧當然不會輕易放過，便日夜不歇地使用一個月，直到看老白近乎精盡人亡，才把人家放了回去。

老白走後，意外就發生了。

這個意外來源於慈禧的疏忽。由於此時的慈禧已經四十八歲了，堅信自己不會懷孕，也沒有採取任何避孕措施，誰知，精力旺盛的她居然懷孕了。

這事傳到與她地位相當（當然，僅僅是名義上）的「母后皇太后」慈安的耳朵裡。這個正統又正直，且頭腦簡單的皇太后大怒，並揚言要廢了慈禧的皇太后稱號。

當時有明智的大臣勸她不要這麼衝動，因爲依慈禧的勢力，不是她慈安能夠撼動的。但這個慈安皇太后天生的死腦筋，打定的主意就連十台拖拉機都拉不回來。當然，她沒有能夠實現自己的夙願，因爲她在放出豪言的當天晚上就死了。

官方的口徑是：病逝。但是，官方口徑……哈哈，你他娘的相信嗎？

而慈禧，懾於輿論的壓力，最後只得做了清朝版人工流產。

NO.4：酒店服務生小史。

話說慈禧有個嗜好，就是特別愛吃金華飯館裡，一種叫做湯臥果的特色小吃。這個饞女人，每天清晨都要讓李蓮英親自到宮門口，把金華飯店的夥計爲她送來的湯臥果接進內宮。這夥計姓史，長得非常特別，招人稀罕。

有一天，小李子偷了個懶，就叫夥計直接送進宮裡來，不巧正好讓慈禧瞧見了。按常理來說，小李子這樣做是破了規矩，理當受罰。但慈禧非但沒罰，還賞了他。

爲啥？因爲……當然是這個老女人又找到發情的對象了。

結果，小史被慈禧強行留在宮裡。期間，豪放的她依然不避孕，當然，結果依然是她又懷孕了，但此時她已經可以一手遮天了，沒有媒體再敢報導她的負面新聞。

於是，她沒墮胎，還把孩子生下來，是個男孩兒。

爲了掩人耳目，孩子被送到慈禧的妹夫醇王府中，做爲醇親王的兒子養育，小史則被秘密處死滅口。

這位沒了爹的兒子，就是後來的光緒帝，據許多所謂的清史學家推斷，在同治皇帝去世後，慈禧之所以不立同治的下一輩，反而立她妹夫的兒子（論輩分是同治的弟弟），正是這個原因。

或許，光緒眞是她的親生兒子？

NO.5：老外巴克斯。

一九〇八年十月，慈禧去世，當這個消息傳到英國時，當地的作家巴克斯突然宣布自己慈禧的秘密情人。

此言一出，天下嘩然，人們不禁要問，這個巴克斯究竟是何許人也？

巴克斯是一位很有才氣的英國作家，寫了大量的新聞和歷史報導，是當時最權威的歷史學家，在當地影響非常大。

一九〇〇年，八國聯軍的入侵改變大清王朝的對外政策，也改變了慈禧的心態。她從排外轉向主動接觸西方，邀請很多西方人士進入紫禁城和皇家御苑。巴克斯就是在這個大潮流之中進入中國宮廷，也進入慈禧的生活。

巴克斯年輕英俊，又別具異域風情，一進皇宮就成了慈禧的座上嘉賓，很受喜歡嘗新鮮的老佛爺喜愛。沒多久，在慈禧的攻克下，他便成了中國女王的情人。

人們怎麼也想不到，與慈禧廝守到生命最後一刻的，竟是這個叫做巴克斯的英國人。

除了這五位，慈禧以前的心腹太監安德海、李蓮英也被謠傳是她的情人，但稍微想一下就知道，這實在是無稽之談。爲啥？他倆都沒那設備啊！

所以，即使慈禧跟他們再親密，也僅僅限於感情上的交流，至於實質上的交流，那就實在是強人所難了。

什麼?你說萬一他們沒有淨身，或者沒有淨乾淨?靠!你當人家清朝的「有關部門」是吃素的啊?

以上，就是關於慈禧老佛爺的豔情報告。

慈禧的一生風起雲湧，該千刀萬剮的事也做了不少，但唯有找幾個情人這種事不值得大驚小怪，試想，一個二十六歲就守寡的女人，你怎麼好意思苛求她呢?

第36章

婉容——人生若只如初見

她與溥儀的隨侍祁繼忠和李體育先後發生曖昧關係，並且在一九三五年生下了一名女嬰，不幸的是，女嬰出生不久就夭折了。

婉容是中國歷史上最後一位皇后，他的老公就是那個看起來呆頭呆腦的宣統帝溥儀。本來，皇后是個尊貴的職稱，但當歷史行進到她面前時，早已是個名不副實的假象，根本沒有以往的榮光。

當時，溥儀早已被逼退位，只是保留著一個「皇帝」的稱謂。那「皇后」呢？只能是等而下之了。就是這個一文不值的名號，讓她搭上了一輩子的幸福。

婉容出身官宦世家，她老爸榮源曾是內務府的高幹，後來清朝政府倒閉，他自然而然地下崗。好在他是個韌性比較強的人，失業並沒有讓他意志消沉，成為沒有出息的遺老遺少。

相反的，他對環境的改變迅速做出反應，搖身一變，成了一名商人，而且還挺成功的。再後來，由於他的買賣都在天津，再加上他對北京城早就有煩膩感，於是便舉家遷往天津。

從榮源的適時轉型我們可以看出，他是個靈活的人。他對婉容的教育，也同樣體現了這一點，大概是聰明的他早就看出全球一體化的趨勢，在提供給婉容的教育中，不但有傳統的家庭教師教她讀書習字、彈琴繪畫，還特意為她聘請英語老師教授英語。

尊貴的出身、優裕的家境，再加上東西方文化的雙管齊下，把婉容雕塑成一位相貌嬌美、談吐文雅、舉止端莊、儀態不凡、內剛外柔的名媛。輕而易舉的，她在當時的上流生活圈贏得不少的好評，人們都知道，榮源的府裡有一位才貌雙全的千金。

但俗話說得好，人怕出名豬怕肥，早知今日何必當豬？聲名遠揚的婉容遇上了改變她一生命運的事件：有人把她推薦爲溥儀皇后的候選人。更要命的是，她恰好被選上了！

一九二二年，還頂著皇帝名號的溥儀，用死要面子活受罪的盛大慶典，把婉容迎進宮裡。從此，原本優雅、活潑、無憂無慮的婉容開始深宮大院內的皇后生活，這一年，她十七歲。

應該說，新婚伊始，婉容和溥儀的夫妻關係還是很融洽的。

婉容長得漂亮，還受過新式教育，比一直深居宮內的溥儀擁有更開闊的眼界。她猶如一陣清新的暖風，吹在死氣沉沉的溥儀身上，令這個總是一副癡呆模樣的倒楣皇帝感受到異樣的風情。所以，這個時期，他對待她是比較好的。

婉容喜歡看外國電影，喜歡吃西餐，喜歡騎自行車，溥儀都儘量滿足她。她要學習英語，他也特意聘請美國老師來教她。

婉容也給了溥儀很多柔情，新婚後的很長一段時間裡，她幾乎每天都用英文給丈夫寫信，並且在這些情意綿綿的信上署名「伊麗莎白」——這是溥儀爲她起的英文名。

你瞧，多麼甜蜜肉麻的一對小夫妻啊！

但這並不能證明他們之間沒有些許的矛盾，因爲他們之間還存在另一個女人——她叫文繡，是和婉容前後腳進宮的妃子。

和婉容不同的是，文繡從小接受的是三從四德的傻B教育，沒有婉容活潑，長得也沒有婉容漂亮。可她畢竟也是溥儀的女人啊！

而恰好婉容又是個嫉妒心和占有慾都極強的女人，無法忍受和別人分享溥儀的寵愛，於是免不了產生一些小摩擦。比如，一些適宜后、妃同時參加的活動，溥儀總是帶著婉容、文繡一同前往，為了提高文繡的外語水平，溥儀也給她請了英語教師。

這本是公平合理的，但強勢、嫉妒的婉容卻對此大為不滿，經常藉此向溥儀發難。溥儀沒辦法，只好忍著，但他對婉容的感情已經慢慢冷淡了。

一九二四年底，在與婉容成婚兩年後，溥儀被馮玉祥派人趕出紫禁城，同時被「永遠廢除皇帝尊號」，成為一介平民，婉容徒有其名的「皇后」身份，當然也隨之消失。一九二五年，溥儀帶著婉容、文繡住進天津張園。

婉容本就是天津人，回到天津的她有了如魚得水的感覺。她容光煥發，一改宮中的裝束，換上新潮的旗袍和高跟鞋，還燙了頭髮，成為天津城裡的「摩登女郎」。

「摩登」的同時，婉容還變成一個購物狂，天津城裡的各大百貨公司，都曾留下她數錢的聲響。

原本本分老實的文繡一看婉容如此揮霍浪費，心中頓時不平衡起來：「不就是花錢嗎？姑奶奶也會！」於是，她也拎上鼓鼓的錢包，成了各大商場的常客。

婉容一看文繡殺將上來，心中一笑，便拿出更多的錢，去買更多的東西。文繡一看婉容升級了，自己也把心一橫，趕緊提高檔次……

這種猶如兩國之間軍備競賽一樣的攀比，讓溥儀苦惱不已。幾十年後，他在《我的前半生》一書中回憶道：「婉容本是一位天津大小姐，花錢買廢物的門道比我多。她買了什麼東西，文繡也一定要。我給文繡買了，婉容一定又要買，而且花得更多，好像不如此不足以顯示皇后的身份。」

儘管瘦死的駱駝比馬大，可緊掙不夠慢花，何況是坐吃山空？剛開始的時候，溥儀還能靠典當祖宗留下的寶貝，勉強維持兩個老婆的物慾生活，但時間一長，就漸漸捉襟見肘了。

婉容和文繡一看溥儀的銀子不多了，便趕緊轉移戰場，將競賽場地從商場移回自己的家裡。從此，兩人生活的主旋律就是爭風吃醋、大鬧天宮，將原本清靜的張園弄得雞飛狗跳、狼狽不堪。

一旁的溥儀雖然瞪著他那神經質的眼睛，想斡旋調和，但這顯然超出他的能力範圍。最後的結果是，一直處於下風的文繡決定不陪他們玩了，單方面退出遊戲——離家出走，並向溥儀發出要求離婚的律師函。

溥儀感到此事太沒面子，不願鬧上法庭繼續丟人，遂被迫答應離婚。離婚後，爲了保住那點可憐的面子，他在京、津、滬報紙的廣告欄裡刊登了所謂「上諭」：「淑妃擅離行園，顯違祖制，撤去原封位號，廢爲庶人，欽此。」

眞是個可憐的男人。

把文繡趕跑後，婉容終於可以獨享一夫了，但她的日子並沒有因此變得美好。溥儀把被文繡拋棄的怨憤全部轉嫁到她身上，開始對她愛理不理。更嚴重的是，受到精神打擊的溥儀突然喪失了性能力，讓婉容守起活寡。也正是在這個時候，極度鬱悶的婉容染上抽大煙的惡習。

但更壞的事情還在後面。

一九三一年十一月，心力交瘁的溥儀在日本人的策劃和誘騙下，拋下婉容，獨自一人秘密離津，逃往東北。

直到兩個月以後，婉容才在臭名昭著的川島芳子哄騙下，由天津到大連，再轉至旅順與溥儀團聚。

令她失望的是，此時的溥儀完全成了任人擺布的木偶，甚至連人身自由都沒有，形同軟禁。

一九三二年三月八日，溥儀在長春就任僞「滿洲國執政」，婉容便成了「執政」夫人。在長春，她的一切都要聽從日本人的安排，她的一舉一動都受到秘密監視，甚至不能走出大門一步，她雖然想過要逃，但嘗試幾次之後便發現：這是個不可能的任務！

原有的苦悶加上新添的哀愁，使婉容的精神幾近崩潰，唯有躺在煙榻上，靠吞雲吐霧來逃避現實。她日漸憔悴，那個曾經光艷照人的千金小姐，沒了。

此時的婉容，已對生活徹底絕望，人一絕望，那什麼也都無所謂了。面對溥儀的冷淡、性無能和失去自由的多重擠壓，她決定破罐子破摔。

於是，婉容與溥儀的隨侍祁繼忠和李體育先後發生曖昧關係，並且在一九三五年生下一名女嬰，不幸的是，女嬰出生不久就夭折了。

溥儀雖然窩囊，但前有文繡的離婚，今又有婉容送上的綠帽，忍無可忍，終於爆發了。他把妻子暴打一頓，然後將她打入冷宮，從此不再見她。

備受摧殘的婉容，這年才只有三十歲，卻從此開始她漫長的幽禁生活。

其實從人性的角度來看，婉容又何錯之有呢？溥儀既無法滿足她的生理需要，也不能在精神上撫慰她，她除了自己找樂子，還能怎麼辦呢？

被打入冷宮後的婉容，沒多久就精神異常了。病得最厲害的時候，連下床走路都很困難。昔日的如花似玉，如今形如槁木。

她骨瘦如柴、披頭散髮、生不如死，彷彿一個活著的鬼。她已經不懂得梳洗打扮，整天喜怒無常，唯一還保留著的習慣，就是吸鴉片。

一九四五年，日本戰敗投降，溥儀的僞滿洲國小朝廷立刻樹倒猢猻散，那一群傀儡失魂落魄地逃到通化大栗子溝。之後，溥儀拋下婉容，帶著弟弟溥傑等人匆匆離去，從通化飛到瀋陽，準備逃亡日本。

但他最後的逃竄沒有成功，飛機迫降，作爲戰犯，溥儀被蘇聯紅軍俘虜。

而這個時候，被丈夫拋棄、又瘋又病的婉容，正嘿嘿地笑著，以高級戰犯家屬的身份，被人民解放軍押往長春。

後來，解放軍撤出長春，婉容又被帶往敦化。不久，她病死在那裡——這一年，是西元一九四六年，她四十歲。

然後，一切都結束了，榮耀與摧殘皆已成過往。這對早就生不如死、形同槁木的婉容來說，何嘗不是一種解脫？

• 全書完

Wisdom of the Three Kingdoms

洞悉人性，
就是致勝的捷徑

活學活用
三國厚黑學

莎士比亞曾說：「才華智慧如不用於有用的地方，便和庸碌平凡毫無差別。造物者是個精於計算的女神，她把給予世人的每一份才智，都要受賜的人感恩，善加利用。」面對人生的各項競爭，靈活多變，適時發揮聰明才智，往往是決定勝負的關鍵。多花點心思，才能為自己開闢更寬闊的出路。要是一味死守教條，只會淪為腦袋不懂得轉彎的蠢蛋。

三國故事中的靈活思考與應變謀略，正是幫助我們洞悉人性、取得最終勝利的最佳參考書。

公孫先生 —— 編著

一個輝黃盛世的締造者，一個血腥殘暴的殺人狂

永樂大帝

明成祖朱棣

EMPEROR OF
THE MING DYNASTY

他是毀譽參半的歷史人物，也是充滿謎團的帝王，有人誇讚他功業遠遠超越漢唐，但也有人數落他比秦始皇還殘暴，是恐怖的殺人狂。

他既是一代雄主，也是權謀高手，費盡心機發動奪權戰爭，坐上皇帝寶座後，憑著鐵血手腕，締造輝煌而傳奇的永樂盛世！

他就是永樂大帝，明成祖朱棣。

指點江山 著

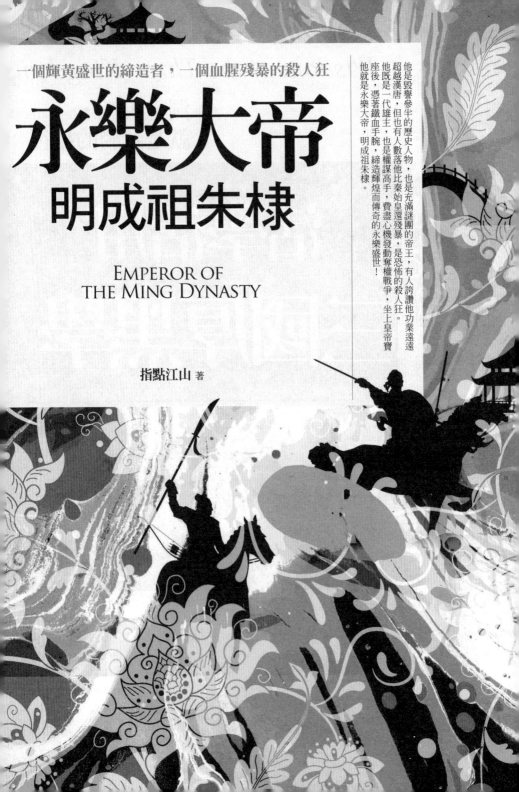

厚黑聖人 曹操

一部最過癮的曹操正史，
講述史上最牛的梟雄人生！

禽獸與人．絕對奸雄

卑鄙是卑鄙者的通行證，高尚是高尚者的墓誌銘！

他既卑鄙又高尚，臉厚心黑，卻具雄才大略。

他是橫掃亂世的硬漢，心比天大的政客，殺人盈野的屠夫，意亂情迷的流氓，風騷千古的詩人……

他是史上第一梟雄，不是帝王的絕對帝王。視奮鬥爲己任，視失敗爲成功，視成功爲新起點，永不趴下。

他是一個眞正的男人，一個到死都不知道什麼叫失敗的鬥士。他亦正亦邪，史無定論，在腥風血雨的戰場，陰謀陰謀的官場，幾度命懸一線。看他如何在亂世之中大喜大悲、大善大惡中活著？

李師江——著

Live like Cao Cao

後宮真的超八卦

作　　者　王清華
社　　長　陳維都
藝術總監　黃聖文
編輯總監　王郡凌
出 版 者　普天出版家族有限公司
新北市汐止區忠二街 6 巷 15 號
TEL / (02) 26435033 (代表號)
FAX / (02) 26486465
E-mail：asia.books@msa.hinet.net
http://www.popu.com.tw/
郵政劃撥 19091443 陳維都帳戶
總 經 銷　旭昇圖書有限公司
新北市中和區中山路二段 352 號 2F
TEL / (02) 22451480 (代表號)
FAX / (02) 22451479
E-mail：s1686688@ms31.hinet.net
法律顧問　西華律師事務所・黃憲男律師
電腦排版　巨新電腦排版有限公司
印製裝訂　久裕印刷事業有限公司
出 版 日　2022 (民 111) 年 8 月第 1 版
ISBN◉978-986-389-826-9　條碼 9789863898269

國家圖書館出版品預行編目資料

後宮真的超八卦／
王清華著.—第 1 版.—：新北市,普天出版
民 111.8 面；公分. -（群星會；203）
ISBN◉978-986-389-826-9（平裝）

群 星 會
203

普 天 之 下 · 盡 是 好 書
普天出版家族
Popular Press Family
凌雲文創
A-Plus Creative Company